《人民文学》文库

光的赞歌

红卷

《人民文学》杂志社 编

辽宁人民出版社

图书在版编目（CIP）数据

光的赞歌. 红卷 /《人民文学》杂志社编. -- 沈阳：辽宁人民出版社, 2025.1. -- (《人民文学》文库).
ISBN 978-7-205-11323-0

I. I25

中国国家版本馆CIP数据核字第2024LY0818号

出版发行：	辽宁人民出版社
地　　址：	沈阳市和平区十一纬路25号　邮编：110003
电　　话：	024-23284325（邮　购）　024-23284300（发行部）
	http://www.lnpph.com.cn
印　　刷：	辽宁新华印务有限公司
幅面尺寸：	145mm×210mm
印　　张：	8
字　　数：	165千字
出版时间：	2025年1月第1版
印刷时间：	2025年1月第1次印刷
责任编辑：	贾妙笙
装帧设计：	创研设　BOOK Design　QQ:418808878
责任校对：	吴艳杰
书　　号：	ISBN 978-7-205-11323-0
定　　价：	58.00元

序

2021年，在庆祝中国共产党成立一百周年的热烈喜庆气氛中，《人民文学》杂志特别设立了"光的赞歌"栏目，讲述一百年来党领导人民在祖国各地、条条战线矢志不渝接续奋斗的动人故事。

"光的赞歌"这个栏目名称出自艾青先生的长诗《光的赞歌》，是歌颂中国共产党指引和领导中华民族从黑暗走向光明的伟大历程的经典名篇，刊发于《人民文学》1979年第1期。栏目首开之时，我们发表了《为珠峰测高的人们》与《歌海儋州》，前者书写的是2020年测绘队员的英雄风采，他们测量的是中华大地的高度，亦是世界的高度，作品也写出了榜样群体的精神高度；后者则是对南海一地劳动者山歌的倾情写照，民间的调声里有古今对比也有幸福指数，有热烈情感也有美好希冀，山水自然中更多传出的是新时代生活的欢声笑语。

栏目设立以来，我们先后刊发小说、散文、报告文学等体裁作品七十余篇，它们犹如伟大的时代之光映射出的绚丽的文学彩虹。我们和出版社都觉得有必要将其以红橙黄绿青蓝紫七色结集，奉献给大家。

收入文集中的这些作品，题材丰富、主题深刻、风格多样且质量上乘。从国家大事到儿女深情、从科技创新到文化传承、从城市建设到乡村振兴、从衣食住行到生态文明……几乎每个领域的发展都在这些作品中得到了生动的呈现。当我们翻阅每一页文字，都能深切感受到广大作家深入生活的热诚，用心书写党带领人民在强国建设、民族复兴伟大征程上的非凡成就，有力回应了人民的美好生活需要。

今日中国，江山壮丽，人民豪迈。文学创作不断见证着经济的蓬勃发展、科技的飞速进步以及社会的巨大变革。人民在生产生活实践中形成的劳动智慧，汇聚成文学创作的宝贵财富，那些饱含着家国情怀与时代气韵的人民创造，呼唤广大作家以满怀的激情、诚恳的态度和扎实的功夫书写展现。《人民文学》杂志作为中国文学的重要阵地，一直以其高水准的作品引领着文学的潮流，以此栏目与时代共进、与人民共情、与中国式现代化共振，是我们义不容辞的责任担当。

光的赞歌，属于真善美的心灵。

2024 年 10 月 25 日

目 录
CONTENTS

我国第一台万吨水压机诞生记 / 001

大国之"盾" / 041

中国龙的心脏 / 052

海尔,熟悉的陌生"人" / 091

在"中国眼谷"看世界 / 103

他们用脚丈量祖国大地 / 116

天堑变通途 / 151

脉动大湾 / 177

安徽造 / 221

我国第一台万吨水压机诞生记
——献给中国共产党百年华诞

程树榛

一 塞北草原苏醒了

一条大江从遥远的大兴安岭脚下带着狂涛怒浪奔驰而来，到了塞北草原的这个地方，转了个弯儿，而后呼啸而去。

就在这大江拐弯的地方，留下了数不清的大小沼泽和泡子。泡子里各种鱼虾恣意生长遨游，周边野草丛生，豺狼和狍子打架，狐狸和野兔赛跑，听不到人的声音，看不到人的足迹，间或在夜深时分可以看见稍纵即逝的、闪闪烁烁的绿色荧光，那是当年流放者的骨骸散发出来的磷光。但是，它同时还有"棒打狍子瓢舀鱼，野鸡飞到饭锅里"的自然景象。这景观终于吸引了一批大胆猎人的眼球，他们纷纷来到这里捕捉野物，而且无不满载而归。尝到了甜头，有的猎人干脆用野草搭起了窝棚，在此住了下来，享受大自然的恩赐。日久天长，住下的人多了，便形成了村庄。这些猎人多半属于周围的达斡尔族同胞，于是，他们便给这个村庄起了个达斡尔族名字——富拉尔基，语义是"红色宝石之岸"。

富拉尔基在大自然的鞭挞下，度过了漫长的凄苦岁月。不过，达斡尔人并没有对未来失去信心，之所以把这里称作"红色宝石之岸"，正表明他们希望从现在的苦难过渡到幸福的彼岸的决心。

嫩江的波浪涨了又落，塞北草原绿了又黄，冰雪融化了又凝结，老一代衍生新的一代。虽然岁月在苦难中轮回，但是富拉尔基人的希望并没有破灭。不知过了多少个寒暑，经受了数不尽的雪欺霜打，他们终于盼来了这一天：东风从太阳升起的地方吹来，冰河解冻了，严寒逃遁了——中国共产党领导的人民解放的队伍，把阳光和种子一齐带来，在红色之岸播下了永恒的春天。

中华人民共和国诞生了。和其他地方一样，大草原也发生了天翻地覆的变化，富拉尔基的猎人们成了生活的主人。他们不仅从事渔猎，而且开荒垦地，种上了庄稼，生产了稻谷，安居乐业，幸福融融。

又过了一些时日，忽然有一支地质勘探队来到这里。达斡尔同胞热情地接待这些远方来的稀客，又引导他们凿开冰封的大地，抽去沼泽里的污泥浊水。于是，一撮撮黑土从地层深处被勘探机翻卷上来，它们被邮往科学研究机构，接受科学家的鉴定。不久，回信来了：红色宝石之岸不但可以接受拖拉机的耕耘，也完全可以承受数百吨重型机械的压力。

这一切，预示着这里要改天换地了。

果然，一个大喜讯传开了。从北京的中南海发出了命令：要在富拉尔基建立装备钢铁工业的基地，为我国的工业化打下坚实的根基。于是，又一支勘探队星夜赶来，他们在野草丛生的沼泽旁搭起帐篷，在野狼和狍子盘踞的巢穴，打下第一根木桩，刻下了水准点，插上了第一面红旗。

早在二十世纪五十年代初，中华人民共和国刚刚成立不久，由于多年来饱经兵燹之祸、战乱之苦，国家伤痕累累，百废待兴。为了彻底改变这种"一穷二白"的落后面貌，党中央顺民心、遵民意，决定有计划地进行大规模的经济建设，建立完整的工业体系。于是，经过地质勘探，中央有关部门多方调查研究决定：在塞北草原上的富拉尔基兴建一座堪称"钢铁之母"的重型机器厂。因为它是我国首建的大型企业，也是亚洲最大的重型机器厂，所以命名为"第一重型机器厂"，简称为"一重"。

据后来的可靠消息证实，当年国家之所以选择在这样偏僻的地方兴建如此大型的机器厂，主要是考虑它的"地缘优势"。因为它地处东西方"两大阵营"剑拔弩张、严峻对峙的"大后方"；同时，它又位于交通枢纽的"中长铁路"线上，且濒临汹涌澎湃的嫩江；特别是它距离"亲密友邦"苏联较近，便于接受苏联的援助。当年，这种援助对于我们年轻共和国的工业建设来说，是非常重要的。这是我国工业布局的首选条件。

"一重"初建时，充分发挥了"全国一盘棋"的优势。四面八方的人力物力一齐支援重点建设，为此，第一机械工业部专门下发了文件，要求全国机械工业系统毫无保留地支援重机厂的建设；黑龙江省委的机关报《黑龙江日报》特别发表了社论《支援重机厂建设》，号召全省军民同心协力，尽快把这个"草原上的钢铁之母"建设起来。中央和地方有关人事部门，特别为"一重"大开绿灯,各种专门人才都应招云集而来。其中有留美的专家,有留德的工程师,有留苏的博士生,有未卸装的志愿军战士,有身经百战的老红军,更有全国各名牌大学的毕业生。而作为建设者之一的笔者,也是一九五七年从天津大学毕业分配来这个工厂的,那一年,新来的大学毕业生就有两百余人。全国各有关兄弟厂矿,也都从大局出发,选拔最优秀的技术骨干前来支援"一重",特别是中央还专门调来两员大将:一位是身经百战的青年将军——首任湖北黄石市的市委书记杨殿奎;另一位是年轻的红色专家,二十二岁就担任抚顺重机厂厂长、后又留学苏联的赵东宛,他们分别担任厂长和总工程师(同时兼任第一副厂长)的职务。

当时的"一重"真可谓群贤毕至、人才济济,而且党的威信高、党风正,人民的爱国热情高、干劲足,上下都有改天换地的雄心壮志和赶超世界先进水平的决心。数万职工顶着西伯利亚吹来的寒风,冒着零下四十摄氏度的严寒,在恶劣的自然条件下,日夜兼程、艰苦卓绝,共同奋战在这片新开垦的处女地上。所以建厂的速度真正是名副其实的"日新月异"。

红色专家赵东宛一调到"一重",便被工厂党委委以重任,要他领导正在进行的"三大工程"。这是我国建设史上无先例的创举,它们是:

一,打桩工程。因为"一重"是当年亚洲规模最大、最现代化的重型机器厂,基础必须牢固,因此需要向地心深处揳入一万余根钢筋混凝土基础桩。桩长十二至十六米,重约千斤。当时,几十台巨型打桩机排成长队,它们昂着"头颅",高举巨拳，傲然地指向碧蓝的天空。巨锤急如雨点，敲击着大地，发出山崩地裂般的轰响，打破了大草原的千年沉寂，仿佛整个北大荒都在震颤。打桩工不惧恶劣天气，风雨无阻，夜以继日，短短四十余天就将万根钢桩楔入地心深处，打下了这座钢铁大厦的万年之基。

二，沉箱工程。这是工厂未来的热处理装置，它体现了最现代化的基建要求。英雄的沉箱工人，冒着零下四十摄氏度的严寒，忍受着三个大气压的压力，站在冰冷彻骨的泥浆里，将一座四十余米长二十余米宽、重达数万吨、号称"地下钢铁宫"的沉箱，沉入地下近三十米深处。这座"地宫"里，将孕育出无数"钢铁巨人"，来武装我们年轻的重工业。

三，厂房结构工程。为了满足未来生产的需要，各主要厂房都必须用大量的钢梁铁架进行武装加固。因此，几十座厂房同时开工建造，那些钢梁铁架如森林般矗立着，密密麻麻，遮天蔽日。外来的客人看到这个情况，无不惊讶万状，有人戏曰：你们这些建设者真能耐，竟然把大兴安岭的森林移植过来了。

需要特别说明的是，这三大工程是同时立体交叉进行的。那种热火朝天的战斗情景在我国的建设事业中是少见的：打桩机挥动它的巨拳捶击大地，声响惊天动地；沉箱工程如巨龙潜水昂首挺胸，威风凛凛；厂房结构工程火花飞溅，有如银河泻地，火龙奔驰。三者并举，构成一幅无比壮美的宏伟图景。再加上高炉的铁光、平炉的钢光、电焊机的电光一齐迸射，真正是"火树银花不夜天"，这种画面无与伦比，世人少见，诗意盎然。作家中不是有人总说工业题材难以写景吗？如果他亲临这样的工地，就会有另外的一种体会了。

　　当年年轻的我，既是建设者又是文学爱好者，看到这样宏伟的场面，触景生情，写出一首小诗：

重型机器厂之夜

像是银河冲决了万古天堑
无尽的星群洒落在人间
请看重机厂的建设工地
星群和灯光织成银色的喷泉

如无数流星划过天空
像喷薄的旭日升出海面
电焊工用焊机储存的阳光
在午夜驱走了工地的黑暗

钢花铁流改变了北大荒的容颜
红岸上到处悬挂起珍珠串串
贪睡的太阳常常吃惊
它怀疑夜里又另有太阳出现

星光、灯光、电火、钢光
年轻人的青春都被点燃
为了早日建成重型机器厂

建设者的心中没有夜晚

诗意不浓，艺术不高，但当时壮丽热烈的情景和年轻人的激情，可见一斑。

经过广大职工的日夜兼程、艰苦奋战，三大工程顺利完工，预示着重机厂建成在望。这时，大量的设备也纷纷进厂，接下来就要考虑基建、安装和生产了。赵东宛对工厂各方面工作已经了然于胸，立即邀齐他的助手，精心谋划下一步的工作进程。他们研究决定：这几项工作"立体、交叉"，同时进行。于是，大家的干劲更足了，一个个摩拳擦掌，决心提前完成建厂任务。

就在这关键时刻，北京突然发来了新命令，指名要副厂长兼总工程师赵东宛尽快前往首都接受新任务，不得延误！

责无旁贷，他立即成行。但在动身赴京前，赵东宛和厂长杨殿奎交换了意见，他是个组织观念很强的人。杨殿奎用坚定的语气嘱咐自己十分信任的战友：实事求是，量力而行，敢负重任，大胆受命！

赵东宛心领神会。

二 来自中南海的决定

为了加速国家经济建设，打破国外的严重封锁，亟须给有关工业部门提供冶金、机械、化工、电力特别是国防工业所需要的特大锻件。而生产这些锻件必须有大型的锻压设备。设计和制造万吨自由锻造水压机,便提上了党中央、国务院的议事日程。

于是,国务院的领导专门召开了有关各工业部门负责人的会议,研究制造万吨水压机的问题。这是一个十分重大的课题。因为这种设备是重型机器制造业的顶梁柱,属于大型尖端产品,当时世界上只有美国这个头号强国才拥有;连素有"水压机之乡"的捷克斯洛伐克,也仅能生产六千吨级的。那时,我国的工业刚刚起步,基础尚薄弱,生产此类机器,在过往几乎是天方夜谭;这几年虽然有了一定的发展,但制造这种尖端产品,实非易事,但形势所迫,不得不为。为稳妥起见,国务院领导和有关部门的专家反复研究,最后决定:以正在建设中的富拉尔基重型机器厂为主,以经过技术改造的沈阳重型机器厂为辅(以下简称"沈重"),设计制造一万两千五百吨自由锻造水压机;同时组织全国大协作,集中优势兵力,全力以赴!中央再三强调、明确要求:务必及早攻克这个科学技术堡垒,以解国家生产和国防建设的燃眉之急。

因此,富拉尔基重型机器厂才会奉命派赵东宛前来接受这个任务。

重任在肩的赵东宛,有着丰富的革命阅历。

他生于河南省南阳市的一个望族之家,诗书继世,生活优渥,很小便入学读书。他是个早慧的孩子,少年时代便开始阅读革命书籍,接受进步思想,向往革命,故年纪很小就投身到革命队伍之中。抗战初期,国共合作,发动群众宣传抗日救亡,赵东宛曾在我党河南省委领导的著名的"开封孩子剧团"中担任过小演员，唱救亡歌曲，演救亡戏剧，是舞台上十分活跃的角色；有时，还冒险掩护地下党的负责同志，开展抗日救亡和统战工作。当时，他年仅十二岁，却非常受党组织看重。他对任何任务都是尽心尽力，不负厚望。后来因为国民党反动派闹分裂，排斥共产党，形势逐渐恶化，党组织决定将剧团的同志疏散，通过各种渠道，分别撤到延安和其他抗日根据地。赵东宛背着父母，和另外几个小伙伴结伴而行，在地下党同志的帮助下，冲破种种艰难险阻，经过西安八路军办事处的安排，跋山涉水，顶风冒雪，终于在一九四〇年三月辗转千里，来到了早已向往的革命圣地延安。

当时的宝塔山下、延水河畔，集中了成千上万的青年精英，他们从四面八方来到这里，接受中国共产党的教育。被党的思想武装后，旋即厉兵秣马、摩拳擦掌，等待组织批准奔赴前线抗战杀敌。赵东宛也和他们一样，跃跃欲试，请缨报国。但组织上顾念少年赵东宛聪颖、睿智，特意安排他到延安的自然科学院学习。这是我党创办的第一所理工院校，与著名的艺术院校"鲁艺"相对应。赵东宛是"科院"最年轻的学生，但是他学习努力，思想早熟，十五岁便宣誓参加中国共产党，是学校中最年轻的党员。

虽是战争年代，学校对师生却要求很严，不容许有半点儿懈怠之风。经过数年的艰苦学习，赵东宛以优异的成绩完成了学业，毕业时还不满二十岁。彼时恰逢国民党反动派撕毁和平协议，全面内战爆发，赵东宛旋即投笔从戎，正式进入紧张而艰苦的战斗行列。三年解放战争期间，他一直在东北解放区的军械修造厂负责保卫和生产工作，全身心地投身于人民解放事业。在那紧张、艰苦的日日夜夜，他披荆斩棘，努力工作，奋不顾身，因而屡立战功，得到领导的多次嘉奖。中华人民共和国成立后，他更是勇挑重担，历任好几个工厂的领导，其中的抚顺重机厂，职工上万，在东北很有名气，而当年任职的厂长赵东宛才二十二岁。他夙夜匪懈、艰苦备尝，努力完成上级交给的任务，为当年全东北的解放和稍后的恢复、发展国民经济，做出了杰出的贡献。他精明干练、业务娴熟，在工作中勇挑重担，因此，为上级所倚重。五十年代初期，组织上考虑他年轻有为，技术业务基础扎实，选送他到苏联学习深造。在苏联期间，他抓住这个难得的机会，焚膏继晷、惜时如金，专心致志于重型机械这门学科的研读，先后在苏联的重型机械研究院和乌拉尔重机厂学习和实习。他知道自己受党重托，身负重任，对此业务精心钻研，从理论到实践，他都认真狠下功夫、努力进取。在留学期间，他从不游山观水，而是全神贯注、心无旁骛地学习，因此在专业上大有进步，成就斐然。苏联友人当时便认为他已经是这方面的专家，可胜大任。所以，在回国之后，有关部门便直接分派他到新建的"一重"担任要职——第一副厂长兼总工程师。在当年，他是党内屈指可数的技术专家。由于他年纪轻、资格老，被人们誉为"年轻的老革命"。

来到工厂之后，他马上进入角色，敢挑重担、尽职尽责，广受职工们的赞扬和上级部门的认可。

中央领导下达任务后，机械工业部的领导专门找他谈了话，阐述了制造万吨水压机的重大政治意义和经济意义，并一再强调说，这是从中南海里发出的"命令"，是非比寻常的任务，连毛泽东主席和周恩来总理都十分关心，希望他带领"一重"的技术人员和工人，胜利完成这个光荣的任务，不要辜负党中央的期望。

赵东宛深深懂得部长这次谈话的分量。他以一贯的果决、沉稳、练达作风，向部领导做出了庄严保证：一定以敢想敢干的精神和科学求实的态度，努力攀上这个技术高峰，攻下这个尖端，以应国家之需！

部长非常满意他知难而进的精神，但又严肃地对他说："小赵啊，这可是块硬骨头，很难啃哦，你们要有充分的思想准备！"

赵东宛也严肃地回答："请领导放心，再难我们也要把它啃下来，为党和国家分忧解难！"

部长高兴地拍了拍他的肩膀，信任地笑了，说："我等待着你的好消息！"过去的工作实践，使他了解这位党内技术干将的信心和决心，知道他是一个务实的好干部。

三 首战告捷

身负重任的赵东宛，怀着兴奋而急切的心情回到了富拉尔基重机厂。向厂长汇报之后，立即向全厂职工进行了传达和动员。听到这个消息，十里重机城沸腾了。大家群情激奋，奔走相告，为工厂接受这样光荣而艰巨的任务而感到骄傲和自豪。

一位退伍的老兵说："又要打一场淮海战役了！"

一位志愿军战士说："再来一次上甘岭战斗！"

一位老干部说:"我们也登一次'珠穆朗玛'!"

特别高兴的是广大技术人员。他们十年寒窗学业有成,背井离乡、抛家舍业地来到遥远的边疆,有的甚至舍弃国外优越的工作环境和生活条件,冲破重重艰难险阻回到祖国怀抱,不就是为了用自己的一技之长,来报效曾经多灾多难的祖国吗?现在,有了展示自己才能的机会,怎么会不欢欣鼓舞、兴高采烈呢?

全厂上下群情振奋,机器轰响、炉火熊熊、焊花闪闪,都在彰显紧张备战的激情。

在那个特殊的年代,人们习惯于用"大字报"来表达自己的决心。因此,在很短的时间内,这样的决心书贴满了工厂的技术大楼,蔚为壮观,真是"忽如一夜春风来,千树万树梨花开"。其中以产品设计处锻压科技术人员们的决心书最醒目,张贴的位置也最为明显,因为他们将直接担负这个光荣任务。科长赵德生和水压机老专家刘炯黎,他们俩都是中华人民共和国成立前的大学毕业生,虽在这个岗位上工作多年,足迹遍及大半个中国,但也从来没有得到这样的机会,现在虽已过中年,却躬逢这样的机遇,怎不激动万分!他们都兴奋得彻夜难眠,于无限兴奋的同时,立即动员科里的技术员尽快做好技术准备工作。他们说:"对我们从事锻压设备工程设计的人来说,搞万吨水压机这可是千载难逢的好机会啊!一定要把它攻下来,显示我们中国技术人员报效祖国的雄心壮志!"其他科室的技术员们,也是摩拳擦掌、跃跃欲试,等待接受光荣任务。

当时的笔者,虽然是初出茅庐,但也是这座大楼中年轻的一员，在设计处强度研究室进行机械强度研究工作。得知工厂要制造万吨水压机，更是心潮难平呀！因此，我也以激动的心情用大字报表达了我的一份决心。尽管我不是这项任务的主力，但是，这份决心却和众多的技术人员一样，是发自内心的。满怀雄心壮志的技术员们，谁都希望能在这场攀登科技高峰的攻坚战中一显身手、大展宏图。

在那些激情洋溢的日子，赵东宛几乎每天都要到技术大楼转一转，饶有兴致地浏览技术人员所写的决心书，有时还从身上掏出小本本记下一点儿什么。因为有的技术人员在大字报上甚至写出了设想的方案与技术措施。总工程师被技术员们高昂的情绪深深感染，他们的决心增加了他的信心。他专门到锻压科的绘图室里和专家们共同探讨如何完成当前这个光荣而艰巨的任务。他们互吐心曲、互相鼓劲。技术员们高昂的热情和信心，使赵东宛备受鼓舞。

随后，他又到其他的技术科室，看到了同样的热烈情绪。毫无疑问，赵东宛是这次攻坚战的主帅。他开始派兵遣将，安排工作。

首先，他集中了一批业务精湛的技术人员，配合"沈重"的同志，分别进行产品的设计工作。因为这是产品制造的先导，设计的先进才能够保证制造的先进。

两地的设计师们当然知道肩负的重任，无不全力以赴、日夜兼程。他们跑北京、去上海、赴广州，投师访友，广泛搜集资料、核算数据、绘制草图、模拟机件。有人专门搜集国外数据，译述先进国家有关技术信息。他们群策群力、步调一致、密切配合，共同切磋琢磨，所以工作进展很快。赵东宛则不断地往返于沈阳和富拉尔基之间，协调进程、沟通情况，发现和解决疑难问题。在出差沈阳期间，他谢绝入住当地根据他的级别安排的宾馆，而是栖身于"沈重"当年那窄小的招待所里，随身携带一套他在工厂里下车间时穿的工作服，一到工厂，立即换上。他说："这样便于和技术员以及工人师傅交流情况。"

他到"沈重"之后，除了和工厂的领导沟通情况外，更多地找机会和工人师傅以及专家们交换意见，解决各种难题。他的务实作为得到了人们普遍赞扬，说他不愧为我党亲手培养的专家，平易近人，没有一点儿"高干"的架子和派头。

由于两地专家的同心协力、紧密配合，第一仗很快旗开得胜——设计这一关，顺利地攻下来了。设计方案是两个厂的新老专家搜集了世界各国最先进的技术资料，集思广益，运用了最科学最先进的设计方法，经过严格的层层把关而设计完成的，最后经总设计师审定、签字。有人认为：设计图纸实行"三审制"是"烦琐哲学"，应该改革、简化，这样才符合当时的精神。这种意见也得到一些技术人员的赞同。但是，赵东宛坚决否定了这种意见。他说，这种设计程序是世界通行、久经考验的正确方法，不是什么"烦琐哲学"，我们必须严格执行，不能随意更改。总工程师一言九鼎，设计工作按部就班地顺利进行，哪一个环节都没有少，每一个线条、每一个图形都严格地进行审核，所以都按时、保质保量地完成了任务。

最后，全部图纸集中送到赵东宛的面前，进行最后的审定。赵东宛立即召集各方面的技术权威，充分发扬技术民主，进行复审。专家们在一起反复推敲、详细论证。他们深知这个任务的严肃性和重要性，每一张图纸、每一个数据、每一个线条，都一丝不苟、认真核算。一些年过花甲的老工程师，也和大家并肩作战，各自发挥个人优势，同年轻人一道废寝忘食、夜以继日。由于大家同心协力，因此，在很短的时间内便把方案正式确定下来了。

为慎重起见，赵东宛随后携带设计图纸，亲自去北京向上级领导进行汇报。经过部领导和有关专家的会审，图纸得到了热情的肯定和赞扬，认为他们"群策群力，工作细致，一丝不苟，而且效率很高"，符合中央精神。随之，便一同确定了下一步的工作流程。

"一机部"领导以及有关专家研究商定：考虑到当前"一重"正处于建厂中的特殊情况，为加速新产品试制工作的顺利进行，第一步，由"沈重"协作制造水压机的一些传导系统和附件，其余各种主要部件，如上下横梁特别是四根大立柱由"一重"完成；最后在"一重"安装使用。

在那个热火朝天的火红年代，沈阳重型机器厂的技术人员和领导，也同样具有雷厉风行的作风和为国争光的雄心壮志。根据上级的安排和"一重"的要求，他们全力以赴地进行协作和配合。在总工程师的带领下，他们专门成立了一个攻关团队，负责这项工作。

他们群情激昂、夜以继日、废寝忘食，决心"保质、保量、保进度"，没有丝毫懈怠，不拖"一重"的后腿。因此，也不断涌现动人的场面和感人的事迹。

特别值得一提的是，在这个攻关团队里，有几个年轻的姑娘，结成了一个特殊的战斗小组。她们个个技术精湛、能攻善战，是此次攻关的中坚力量。她们埋头在设计案前，穿行在炼钢炉旁，活跃于铸造现场，油渍斑斑的工作服，掩盖不了她们青春的身躯，弥漫的滚滚烟尘，遮不住她们美丽的笑颜。为确保工作的万无一失，她们还做出了一比十的金属模型，进行各种模拟实验（包括电测试验和光测试验），这些实验均取得了可靠的数据。她们不分昼夜，和工人摸爬滚打在一起，被工人们昵称为"小辫子战斗组"。由于她们和其他技术人员以及工人师傅忘我的工作、和谐的配合、共同的努力，"沈重"所担负的协作任务全部提前胜利完成，对"一重"的工作起了很大的鼓舞和推动作用。当年，这几位姑娘出色的业绩不仅名扬辽沈大地，在整个机械工业战线，也被人们所熟知。特别是那些小伙子更是仰慕不已，都恨不得立刻进入"沈重"，和"小辫子们"协同作战。

谁都知道"小辫子战斗组"中有一个带头人叫毕东芬，是一位上海姑娘，技术精湛、思虑绵密，是工厂的技术骨干，兼是思想先进的共产党员，被领导视为"宝贝疙瘩"。她应"一重"的"特别要求"，前来富拉尔基和这里的技术人员协同作战。这位姑娘眉清目秀、风姿绰约，不仅业务精湛，而且能歌善舞、多才多艺，是"沈重"出了名的"一枝花"，为"沈重"众多青年技术员所心仪。不少年轻人纷纷以各种不同方式表达爱慕之意，但都未得到姑娘的青睐。

毕东芬奉命来到"一重"后，命运却发生了重要变化。她不仅像在老厂那样继续发挥排头兵的作用，而且格外努力，很好地完成了"沈重"交给她的任务；意外的是，还和"一重"设计处一位从苏联留学归来的年轻的水压机设计专家方瑞农，在紧张的工作与愉快的合作中，因志同道合产生了爱的火花。

方瑞农是江苏宜兴出生的青年才俊，在学校一直品学兼优。高中毕业后，被有关部门选送到苏联留学。在莫斯科重型机械学院，他选择了锻压专业。他自知被祖国寄予厚望、肩负重任，因此学习格外努力，是公认的"品学兼优"的留学生。经过五个寒暑的勤奋钻研，终以优异成绩获得副博士的学位。他毕业回国后，许多科技部门争相求聘。但是，赵东宛直接到有关部门，点名要求这位留苏专家到"一重"设计处任锻压科的设计师，参加万吨水压机的设计工作。"一重"是全国建设的重点单位，有制造万吨水压机的特殊任务，自然是被优先考虑，因而捷足先登、如愿以偿。

方瑞农接到有关部门的通知，知道报效祖国的时机到了，正符合自己的心意和理想。因此，他连回家探亲的机会都放弃了，旋即马不停蹄地来到富拉尔基。有如此特殊经历，他自然成为设计处的一员主力。投入战斗行列后，他和这里的设计师们一道，日夜奋战在绘图板前。特别幸运的是，他又和从"沈重"前来支援的设计师毕东芬一同并肩战斗，真是天赐良缘。在那些紧张的日日夜夜，二人一同切磋琢磨、密切配合，大大提高了工作效率。与此同时，爱情的火花也在他们的心里燃烧起来。方瑞农怀揣二十余年的那支"丘比特"，目标明确、一箭中"的"。

此前，毕东芬多年埋头工作，终身大事一直没有提上日程。现在幸遇这样才貌双全的理想对象，而且主动表示爱慕之情，自然是称心如意。二位青年设计师志同道合、郎才女貌，以水压机为媒，从而喜结连理。同事们一致认为，他们俩是珠联璧合、相得益彰，都表示热烈赞同和祝贺。

　　事已至此，毕东芬已无"后退"余地。思之再三，最后申请调离"母厂"，留在"一重"工作。这件事很快传到赵东宛的耳朵里，得悉这个消息，副厂长极为高兴。他亲自致函"沈重"的领导，请他们大开雅量，成全这两个青年的美好姻缘。"沈重"的领导虽然为失去一员大将深表"遗憾"，但已既成事实，也只好乐观其成。不过，他们多少有点儿惋惜地戏谑道：我们和你们"一重"协作太不"划算"了，真是"赔了夫人又折兵"啊！这是一段小小的有趣插曲，在当时的机械行业传为佳话。当年在"一重"工作的我，和方瑞农彼此视为挚友，经常促膝谈心，甚至抵足而眠；现在仍然保持着联系，昔日为他们的结合而欢欣鼓舞，现在更衷心地祝愿老友夫妇福寿双全、幸福安康。

四　千头万绪抓关键

　　"沈重"所担负的任务很快全部顺利完成，并尽快送往富拉尔基。之后，制造万吨水压机主体的重担要完全由"一重"来挑了。千头万绪，从哪里抓起呢？赵东宛经过和专家们反复研究、集思广益，得出结论：重点抓主要问题——制造四根大立柱。这是万吨水压机的主要部件，而且在工艺上也是最难啃的"硬骨头"，如果把它攻下来了，其他问题便可迎刃而解了。

　　如何啃下这块硬骨头？赵东宛和几位副总工程师商讨后，

决定专门召开技术讨论会进行研究。赵东宛爱用这种方式研究重大问题。

会议是在总工程师专用的小会议室进行的，与会者都是工厂各业务部门的骨干和精英，是"一重"的技术精华。在技术上，赵东宛是很善于发扬民主的，他从来不搞"一言堂"。

会议一开始，赵东宛首先强调：请大家打破一切顾虑，敞开思想，畅所欲言。专家们一开始还比较斯文、谦虚、客气，但是很快便产生了分歧，唇枪舌剑，展开了热烈的争论。

一种意见认为：大立柱是水压机中最关键的部件，承受的压力最大，必须整体锻造，这样才能保证质量。这也是当前世界机器制造工艺中最常用的办法，他们引经据典，为自己的建议提出佐证。

但是，这种意见立即受到另一派专家的质疑。他们说，如果采用整体锻造，首先需要有二百一十吨的大型钢锭。而当时，"一重"只有六千吨水压机、一百五十吨的锻造天车、一百三十吨的翻钢机和承重能力一百五十吨的锻造加热炉。要在这样的装备条件下，超负荷地锻造这样重的大钢锭是不可能的。同时还有的专家补充，钢锭越大，化学成分偏析越大，尤其是碳的偏析更严重，它会直接影响锻件机械性能的达标和均匀性，因此，整体锻造是不可取的。

于是，这个方案当即被否定了。否定的理由是很充分的，而且有理有据，不容置疑。

那么，舍此又有什么好的办法呢？大家议论纷纷、莫衷一是，有人甚至当场闹得脸红脖子粗。休看这些大知识分子平日温文尔雅、雍容大度、不苟言笑，但是对于技术问题的争论，却丁是丁卯是卯，坚持己见，决不含糊。但是，此时的赵东宛却一言不发，而且面带微笑，显得自然而平静。

在一片近乎争吵的嗡嗡声中，突然有一个年轻的专家拍案而起，用压倒一切的声音发表了另外一种意见。他说："我同意不采用整体锻造的办法生产立柱，因为我们厂现在确实不具备这个条件。我建议采用另外一种办法，请大家研究。"

此人名叫廖延亮，毕业于某大学机械系焊接专业，多年来一直专门从事焊接的试验研究，虽然个头不高、块头不大，看起来有点儿学究气，但却言辞严谨、斩钉截铁。他一向以业务精湛著称，特别是对国外的科技发展颇为留心，因此知识面较宽，对焊接技术钻研得深。他的性格特点是：坚持己见，只要他认准了的事，十头牛也拉不回来，再大的领导的意见也敢辩驳，甚至顶撞；即使是苏联专家的建议，他也不当作至高无上的结论而顶礼膜拜，有时甚至与之当面争论。他这天的发言，又是独出心裁，立即引起大家的特别注意，人们都"洗耳恭听"。赵东宛也侧转身来，且听他有何新见解。只听这位有个性的专家开门见山地说道："鉴于加工这种大立柱的特殊性，以及我们工厂的现状，我建议用锻焊法进行制造。具体做法就是，将大立柱分三段锻造，然后用大截面电渣焊的方法，焊接成为一个整体，再进行热处理，最后机械加工！"

这是一个独出心裁的大胆建议。

一石激起千重浪，他的发言一下子把大家镇住了。人们面面相觑，不作声了，因为这个办法他们大都没有听说过。

可是，赵东宛听了却喜出望外，他的内心深处也正在琢磨这个办法。在国外学习时，他曾经有机会到苏联的几个大型机器厂和西方几个工业发达的国家去考察。在考察中他非常留心国外一些大型工厂的特殊设备和工艺，如"西德"的德马克工厂、苏联的乌拉尔重机厂等，他都进行了仔细而认真的了解，并做了详细的考察笔记。此次接受制造大型水压机的任务后，某些技术上的难题，早就装在他的脑子里了，所以今天技术讨论会大家所提的各种意见，他多少都已心中有数。而采用电渣焊的办法制造大立柱，他心里也已有所酝酿。但是，还远不成熟。为了充分发挥大家的积极性，对廖延亮的发言，他没有马上表态做肯定性的支持，而是说："小廖的建议，给我们打开了一条新的思路，请大家继续敞开思想、开动脑筋，仔细研究讨论。"

领导的民主作风，给了与会者自由发表意见的勇气。因此，大家各抒己见，知无不言、言无不尽，对锻焊法提出许多质疑。因为其他技术专家也都是久经沙场、能征善战的老手，谁也不是白吃干饭的，提出的质疑尖锐而凌厉。有的人还有理有据地提出完全否定性的意见，甚至预警这个方案的危险后果。幸而这位倡议者是经过深思熟虑的，有问必答、侃侃而谈，最后，他肯定地说："对于这种锻焊法，我在心里酝酿已久。我反复考虑，觉得咱们厂现有的设备和技术人员的条件，是基本具备的。因此，我认为成功的把握是很大的！"

大家七嘴八舌，争论不休。

看来，专家们的意见都充分表达了，余下的就是领导拍板定夺了。于是，人们的目光都集中在赵东宛身上。赵东宛知道火候已经到了,他没有说多余的话,而是用一贯言简意赅的语气,以无可置疑的态度说道:"我听了大家的发言,考虑了同志们的各种意见,看来采用锻焊法是目前我们厂唯一切实可行的办法。既然如此,那我们别再犹豫不决了,时不我待,咱们就定下来吧!为了慎重起见,我的意见是,首先进行试制!"

技术副厂长兼总工程师一锤定音。

散会之后,试制工作原应立即展开,不过,赵东宛是个组织观念很强的人,他还是向杨殿奎厂长做了汇报。首先,他对前一阶段工作做了详细的说明,杨厂长表示深为满意,而且转告他:全厂职工都对他评价良好,希望他一如既往、全力以赴,不要有任何顾虑!随后,赵东宛提出建议:由他去焊接车间直接指挥这场攻坚战。厂长对情况已了然于胸,对赵东宛的建议当然完全赞同,并且充满信任地说:"你亲自挂帅,直接指挥,我完全支持!"又以非常信任的语调说,"老赵,你尽管放心大胆去干好了,不要有任何顾虑,不要听某些闲言碎语,党委和我做你的坚强后盾!"

厂长的鼓励,让赵东宛感到底气更足了。时不我待,他随即便约集了廖延亮等焊接专家和有关设计专家、锻造专家、冶金专家和热处理专家,组建了"试制指挥部"。

指挥部设在焊接车间。同时,专家们又进行了细致的分工,赵东宛对此早已成竹在胸,他尽量让他们发挥所长、各得其所。布置停当后,随即正式展开工作。

首先,赵东宛要求廖延亮等专家在前一段研讨的基础上,再一次参照国内外的技术资料,反复研究、仔细推敲,最后制定出详细的细则，装订成册，名曰《水压机大立柱锻焊具体的操作方案》，人手一册。

方案制定分发之后，赵东宛以其一贯的雷厉风行的作风，立即开始付诸实施。实施的第一个关键问题是确定锻件的材料。根据立柱将来在工作中所承受的压力，要求这种钢种既能满足强度需要，又要有较好的焊接性能。二者是矛盾的，但必须统一起来，这在机械制造工艺中是一个大难题。但这一关必须突破！

为了解决这个问题，技术人员绞尽脑汁，试行了各种方法，但是，均未能突破。个别人有点儿泄气了，产生了厌战情绪。

但是，赵东宛却抓住这个机会，做他们的思想工作。他说："这样重大的工程，哪能轻易成功，必须有百折不挠的准备。失败是成功之母，大家再努一把力，曙光就在前头！"

他率先垂范，继续埋头苦战。领导都这样说了，这样干了，还有什么可说的！

功夫不负苦心人，鏖战数日，终于有了新的思路：是赵东宛和几位留苏的技术专家，共同回忆起在苏联某工厂实习时的见识，帮了大忙。那个工厂有过这方面的经验和教训。他们回顾了这些学习经历，再参考西方某国家的最新技术资料，结合本厂当前的现实条件，终于把方案确定下来：以国外比较成熟的大截面易焊钢为基础，根据当前进行的万吨水压机立柱设计的技术要求，再进行适当的调整。随之，赵东宛决定立即进行模拟试验。

一切经过试验，用试验结果来验证对方案的设想，这也是赵东宛从事技术工作的一贯要求。当时正处于非常时期,"打破常规""破除一切条条框框"成为最时髦的口号和工作方法,因此,并非人人都赞成赵东宛的做法。有的思想比较"入时"的人就直言不讳地说,总工程师这样做有点儿"烦琐哲学"的味道,总是进行试验,一次又一次,是否有点儿"多此一举",似乎是"小脚女人"的作为。有人甚至上纲上线说:这样翻来覆去地试验,浪费时日,有点儿不符合"多、快、好、省"的"大跃进"精神。

在当年说来,这是个不小的帽子。但是,赵东宛却坚持己见、毫不让步。他说:"任何一项科学成果,都是反复试验的产物,盲目追求速度,就像俄国谚语所说:快就是慢。"他举出"606"和"914"等药物名称的来历,说服那些持不同意见的人。应该说,在那浮夸风甚嚣尘上,把许多"明白人"都吹得迷迷糊糊、晃晃悠悠的特殊年代,各种"棍子""帽子"在头上高悬的境况下,赵东宛能够顶住种种政治压力,坚持这样严谨的科学态度,实在是难能可贵。

可喜的是模拟试验结果与设计计算的预想完全符合。初战告捷,给人们带来了极大的鼓舞。

接下来便是选择焊接方法。

赵东宛深入到焊接车间的班组去征求意见。

焊接车间,建厂初期被称作金属结构车间,是"一重"建厂时的"三大工程"之一,厂房面积和内部结构在全国当属首屈一指。它的技术人员和工人来自全国各地,队伍是刚刚组建起来的,在技术上也是流派纷呈,因此在讨论大立柱焊接方法时,同样是各执一理、互不服气。

为充分说明问题、言之有据，而不是主观臆造、空穴来风，本文不得不引述一些专业技术方面的内容和枯燥的术语、数据，请读者谅解。

讨论中一部分人主张用丝极焊，即填充材料全部用焊丝，同时用两台焊机进行。这也是当时焊接科研方面的最新成果，有的国家应用过，我国刚刚开始采用这种方法。

但这个意见立即遭到另外一部分人的反对。他们的理由是：这种焊接方法最大的焊接截面只能达到八百毫米宽，而水压机立柱的焊接截面要达到一千零五十毫米宽，方法虽好，在这里显然是行不通的。

不同意见之间的争论，使人们思想活跃起来；而思想的活跃，往往能够激发技艺的创新。于是，又有人提出新的方案，就是用板极焊法进行焊接。理由是：此法可以焊接任意大小的截面，能够弥补丝极焊的缺陷。

柳暗花明，又出现一条捷径。可是，一经仔细研究讨论，认为此法还是难以奏效。其原因在于这种焊接方法在操作过程中，板极的接续十分困难，焊接件的质量难以保证。立柱乃水压机的关键部件，在质量上必须万无一失才成。因此，这个方案又被否定了。

连续否定了两种方案，大家感到实在没辙了。人们陷入沉默中。

赵东宛没有泼冷水。他继续鼓励并启发大家开动脑筋、扩展思路。他说："三个臭皮匠，合成一个诸葛亮。咱们有这么多能工巧匠，还想不出来一个好的办法？"他让大家先放一放，冷静思考一下，再集思广益，探讨新的方案。

完成国家任务的崇高责任感，激励着技术员和工人们，他们经过反复研究、分析和比较，最后又向赵东宛提出一个最新的焊接方法：熔嘴焊法。他们综合了丝极焊和板极焊的优点，二者相结合，派生一种新焊法。具体做法是：根据焊接截面的大小配置极板，每一个极板上带一根焊丝导管，两者构成"熔嘴"，而后将"熔嘴"固定在焊口内，用电渣焊机送进焊丝，再进行焊接。新法倡议者解释说，这种焊法可以焊接任意大小的截面，操作起来有一定的难度，但是让有经验的焊工反复演练，也不难掌握。只要严格遵守操作规程，焊接的质量可以保证。

赵东宛对这个焊接方法很感兴趣。他认真地进行了研究，觉得想法大胆而充满创新精神，同时，又有充分的科学根据。他在广泛地征求各方面专家的意见之后，决定采用这个方法。不过，为稳妥起见，仍需进行试验。一是为了验证焊接工艺的可靠性，二是为了使操作人员取得第一手经验。

试验仍在焊接车间进行。试件的材料和截面大小完全和实际的立柱相同，试验人员和指挥者就是将来实际操作的技工和技术员。为避免干扰和不必要的"观摩"，试验时间选择在午夜，赵东宛亲临现场坐镇。

试验场面非常壮观。焊机燃烧的电焊火花鲜艳夺目、五彩缤纷，全车间被照得绚丽多彩，从遥远的地方望去，只见整个厂房都被红光缭绕。厂房内的电焊工人"沐浴"在飞舞的"焊花"丛之中，黑面罩掩不住他们青春的面容，滚烫的熔岩抵不住他们钢铁的意志。他们心里充满了攀登科技高峰、为祖国增光的自豪感。有些人不是总认为工业题材缺乏"诗情画意"吗？那么，我再强调一次，请这些同志到焊接现场看一看：这里的壮丽情景，绝不比江南的"小桥流水""杏花春雨"逊色多少；而它那宏大的气势，却别有一番审美意境，沉浸在攻克尖端产品豪情中的焊工们，更是为自己的职业而骄傲，认为自己就是战斗在"诗情画意"之中。关键是，你不但要熟悉生活，而且要热爱生活，只有爱得深，才能感受到它的美。此处我要引用当年发表在《一重》（重机厂厂报）上的一首现场工人师傅的短诗，作为例证：

午夜的焊接车间

是谁将太阳移到了午夜的车间
那闪闪的白光多么璀璨耀眼
钢板上银花缤纷
地面上银花片片

是电焊工点燃了电弧
如同旭日透过水面
焊条流出了滴滴熔岩
像宝石熔淌在钢板

电弧光能把钢板熔化
也能够将焊工的青春点燃

> 它的光芒比太阳更加明灿
> 因为太阳只照白天
>
> 这光芒驱走了黑夜
> 永远呈现不眠的车间
> 为了万吨水压机快快出厂
> 电焊工的心里永远没有夜晚

该诗写得很直白，没有现在有些诗那样"诗意"和"含蓄"，但是，它直接表达了焊接工人的干劲和心气，特别是写出了那种热烈感人的战斗情景。

这是一个小插曲。

现在，现场的指战员们都在焦灼地等待着试验的结果，他们的心高高地悬起来。焊工们夜以继日奋战在现场。有一位年过半百的老师傅，竟三天三夜没有离开电焊机一步。他的老伴不得不迈着畸形的小脚，蹒跚地来到车间为老头子送上一餐热饭，给这台"老机器"加油。许多其他工人的家属，也像这位老大娘一样，将饭菜送到车间亲人的身边。

那年冬天，气候奇冷，冷到零下四十摄氏度，职工们照例按时上下班，从未有迟到或早退的。有一天夜间，寒风刺骨，彤云密布，旋即大雪纷飞，不久便落下厚厚的一层，人们出门就找不到路了。可是加班的工人和技术员们，照例按时来到车间，一个个雪人一样，直奔自己的岗位，继续热火朝天地干了起来。赵东宛当然也及时赶来，看到大家如此干劲，激动不已，暗自叹道：多么好的工人啊！他心潮激荡，大家如此心齐志坚，什么困难不能克服？

但是，赞叹之余，赵东宛更是忐忑不安，因为现在千钧重担都压在他的身上。上至中央领导，下至职工群众，他们都用期待的目光看着他。这些天来，他废寝忘食、殚精竭虑，他的夫人感觉他明显瘦了。这位工厂中心实验室主任半开玩笑地说："我们家老赵现在的生活特点是：衣不解带，席不暇暖，食不甘味。他早起晚归，几乎与家人不照面，孩子们说，他们都快不认识爸爸了！"话虽是玩笑，实质上包含着深切的关爱。了解内情的亲邻都知道，她每天都在细致地照顾着丈夫，千方百计为他增加营养，创造良好的休息环境。须知，那时人们的肚子已经几乎难以填饱，一切都是凭票供应，哪里还有多余的营养品？这位夫人只好把自己和孩子的食品节省下来，好让丈夫吃上一点儿可口的饭菜，以保障他的体力和健康。

战斗在生产现场的其他职工的家属们，也都是如此关爱自己的亲人的。他们的心和现场的亲人一样地紧张和期待着。厂领导不断来现场，把关怀和鼓舞送过来。他们本想在物质生活上给职工们一些补贴，以增加他们的营养。但是，市场上物资奇缺，好心的工厂领导也是心有余而力不足啊！只能在精神上给以安慰了，他们告慰可爱的职工群众：你们的贡献，党和国家都记在"功劳簿"上了！

经过无数个不眠之夜的战斗，试验终于在全厂职工的瞩目下，获得圆满的成功，整个焊接过程全部按预定的规程进行，没有发生任何技术事故。经过检查，焊缝和母材的热影响区没有出现任何裂纹,超声探伤也未发现超标缺陷。年轻的我当时在设计处的强度实验室做技术员,从事"光测弹性力学"(简称"光弹")的试验研究。那时,此种工作属于"高科技"范畴,在我国也是刚刚起步。厂领导出于对我们的信任,交给强度实验室一项试验:用"光弹法"测试水压机立柱的强度。当我们的组长王殿科向大家传达了这项任务时,我们既紧张又兴奋。因为我们都是刚刚走出校门不久的年轻人,就连组长王殿科也是一九五七年才从大连工学院(现大连理工大学)毕业的技术员。谁也没有经历过这样的科研实践与锻炼,都是"生瓜蛋子"。我们初出茅庐,便赶上这千载难逢的机遇,怎不心潮澎湃?怎不在内心充满了幸福和激动?因此,大家都决心竭尽所能来完成这个任务,以不辜负领导的期望。我们日夜兼程、废寝忘食,小心谨慎、分秒必争,人人都习惯于加班加点。好多个夜晚,我的七旬老母,直到午夜仍倚窗而望,等待我鏖战归来,吃上一口热饭。大伙儿都把苦和累看作一种享受。当从光弹机的试件上闪现的五色斑斓的条纹中,分析出它的强度完全达到设计要求时,我们几个年轻的技术员高兴得跳了起来,互相拥抱,雀跃欢呼,庆祝焊接试验的成功。

五 险象环生,再接再厉

以试验的结果为依据,厂长和总工程师正式决定:用锻焊法制造大立柱!

根据实际需要,万吨水压机的立柱应该是四根。赵东宛经和其他专家商议，为了防止意外、留有余地，决定制造五根。这样做成本是增加了一些，但却有备无患。

由于"一重"的三台六十吨炼钢大平炉已经投入生产，工人和技术员都是来自"沈重"和"鞍钢"等老厂，技术水平高，有丰富的实际经验，所需的钢锭浇铸一举成功。然后便进行锻造。锻造由年轻的专家何世荣指挥。他理论基础雄厚、工艺知识厚实、锻造经验丰富，在他的指挥下，大家群策群力，大钢锭经过本厂六千吨水压机的锻造，进行得很顺利，都毫无例外地检验通过了。

焊接仍然是关键的一环。赵东宛提醒大家：虽然试验成功，但对于这样复杂的工艺，决不可掉以轻心。第一根立柱的焊接是顺利的也是成功的，这对于大家是一个很大的鼓舞。好的开始是成功的一半，人们几乎都认为胜利在望了。

但是，在焊接第二根立柱时，却出现了意外。焊接第一道焊口时，连续两次发生故障，不得不中断焊接，用气割割断焊接处，重新加工，然后再行焊接。谁知，第三次仍然以失败告终。

连续失败，造成人心惶惶，颓丧的情绪在不少人心里迅速蔓延，包括技术人员和个别领导。这个情况自然也惊动了在厂工作的苏联专家。

苏联专家对"一重"在那个时候制造万吨水压机持有异议。他们认为，现在工厂正处于建设阶段，还不具备生产这样尖端产品的条件。现在遭遇挫折，苏联专家联名上书厂长杨殿奎，要求立即停止这种焊接方法，推迟进度，重新研究立柱制造方案。其真正含义是推迟万吨水压机的制造。

他们之所以直接上书杨殿奎，是经过一番认真考虑的。因为这位厂长是一位资深的老革命，有文化、有胆略、善于独立做出决断；战争年代，他曾经率领千军万马和敌人打过无数次恶仗，获有卓越战功；中华人民共和国成立后，他又出任了一个重要城市的一把手，也是政绩卓著。他来"一重"任职前还专门去苏联考察了几个月。因此，他在工厂里有很高的威信，加上他身材高大魁伟、声音铿锵洪亮、气势威严、作风凌厉，职工们都称他为"杨大帅"。他现在是这里数万名建设大军的"三军统帅"。

杨殿奎收到苏联专家的"建议"后，立即和赵东宛商量。"杨大帅"对自己的这位得力战友是非常信任的，而且也深刻了解赵东宛的禀性，知道他不仅是机械工业的内行里手，同时从善如流、知人善任，和厂内的专家们相互尊重、关系融洽，深受技术人员的拥戴。因此，尽管当时有些人对苏联专家的建议几乎达到盲信的程度，但事关工厂发展大计，杨殿奎还是处处先和总工程师商讨，关于水压机立柱的制造问题，更不能例外，而对前一段的试验过程，他也是了解的。可是对于"专家建议"，也得尊重。

谁知，赵东宛对这次的"专家建议"却不以为然。他的道理很简单：我们的试验是成功的，第一根立柱已经锻焊完成，那么，其余的几根也一定能够制造出来，至于现在焊接中的故障，想办法排除就是了，决不能因噎废食、半途而废。他同时向厂长阐述了自己关于如何克服困难继续进行锻焊的设想。

杨殿奎听了赵东宛富有说服力的想法，心里有底了。他当即表态：我完全同意你的意见和设想，就继续干下去吧！至于苏联专家的建议,我来对付。

赵东宛非常高兴厂长对他的理解和信任。当时,他们俩谈话结束已经是晚上九点钟了,可是,赵东宛不顾疲劳和困乏,立即赶到立柱焊接现场。这时,技术人员和工人们,似乎也听到了一点儿苏联专家建议的风声。老实说,他们也并不同意这样的"专家建议",可是,他们凭经验知道这个建议的分量。到底会有什么样的结果,谁也不敢预料,但谁也不愿意离开现场,都在焦急地等待总工程师的决定。

赵东宛来到现场后,立即被技术人员和工人们围住了,他们迫不及待地询问:我们下一步到底怎么办?

赵东宛的回答很简单:一切按原计划进行。气可鼓而不可泄。既然第一根立柱焊接成功了,第二根、第三根、第四根也一定能够焊接成功。他把自己的设想和解决问题的办法详细对大家做了说明,然后决绝地说:"焊接工作一天也不能停!大家一定要振奋精神、鼓足干劲、总结经验,采取有力措施继续作战,克服一切困难,一天不拖、一斤不少地按时完成国家交给我们的任务!"

说得斩钉截铁,没有半点儿犹豫。

在战场上,指挥员的决心是最好的动员令。现在,赵东宛坚定而明确的态度,是对现场人员最有力的鼓舞。于是,新的战斗打响了。人们憋着一股劲,横下一条心,一定要把这块硬骨头啃下来,让全世界都来看一看(其中也包括苏联专家):中国的技术人员和工人的智慧和能力,绝不比其他任何国家的差!外国人能够办到的,中国人也一定能够办到。

从那一天晚上开始，焊接现场就沸腾起来了。日日夜夜机器轰鸣、焊花飞舞、灯火通明。爱国热情和攀登世界高峰的雄心壮志，激励着现场鏖战的人们。赵东宛始终和技术员与工人们一同作战。在连续四十余天的苦战中，有的工人一刻也没有离开过现场。在二十一世纪初，我故地重游，又来到富拉尔基重型机器厂水压机车间访问，当年参加这场战斗的一位姓刘的老师傅对我说："那时候，不知哪里来的那股劲，每天干上二十四小时也不觉得累。都是赵厂长（人们习惯地把那个副字去掉）硬把我们往家里赶，才会离开现场。可是，他撵我们走，自己却不走，和技术员们比着干。那会儿，'杨大帅'也天天到现场来，他来后，头一件是给我们送好吃的，大白面馒头和红焖肉。那年头，这两样东西可是稀罕物啊——据说是工厂专门派人到大兴安岭花高价买来的——平时谁能吃上这个呀！这也算对我们的特殊犒劳吧！第二件事就是赶我们回家休息。他说：'大家一定要劳逸结合，谁也不许拼命！'有时，他还批评赵厂长哩，说他不该带这个头。赵厂长也只好虚心接受，说坚决改正。可是，那时谁能听进去这样的话呀？表面上服从，他前脚走，我们紧接着又干上了。急得赵厂长干跺脚，拿我们也没有办法。"

这位老师傅的话，生动地刻画了那个不平凡的年代人们不平凡的精神面貌。现在有的人可能认为，这些人这么玩命干，是不是有点儿"犯傻"？可是，我们现在缺少的就是这样的"傻"劲——实际上是无私的奉献精神。当然，时代不同了，没有必要要求人们仍然像当年那样去日夜鏖战，可是，这样的战斗精神还是应该提倡的。

就这样，连续战斗四十余天，终于完成了五根大立柱的焊接任务，为制造万吨水压机打下了牢固的基础。

大立柱的焊接成功，不仅获得了全国机械工业领域的热烈赞扬，也得到了高等学校和学术界的高度评价，焊接专业的教师们均以此作为特殊学术教材介绍给学生们。需要特别指出的是，一九六二年在荷兰召开的国际焊接年会上，由清华大学的潘际銮教授代表中国焊接界专门做了有关大立柱大截面电渣焊的学术报告。报告得到了与会代表们的好评，专家们认为：这不仅是中国也是世界焊接界的大事，具有开创性的意义。因而获得了年会的大奖，为中国的焊接事业争了光，赢得了很高的荣誉。

有趣的是，当年曾经承担"一重"工厂设计的原苏联重机厂设计院的总设计师西蒙诺夫在来"一重"参观时，看见焊接成功的一根根大立柱也连声叫好。他真诚地说："苏联是电渣焊的故乡，但在苏联也未曾用电渣焊焊接过如此大件。你们中国人真是了不起，我衷心祝贺你们！"这位专家在不自觉中否定了他的同事当年给"一重"厂领导所做的错误的"建议"。

还特别值得人们赞誉的是，这项技术的成功，也是赵东宛在二十世纪九十年代获得俄罗斯自然科学院院士称号的重要依据。这一年，为了表彰赵东宛在科技方面，特别是重型机械制造方面的突出贡献，俄罗斯自然科学院特别做出决定：授予他外国院士的荣誉称号，而且专门派遣副院长马林科夫教授来到中国，协同俄罗斯驻华大使罗高寿一道，于一九九六年五月一日，在人民大会堂为赵东宛颁发了证书和奖章。这是俄国自然科学院少有的创举。中国人在自己国家的科技工作中取得了优异成绩，却由外国科学院授勋、颁奖，可以说是"墙内开花墙外香"了。

俄罗斯自然科学院这个创举，在获得人们普遍赞扬的同时，也给已经升任国家人事部部长的赵东宛，带来意外的荣誉和心灵的慰藉，他欣慰地说：我没有虚度年华。

大立柱的焊接成功，大大加快了万吨水压机制造的进度。横梁和底座的铸造，他们采用了"多包浇铸"方法。这种方法，也是"一重"在先前制造大型轧钢机机架时工人和技术员集体智慧的结晶，先后数例铸造成功，已被工人们熟练掌握，所以没有花费太多的时间，便先后顺利完成了。不过，浇铸的情景是相当震撼人心的：三台六十吨的大平炉，同时熔炼钢液，炉火熊熊，烈焰滚滚，经过一定时间，达到预定火候，一齐打开炉门。一台台天车开了过来，敞开盛钢桶，盛接着滚滚钢水，然后一齐注入造型地坑，缕缕火焰直升天宇，有如满天红霞，辉映塞北草原，照得日月无光。这种奇景，人间罕见。

铸造成功后，经过热处理，随即进行机械加工。

此时，其他各个部件也分别送达各制造车间。因受大立柱焊接成功的鼓舞，各车间无不加速进行。他们说，大截面电渣焊技术要求那么高、有那么多的困难，都被克服了，我们这些活件，都不在话下了；人家有那样的干劲，我们也不能自甘落后。因此，在负责加工水压机部件的车间，二十五米深孔钻、九米大立车、四十米宽大的热处理炉、高大的龙门铣等先进设备，都一齐开动起来；各技术处室，也纷纷展开了劳动竞赛，他们争先恐后、废寝忘食、捷报频传。那时工厂的技术大楼，每天都灯火通明，工程技术人员不甘人后，也是通宵达旦和时间赛跑。

赵东宛每天都要到各加工现场巡查一番。他除了对工人和技术员们的劳动热情表示鼓励外，同时再三叮嘱大家：百年大计，质量第一，大家一定要严格把好质量关。

六　钢铁巨人站起来了

最后一道工序，就是进行安装了。为了更好地发挥第一台万吨水压机的作用，"一重"专门为它建造了一座高达四十余米的大厂房。在进行厂房施工的过程中，同时进行了水压机的安装，并且很快安装成功。三十年后，当年安装万吨水压机时担任青年突击队长、后来的工厂副厂长张万春告诉我："我们那会儿干活儿，身上觉得有使不完的劲，这是我们一重人亲手造出来的第一台世界尖端产品呀！这千载难逢的机会，谁遇见了都觉得光荣，哪里还觉得累啊！有一天夜里，杨大帅和赵厂长又到安装现场了，看见我们干得汗流浃背，就命令我们休息。赵厂长还指着我的名字说，万春，你带个头，领着大家去躺一会儿。厂长的话我得听呀，把手里的家伙一扔，往旁边的横梁上一靠，站在那儿就迷糊过去了。你说多没有出息……"当时人们安装水压机的精神状态，可见一斑。正因为人们有这样的干劲，这个号称"钢铁巨人"（这是职工们对它的爱称）的"大家伙"，很快便站起来了。那一天可是工厂的盛大节日啊！到处彩旗飞扬，欢声雷动，前来参观的人络绎不绝，人们无不为我国能够生产这样的尖端产品而自豪。许多从国外回来的老工程师和发须斑白的老工人,望着横梁上标铸的"中华人民共和国第一重型机器厂"两行大红字,流出兴奋的热泪——这是我们自己亲手制造的我国第一台万吨水压机,是中国人的骄傲呀!

在万吨水压机第一次试车时,我曾有幸亲眼见证那个激动人心的场景。在高高的操纵台上,一个身材高大的工人,身着崭新的白帆布工作服,头戴一顶鸭舌帽,眼睛罩着墨镜,手持操纵杆,面对三十余米高的钢铁巨人,昂然而立。一个重达两百余吨的钢锭从加热炉中运过来了,天车伸出力拔万钧的手臂,将钢锭稳稳地放置在水压机的砧子上。操作工大手一挥,水压机横梁迅速落下。随着操作者手的挥动,炽红的大钢锭像面团一样被揉来搓去,金花四溅,很快变成了一根长长的大轴……这情景是那样的壮观,那样的绚丽,谁看了都会心潮澎湃、激动万分。

双喜临门。随着万吨水压机的制造成功,第一重型机器厂也提前建成。一九六〇年六月四日,国家对"一重"进行全面交工验收。那时候,还有其他一些大型机器产品也安装并试车成功。于是,国务院决定:由黑龙江省省长李范五为主任委员、第一机械工业部副部长段君毅为副主任委员,以及中央其他部委、黑龙江省委、齐齐哈尔市委领导和各方面的专家组成的国家验收委员会,对工厂的各个环节进行了严格的考核。领导和专家们走遍了工厂的每一个车间、处室和各个角落,面对这座"草原上的钢铁之母"和一个个"钢铁巨人",验收委员会在"富拉尔基重型机器厂建设工程验收鉴定书"上写下了这样的话:"(一重)自一九六〇年初已全面投入生产,截至一九六〇年五月二十日止,已生产出机器产品两万五千一百一十三吨,其中包括具有世界先进水平的1150初轧机一套,和一万两千五百吨自由锻造水压机一台……"

这是最具权威的、经得起任何考验的历史证明!

需要特别补充说明的是,除了毛主席之外,当时几乎所有中央领导同志都来"一重"视察过,给全厂职工以巨大的鼓舞。特别是周总理前来视察时,消息不胫而走,一下子把全厂都轰动了。应广大职工希望和总理会面的强烈要求,工厂临时改装了一台敞篷汽车,总理乘车从欢迎的人群中驶过,向群众亲切招手致意。职工们(包括我在内)一齐欢呼雀跃。临别时,总理讲了一句话:"同志们,你们这个工厂可是'国宝'啊!你们要努力使它大放光彩!"从此,"一重"便戴上了"国宝"这个桂冠,当然,万吨水压机是其中的最亮点。

随着万吨水压机的制造成功和工厂的全面建成,"一重"所生产的机器产品不断涌现,武装了新中国大批工厂矿山,许多产品填补了我国科技产品的空白。其中一万五千吨水压机和三万吨模锻水压机,更是举世瞩目。特别是还有不少产品行销国外五洲四海,人们到处可以看到"中华人民共和国第一重型机器厂"的标识。

不但如此,"一重"的建成还带动了整个富拉尔基天翻地覆的变化,只见到处高楼林立、市场繁荣,那些窝棚和马架子,早已无影无踪了,泡子和沼泽变成条条马路,又宽又长,向远方伸展;马路两侧的绿柳白杨排列有序,南国的花、北国的草铺展在马路中心。立交桥宛如一道彩虹,悬挂在马路的交叉点上。

大街上车水马龙，昼夜不息。新的工厂纷纷兴建，钢厂、电厂、水泥厂、纺织厂、化工厂、食品厂等如雨后春笋，接连建成。昔日的富拉尔基无影无踪，代之以崭新的工业新城。

需要加以说明的是，现在的"一重"已经易名为"中国一重集团有限公司"，在天津、上海、大连等城市设有分厂，成为全国首屈一指的特大国有企业。特别有意思的是，"一重"的厂前广场已成为独特的景观：高大雄伟的厂房宽敞辽阔，像一道硕大无朋的大屏风，矗立在正中间，两旁是两座米黄色的俄式大楼，楼顶镶嵌着亮晶晶的五角金星，日夜闪烁着金光。厂前是宽大的广场，广场中间，屹立着巨大的、重达数百吨的不锈钢毛主席塑像，昂首挺胸、神采奕奕，一只大手指向远方。周边是深层的绿化带，那里苍松翠柏、绿柳白杨，排列有序；花坛内，奇花异草一年四季各显其美。这里不是公园，胜似公园。少先队员过队日、共青团员过团日、党员入党宣誓都选择在此处。节假日，来自四面八方的游人，总爱在此驻足观赏一番，以饱眼福。有鉴于此，黑龙江省旅游局把这里正式列为游览重地，榜示全国。前来观光的国内外游人络绎不绝。

因此，"一重"成为闻名寰宇的重型机器产品基地，富拉尔基成为举世瞩目的工业重镇，是中华人民共和国骄傲的象征。据此，人们普遍认为，第一台万吨水压机的诞生，具有深远的历史意义。

一台机器成就了一座大工厂，一座工厂托起了一个工业重镇，雄哉！伟也！

大国之"盾"
——中国盾构机制造精英人物记

陈宏伟

一

二〇二二年七月二十八日,去中铁工程装备集团有限公司(简称中铁装备)采访之前,我一直在查找一种叫凿船贝的软体动物资料,它还有一个更响亮也更令人恶心的名字——船蛆。根据资料图片可以观察到,船蛆的身体前端有两片薄薄的小贝壳,上边有细密的齿纹,犹如木工的锯子一样锋利,使它们可以轻松地凿开木头而钻进去。船蛆的尾端有两根管子,它向木头凿进的时候,管子便伸出孔外,一根负责"吃进"与呼吸,另一根用来排泄废物。在管子的根部还有一对石灰质、形似小铲子的铠,遇到环境不适应或敌害侵犯时,两只铠便发挥特殊保护作用,快速把洞口堵上。尤为奇特的是,它的身体会分泌石灰质,涂在孔壁上形成保护壳,来抵抗木头潮湿后发生膨胀的挤压。这种外形似蠕虫、身躯细长而柔软的贝类虫子,对海洋中的船舶等木质设备破坏性极其严重。一五〇三年六月,哥伦布第四次航海到南美洲的牙买加,船队二分之一的船只被船蛆毁掉，船员们被困在牙买加的一个小岛上。

我想象船蛆在木头上打洞的情形时，怎么也不能把它与被称作"地下蛟龙"的盾构机联系在一起。据说两百余年前，法国工程师布鲁诺尔就是由船蛆产生灵感，发明了人类历史上隧道施工实现重大技术突破的盾构机，为现代盾构奠定了技术理论基石。

盾构机，就是使用盾构方法的隧道掘进机，主要用于铁路、公路、地铁和水利等基建工程的隧道施工。被公认为衡量一个国家装备制造业水平和能力高低的关键装备，代表着一个国家的基建实力，绝对的"大国重器"。

我国的隧道施工，与世界先进国家相比较为落后。二十世纪五六十年代，主要靠人工挖掘，"钢钎加大锤，打眼再放炮"。这个阶段，挖通一条普通隧道，一千名工人要干上大概五年，而且还无法避免人员伤亡。假如这条隧道用一台盾构机挖掘，五个月就可以完工，还能有效保证施工人员安全。

到了二十世纪七八十年代，采用"钻爆法"，风钻打眼，起初使用轨道翻斗车运输，但主要还是靠人力。后来开始采用凿岩台车进行钻眼作业，加上衬砌模板开展大型机械化施工，机械化程度逐渐提升。

直到二十世纪九十年代，我国开始全面采用盾构机进行作业，施工机械化与工作效率都有了质的飞跃。一九九七年，在西康铁路秦岭隧道施工中，我国以近七亿元的高价，首次引进了两台德国硬岩掘进机，挖掘效率大大提升，隧道工期提前了十个月。

伴随着中国经济的腾飞，我国地铁、隧道建设也进入了飞速发展时代，成为"隧道及地下工程规模最大，修建技术发展速度最快的国家"。

盾构机的使用，将地铁开挖功效提高了五至八倍。同时，在施工过程中地面不沉降，不用大面积拆迁，也不阻断交通，而且施工无噪音，基本不影响居民正常生活。但盾构机的成本也十分昂贵，大型盾构机技术附加值高、制造工艺复杂，在二〇〇七年之前，国际上只有欧美和日本的一些企业研发生产，我国的盾构机几乎全部依赖进口。

至二十一世纪初，经过两个世纪发展的盾构机，国际上形成了三大流派：擅长硬岩挖掘的美国盾构，做工精巧为特征的日本盾构，以及适用性好的德国盾构。全球的盾构市场，也主要由美、德、日三国的几家盾构企业垄断。

我国在享受"洋盾构"高效的同时，也尝尽了受制于人的苦果：以重金买来的盾构机，维修、保养完全受外国人控制，连一张图纸也拿不到。而且，外方对技术保密，维修现场禁止中国人进入。维修工时也完全取决于外方，严重影响工程进度。更令人瞠目的是维修费用，让我们有苦难言。

对于正在发展的中国来说，铁路、公路、水利、城市地铁、海底隧道等大量基础设施的建设，对盾构机的需求占到了全球七成以上，自主研发生产盾构机，成为摆在中国面前的唯一出路。

"一定要造中国人自己的盾构！"这成了最早一批使用国外盾构机的中铁人的梦想。

二〇〇一年，由中铁隧道股份新乡机械制造公司（中铁装备前身）承担的"关于隧道掘进机关键技术的研究"，被正式列入国家"863计划"。二〇〇二年十月，成立了以国家重点基础研究发展计划（"973计划"）首席科学家、中铁盾构产业化事业创始人和开拓者李建斌为带头人，以年轻大学生为主要成员的"筑梦之队"——十八人盾构机研发项目组，开启了中国盾构研发的新征程。

二

我如约来到了坐落在郑州市经济技术开发区第六大街的中铁装备总部，深入到这个世界双五百强的央企车间，感受盾构机全球"老大"的风范，了解其在盾构机研发生产方面的辉煌历程，近距离接触那些为盾构机做出突出贡献的专家、技术骨干。

中铁装备占地面积并不大，生产车间、实验室、办公楼紧凑地集中在一个院区。但就是在这里，可以生产出世界一流的盾构机，产销量已连续四年稳居世界第一，为新加坡、意大利、法国、丹麦、澳大利亚等二十五个国家和地区提供地下工程装备综合解决方案。从全球盾构机专利情况对比来看，截至二〇二一年十月，中铁装备的盾构机专利位列全球首位，共有一千零四十四个，二〇二一年盾构机订单达二百二十九台，销售约八十点九九亿元。

在高大、宽敞的总装车间，工人们正在组装一台六七十米长的盾构机。陪同采访的工作人员是一位刚过而立之年的美女，大方文静。她告诉我，盾构机在这里安装调试好，再拆分装车，运输到定制的施工现场。

我问道:"我看新闻注意到,二〇一四年习总书记来视察的时候走进了盾构机的'腹部',那应该是什么位置?"

她走近盾构机靠前端的控制室,指着中间的通道说:"总书记就是从这里上去,一直走到头。现在这台盾构机拉起了一道防护绳,不让上去。"

"习近平总书记在那次提出了'三个转变',对吧?"我又问。二〇一四年五月十日,习近平总书记在中铁工程装备集团视察时发表了"三个转变"的重要论述。

"您了解得挺多的。"她点点头笑笑,然后领着我走到车间外边的一块大屏幕前说,"我们中铁装备把总书记的话放在这里,大家天天见,人人都铭记。"

蓝色的屏幕上显示的,有习近平总书记对中铁装备攻克科研难题、突破盾构机系统集成技术壁垒的自主创新给予的肯定,还有"三个转变"的具体内容:推动中国制造向中国创造转变,中国速度向中国质量转变,中国产品向中国品牌转变。

"习近平总书记对中铁装备评价很高啊。"我向她竖起大拇指。

她自豪地说:"我们中铁装备一直在践行总书记'三个转变'的要求,公司领导们都说,决不辜负总书记的重托。"

我们来到以电气高级技师李刚名字命名的"大国工匠工作室"时,李刚正在向他的团队交代脑神经系统技术上的细节问题。

李刚严肃地说:"我再强调一遍,要精细、精准、精微、精妙,不能有一丝一毫的误差。"

盾构机制造技术涵盖了机械、电气、液压、传感、信息、力学、导向研究等数十个领域，其中精密零部件多达三万余个，仅一个控制系统就有两千多个控制点。仅李刚团队负责的电路系统，就被五十多个接线盒所控制，每个接线盒又有一百多根电线经过，形成了一个巨大的神经网络，相当于盾构机的"神经中枢"，连接着整台盾构机的每一个机械运动，直接决定着盾构机的行动能力。

我仔细观察了一下，李刚的手并不粗糙（我的意识中，工匠们的手应该都是黝黑而布满老茧的），反而白净、修长。这有点出乎我的意料。但就是这双手，犹如长了眼睛，李刚即使闭着眼睛，也能娴熟地在狭小的接线盒里把蜘蛛网一样的线路接得分毫不差。

"没有点绝活，可成不了大国工匠。"美女工作人员神气地说，"李师傅可上过央视新闻频道的《大国工匠》栏目，报道了他五十八天攻克马蹄形盾构机相配套的'神经中枢'的事迹，有五分多钟呢。"

后来我找到央视二〇一六年十月七日报道的视频资料认真观看，发现李刚在盾构机电气系统的创新水平一直领先世界。二〇一二年，李刚研发制造的盾构机核心部件液位传感器性能跃居世界第一，打破了国外企业的百年垄断。而马蹄形盾构机包括"中枢神经"在内的诸多领域，也均是世界第一。

李刚一九九三年从技校毕业后成为中铁集团的一名电气修理工，工作中喜欢钻研，曾参与秦岭隧道德国盾构机的安装、调试。因为这个经历，李刚被吸收到"筑梦之队"，负责盾构机电气系统的技术研发。他与队友们一起，从图纸入手，梳理每个系统、每个电缆走势。在漫长又短暂的五年中，李刚带领团队，对每个技术环节实现了从陌生到熟悉、从熟悉到熟稔的目标。

二〇〇七年，"盾构机模拟实验平台"通过国家"863计划"专家评审组验收，国产盾构机顺利转入生产阶段。此期间，李刚负责第一台国产盾构机制造中的电气系统，并顺利完成。

二〇〇八年四月，我国第一台拥有自主知识产权的复合式土压平衡盾构机——"中国中铁1号"诞生，整机性能达到国际先进水平，多项关键技术达到国际领先水平，填补了我国在复合盾构制造领域的重大空白，打破了"洋盾构"一统天下的局面，并迅速占领国内市场。

二〇〇九年，中铁装备落户郑州，成为国内最大的盾构研发制造基地。

"中国中铁1号"在天津地铁施工中，成功穿越施工难度最大的渤海大楼、张学良故居、"瓷房子"等组成的历史文化街区标段，其掘进速度快、地表沉降控制好的优越性能表现，赢得了国内外的一致赞誉。

"我就是把接线这件事做熟练了。"李刚谦逊地笑道。在他身上，感觉不到一点"大国工匠"的派头，他自己也不认为做了什么了不起的事情。

"学技术要钻研，不能只学皮毛，产品好才是硬道理。"李刚经常对徒弟们这样说。从这句朴实的话中，可以看出李刚骨子里那种精益求精的工匠精神。

三

见到叶蕾的时候，有点吃惊，三十七岁的帅哥，清秀、腼腆，看起来更显"嫩"，与他的身份有点不相称——叶蕾早已是中铁装备的研发技术带头人、集团设计研究总院总工程师，二〇二〇年还获得了"全国青年岗位能手"的称号。

在叶蕾身上，正应了那句"自古英雄出少年"。

二〇〇八年，叶蕾二十三岁就被委派到北京参与一台我国与国外某著名盾构机厂商联合制造的盾构机组装。

也就是从那时起，叶蕾爱上了盾构机，有了"一定要有自己的核心技术，一定要造出世界上最好的中国品牌盾构机"的信念。

二〇一六年八月，叶蕾接到了为广东汕头苏埃海湾隧道项目研发一台超大直径泥水平衡盾构机的任务。此时，这种盾构机的核心技术还被国外所垄断。为了不受制于人，叶蕾带领技术团队不断探索钻研，相继攻克了超高承压能力系统集成设计、常压换刀刀盘技术、伸缩摆动式主驱动技术等难关，终于完成了这种盾构机的设计研发。二〇一七年十月二十六日，叶蕾参与设计研发、我国自主设计制造、直径达十五点零三米的泥水平衡盾构机在郑州下线。这标志着我国超大直径盾构设计制造水平跻身世界前列。

"在我们中铁装备，每个技术研发人员都有一股不服输、不低头的韧劲儿，有敢拼敢干、永争第一的精神。"叶蕾这么说的时候，眼睛中闪现出特别的光芒。我明白，那是支撑他攻难克坚的精气神。

焊接车间与其他车间比起来，没那么"亮丽"，整个色调有点灰暗。当焊花绽放的时候，整个车间像在放烟花一样，充满了诗意。更具浪漫情调的是，这个车间有一对夫妻焊接技师——王永安与王玉杰夫妇。

王永安二〇〇七年高中毕业，没能考上大学，便进入新乡市一家企业做电焊学徒工。在这里，他遇到了王玉杰，两人情投意合，经常一起切磋技艺，谈论人生，后来两人结为夫妻。二〇一三年初，中铁装备招收技术工人，王永安与王玉杰经考试，双双过关，一起进入中铁装备从事盾构刀盘焊接。

"刚进公司的时候，我有点不顺利，没我媳妇的技术好，不光焊接的东西一些要返修，还会把材料焊坏，工友们在茶余饭后拿我们两口子开玩笑，说我俩在焊接技术上是阴盛阳衰。"王永安说完大笑起来。我理解他笑的含义——凭借几年的拜师学艺和勤学苦练，王永安二〇一七年六月在堪称国际焊接技术与技能水平的风向标、被誉为全球"焊工世界杯"的"嘉克杯"国际焊接技能大赛中，一举夺得"熔化极混合气体保护焊"个人赛二等奖，还被评为"中国中铁技术标兵""中铁装备十大杰出青年"。

四

实际上，我很想采访全国"最美科技工作者"、"央企楷模"、中铁装备盾构机研发团队技术骨干王杜娟。但她太忙了，只能等以后有机会了。

不过这里还是要写到王杜娟——这位生于一九七八年的年轻"老"专家，对国产盾构机的研发立下了汗马之功。

王杜娟从石家庄铁道学院毕业分到中铁隧道机械制造公司工作一年，正赶上"筑梦之队"启航。于是，怀着"振兴民族工业"梦想的王杜娟加入了研发团队，从此与盾构机绑在了一起，把美好的青春献给了盾构机研发设计事业。

在七年的研发中，王杜娟为了获取研发数据，走遍全国四十多个地铁建设城市，和队友们攻克了盾构机刀具－刀盘与液压驱动系统关键技术研究及其应用等五项关键技术。

习近平总书记二〇一四年视察中铁装备时，王杜娟作为科技创新代表向总书记汇报了盾构机的原理及应用情况。

王杜娟先后参加了四项国家"863计划"项目的研究，其中具有自主知识产权的国内首台复合盾构机斩获了国家科技进步一等奖。她带领团队摸爬滚打近二十年，完成盾构设计五百多台，研发了一批具有奠基性、开创性、战略性、挑战性的国内首创与世界首创产品，超大断面矩形盾构、马蹄形盾构设计制造技术处于国际领先地位，四项技术国际先进，八项技术国内领先，主持编写国家标准三项、行业标准两项，参编国家标准六项，为推动盾构重大技术装备的国产化以及产业发展做出了重大贡献。

如今，王杜娟虽然从集团总工程师转岗副总经理，但依然坚守在研发一线，在创新的路上前行。

二〇一五年，国产首台铁路大直径盾构机下线，拥有完全自主知识产权，打破了国外近一个世纪的技术垄断。到二〇二〇年，国产盾构机已走过十八年，从开始百分之八十五依赖进口，到现在输出全球，占全球市场份额三分之二以上。中国已经成为全球最大的盾构机市场，也是最大的盾构机生产国。

而中铁装备，盾构机产销量已连续四年稳居世界第一。仅二〇二一年就新签订单二百二十九台，为新加坡、意大利、法国、丹麦、澳大利亚等三十个国家和地区提供地下工程装备综合解决方案，并持续深耕隧道掘进机关键共性技术、前沿引领技术、颠覆性创新技术领域，在超大直径盾构机、硬岩TBM、异形盾构机领域取得了长足发展，带领我国盾构机产业走出了一条自立自强的创新之路，实现了从有到优、从优到强的华丽转身，一跃成为全球魁首，被誉为我们的大国之"盾"。

中国龙的心脏
——中国核动力研究设计院首创第一艘核潜艇反应堆潜藏的故事

蓝 帆

兵马已到　满目荒凉

一

潜伏于西南群山中的蜿蜒溪流，经邛崃山脉巴朗山与夹金山之间蜀西营融化的雪水，汇成了绵延千里的青衣江。它们自西向东，或宽或窄，百溪成川；它们不辞辛劳，集纳千流，相连万水；它们像银龙巨蛟、壮蟒飞豹，越险滩，跳峡谷，滔滔不绝奔赴大渡河、岷江，再汇入长江。

一路奔涌的青衣江，见证了一群中华优秀儿女在西南深山的艰难求索；原始荒凉，千年沧桑；在这远离都市、远离繁华的无名山沟里，中国核动力骄子们蛟龙般奋战在大三线，他们的故事潜藏了半个多世纪，今天,我们才有幸走近他们艰苦奋战、惊世骇俗的历程。

二十世纪六十年代初，刚刚从废墟上站立起来的中国，面对美国、苏联等国核垄断、核威胁、核讹诈，加强国防建设，构筑保卫祖国的铜墙铁壁，时不我待，迫在眉睫。毛泽东发出了惊天动地的声音："核潜艇，一万年也要搞出来！"这句话成了中国核动力科学家们奋斗的方向和发力的引擎。

筚路蓝缕，以启山林！八千建设军民潮水般涌入西南这条无名山沟时慷慨悲壮、气势如虹，为打造中国的硬核，从零起步，昼夜奋战。

二

开发核动力国内没有数据可参照，没有资料可借鉴。如果说有人见过，那就是曾有人见过两张国外资料上的图片，还有一位外交官回国时偶遇出售儿童玩具的核潜艇模型，他买下是要带回家中给孩子玩的。如果说有交流，那就是曾有过苏联领导人访问中国，我们曾提到渴望合作，但被拒绝。如果说有交流，那就是我们的访问团出访，仅仅看到苏联的破冰之船。

面对国际大势，每位与核事业相关的国人都有强烈的紧迫感：必须创造出自己的核能产品，要为海上舰艇安装势不可挡的核能心脏。中国人要自力更生造出一个强壮的核潜艇灵魂，让它经得起大海的推搡颠簸，经得起雷霆万钧的冲击，经得起蒸蒸日上的世界高端核武器的比照。

要想使我们核潜艇的心脏强壮有力、下水后万无一失，就必须先在地面研制一个陆上模拟反应堆，经反复试验便于操作运行，这也是其他国家制造核潜艇反应堆的唯一选择。

土法上马　建造房屋

一

一列列绿皮火车陆续驶进山沟,走下来的是一批批热血青年,他们来自部队、机关、学校和水电行业。他们告别了家乡和亲人,有的还放弃了稳定的工作,情愿跻身艰苦荒凉的三线地区,立志"干惊天动地事,做隐姓埋名人"。从北京、上海、东北、西北等各个方向出发的参战人员,怀揣建设祖国、奉献青春的激情志向,打造"中国硬核"。

中华人民共和国成立刚刚几年,人才匮乏,经济社会百废待兴,创建核工业基地,形成高科技新能源,为核潜艇建造有力的心脏,防范侵略保家卫国,这是多么崇高的理想、伟大的事业。然而,经济凋敝,专业空白,谈何容易!俗话说,兵马未到,粮草先行。但这里兵马已到,除了荆棘满目,杂草丛生,其他无从谈起。

运输无路,物资短缺,唯有先修路,先建房,要保证物资运得了,设备能安装。

荒凉的山沟里,基地建设热火朝天。解放军官兵、刚毕业的大学生,所有参战人员都不讲条件,不论分工,挥汗如雨开发这片荒芜之地。拾柴草,清山林,捡石头铺路。说是铺路,砂浆水泥、沥青细石全都没有,更别提打夯、压道。能做的只是把茂密的灌木杂草清理出去,落差大的地方多扔些土石垫起来,让人们可以下脚行走而已。之后运来的很多机械零部件,都是手搬肩扛人抬摆放到位的。

二

人气旺了，流窜的草蛇远了，蚊子却肥硕了。到了三伏天，男同志们甚至都要戴着帽子防蚊子，年轻的姑娘们要戴上围巾护脸。

巴掌大的蜘蛛随着杂草打秋千，密集的织网扯不断……无论白天还是夜晚，老鼠、狐狸、野猪们兴师动众地来拜访都是常事。让大家更为苦恼的是，这些家伙甚是嚣张，曾咬断他们日夜辛苦安装的反应堆零部件，夜里还钻被窝骚扰。恐怖事件何止这些，那些小到针眼儿大的跳蚤，会让人全身过敏，寝食难安。会飞的"黑夜魔鬼"——蝙蝠，也在夜里突袭走出实验室的工作人员，吓得人连连后退。更让人惊悚的是，曾有毒蛇盘踞在门把手上装死，伺机偷袭……

这些五味杂陈的经历，他们只能咽在肚子里，因为这是国家重点保密工程，工作状态、生活环境、具体地点……亲人们一概不知。外界只知是"西南水电研究所"，这些人是来发展四川水电产业的，代号"909"。

三

核基地研发办公楼旧址，一座座鹅卵石为墙面的房子，太阳下闪烁着岁月磨砺的光，当时"因为没有砖，没有大量木材，第一批三线人只能用'干打垒'土法建造这种房子"。

由于保密需要，基地没有通信地址和门牌号，往来书信只能投到草绿色的"291信箱"。这个信箱像亲人一样陪伴核动力人近六十年。而今，因历史价值非同一般，国家文物部门带走了信箱原件，基地又重新制作了复制品。这个跨世纪的信箱贻误了多少喜讯、情话及父母临终时的呼唤，又肢解了多少情缘……

争分夺秒的岁月，惜时如金，昼夜奋战，建设大军不能抽身顾小家。他们不计报酬，也没有什么福利，更没攒下"细软"。

就说这些专家当中身份最高的彭士禄吧，他所有的宝贝就是：一个多处掉瓷的搪瓷茶缸，一个严重变形的铝合金饭盒，一双每天必穿、磨得失去了光泽的胶鞋，一个褪色的小皮箱。对了，还有一个算盘、一本翻破了的《毛泽东选集》单行本、一本毛主席语录合订本、一盏台灯、一支手电筒，它们至今犹在当年那窄小的办公室桌上怀想着主人。

大潮暗涌　静水深流

一

说到我国核动力成果，人们首先会想到一个如雷贯耳的名字：第一代核动力专家、核潜艇第一任总设计师、中国工程院首批资深院士彭士禄，我们就随他走进遥远的昨天吧。

二十世纪五十年代，国际核武器迅猛发展，为保障国防安全，中国急需核动力人才。根据国家安排，彭士禄和其他四名中国学生被选送到苏联莫斯科动力学院核动力专业进修，与其他三十五位苏联学生组成了特殊班。特殊班分四个专业，彭士禄被分配到核反应堆专业。一九五八年彭士禄学成回国，被分配在国家二机部原子能研究所。一九六二年，国家组建了核潜艇项目专家团队，开始核动力装置预演，彭士禄被任命为核动力研究室副主任，研究室没有主任，彭士禄就是实际工作的总负责人。

满目疮痍的新中国成立初期，中国的核能力是零，中国政府便希望当时与我们友好的苏联老大哥能提供援助。一九五九年赫鲁晓夫访问中国，在与毛泽东会谈时，提出了与中国建联合舰队，同时在中国建长波电台的军事合作建议。表面是"建议"，实则是控制、垄断和讹诈。毛泽东断然拒绝。"英国人、日本人，还有许多其他外国人，已经在我们的国土上待了很多年，被我们赶走了。赫鲁晓夫同志，我再说一遍，我们再也不想让任何人利用我们的国土来达到他们自己的目的。"

——为对抗西方国家与苏联的核威胁和核讹诈，毛泽东发出了钢铁誓言！领袖掷地有声的话，激荡着核能创造者的民族尊严感、责任感和强烈的爱国热情。"一万年太久，只争朝夕！"彭士禄和他的同事们深受鼓舞，决心自力更生、艰苦奋斗，尽早将核潜艇研制出来。专家们信誓旦旦地说："我们一定要创造出中国人的'争气艇'。"

二

一九六五年，中央专委和中央军委批准了核潜艇陆上模式堆的建造方案、地点及协作关系，代号"909"。当初这个对外保密的"909"基地，在不同时期曾有过不同名字，但后来改名为中国核动力研究设计院，隶属中国核工业集团，是中国唯一集核反应堆工程研究、设计、试验、运行和小批量生产为一体的大型综合性科研基地，对外还是叫"909"。当时组织决定让彭士禄担任核潜艇工程和陆上模式堆研究设计试验运行的技术总负责人，同时，决定由赵仁恺负责陆上模式堆工程建造中的生产准备、调试和建成后的运行管理工作。

一九六五年八月，在党中央的领导下，我国核动力开发研制专家们，为第一代核潜艇建造陆上模式堆的高端科研工程秘密开工。

三

在基地军管会（特殊年代的特殊部门）和指挥部的领导下，八千多名解放军、工人、干部、科技人员各司其职，通力协作，克服了种种艰难险阻。白天，彭士禄和模式堆土建负责人赵仁恺等专家一起，到基地现场解决岩层掘进难题；晚上，又详细研究设备安装计划、调试方案。彭士禄草拟出各个阶段可能遇到的问题文本、对策及整体工作思路。

核潜艇模式堆研发期间，为了建立反应堆的物理计算公式，在只有极少量的计算机、手摇计算器和计算尺的条件下，彭士禄带领科研人员夜以继日，计算了十几万个数据。他基本上吃住在实验室，二十四小时投入工作，无暇回家，实在困得撑不住了，就随便找个地方睡一会儿，也就是在此期间，他落下了严重的胃病、颈椎病。

由于防空的需要，模式堆建在靠山的隐蔽地方，所有的建筑单楼面积不能超过五百平方米，一幢幢平房散在山沟里，因为地势低，里面非常潮湿。

面对艰苦的条件，科研严谨高效。无论怎么忙，生活保障全靠自己动手：白天，上山打柴，下河挑水；晚上，蚊叮虫咬，还要在煤油灯下做设计，夜里蛇鼠绕床的险象时有发生。

一九六九年，中国成功进行了首次地下核试验。催促他们争分夺秒连续加班，战胜了山高、炎热、多雨、潮湿、施工现场狭窄、野兽经常破坏导致前功尽弃等困难，经过一年多的艰苦奋战，进入三月，陆上模式堆设备安装大军终于开进主厂房。至于蔬菜奇缺，燃料困难，子女入学、入托困难，在科研人员面前都排不上号。身体不舒服去医院检查，更列不到日程。

舍小家，想国家，只争朝夕，一九六九年十月，核动力装置进入安装阶段，近万件设备、管道、电缆等等，仅用了半年时间就完成全部任务。团队从上到下激动不已，他们又创下了一个"提前完成"的纪录。

"神""仙"争执　激烈碰撞

一

基建、设备安装分别提前完成，为后面的工作提供了方便。但人们不会忘记，在那个特殊的历史时期，如果没有中央领导关注进展、亲自过问具体试验结果等等，这个核科学重大项目恐怕会搁浅。

人员和设备都有了落脚之地，接下来就要面对两道重大难题。

重大难题之一：建造什么类型的模式堆，堆型是一体化布置还是分散布置？

在考虑核潜艇陆上模式堆建设的灵魂问题上，彭士禄和某些专家学者出现了严重分歧，爆发了激烈争论。彭士禄主张上压水堆，而另外一种主张是搞增殖堆，主要原因是认为这种模式某国用过……

二

经上级主管部门考察，并请钱三强等专家和有关部门参与意见，选定的是压水堆方案，并于一九六五年七月经中央批准上马。事实证明，彭士禄的主张是切合实际的。有人送给彭士禄绰号："彭大胆""彭拍板"。而支撑他大胆、拍板的是以国家为重的责任感和使命感，是严谨的科学审视，一丝不苟的工作态度，反复认证的严谨意识。用他自己的话说，他也有拍错的时候，但前面有专家认证，后面有施工人员把关，是不会让问题最终形成的。与此同时，如果他的观点真有偏颇，他也从不文过饰非。还有关键的一点是，他不允许以国家大事为借口扯皮推诿，面对大事该拍板而不拍，那是害怕承担责任。

彭士禄常说，我拍板是深思熟虑、反复论证的；拍板意味着不怕担责任，成绩是大家的，万一出了问题我负责……

建造模式堆类型的问题终于圆满解决了，可新问题又摆在面前。

三

重大难题之二：是否建造陆上模式堆？

是直接把核动力堆建造在艇上，还是在陆地制造一个同规模的模式堆？

两种不同主张各抒己见。持否定观点的认为：没必要先建造一个陆上模拟反应堆。如果建造，不但使制造成本提高百分之五十，而且还会推迟核潜艇下水进度。再则，万一控制不好，还可能成为一颗会爆炸的原子弹。这就不如直接把反应堆安装在艇上进行试验，试验成功后就可以交部队做战斗艇使用。如果不完全成功，还可以交部队做训练艇使用。经技术攻关后，再生产战斗艇。

对这种观点，彭士禄等一些专家坚决反对。彭士禄认为，舰艇上核动力装置我们没有搞过，技术上百分之百没有把握，不经过陆上模式堆进行模拟实验，就直接装到舰艇上风险太大。即使不出大问题，遇到小问题在艇上修修改改，换装设备也很不方便。何况陆上模式堆并不是试验完就报废了，花这个钱是有长远价值的。彭士禄根据判断认为，建陆上模式堆是"投入少，回报多"的好事，它可以保证核潜艇安装一次性成功。

彭士禄把这一想法和钱三强、赵仁恺等专家说深说透，交换意见，同时他强调：美、英、法等国家都曾建造过潜艇陆上模式堆，这是有科学道理的："试想，造一架飞机、一辆汽车还得制作一个真实样品呢，何况造核潜艇呢！"

吃百家饭　穿百家衣

一

作为项目的总指挥，彭士禄遇到问题不仅反复论证、集思广益，而且敢于果断决策、大胆拍板！用他的话说就是：核潜艇建设必须争分夺秒，从立项、设计、组装、实验都需要一丝不苟、精益求精。要有强烈的责任心和紧迫的使命感，不能拖延扯皮，这也是他一贯的工作作风。

"历经磨难，初心不改。在深山中倾听，于花甲年重启。两代人为理想澎湃，一辈子为国家深潜。你，如同你的作品，无声无息，但蕴含巨大的威力。"——这是中央广播电视总台《感动中国》给二〇二一年度人物彭士禄的颁奖词。

彭士禄传承着革命烈士的基因，他是中共中央原政治局委员、中央农委书记彭湃的儿子，出生在广东省海丰县，那里是中国革命的摇篮。

二

一九二八年，彭士禄三岁时，母亲蔡素屏不幸被捕，英勇就义；四岁时父亲彭湃在上海被捕。据相关资料记载，彭湃是高唱着《国际歌》走向刑场慷慨就义的。可怜的彭士禄幼年就成了孤儿，奶妈背着他东躲西藏。不久他们转移到潮州，为了躲避国民党反动派"斩草除根"的追杀，彭士禄只能隐姓埋名，姓百家姓，吃百家饭。据彭士禄回忆，他曾有二十多个"爸妈"，那些穷苦善良的农民，再穷也会把有限的鱼肉留给他吃，保护着革命志士的血脉和根苗。

彭士禄曾经住在红军战士陈永俊家，喊陈永俊的妈妈叫姑妈，家里有个姐姐，一家三口相依为命过着穷苦日子。一九三三年农历七月十六，由于叛徒出卖，彭士禄和姑妈被捕，只有八岁的孩子成了囚犯,被关在潮安监狱女牢房。没想到在牢房里彭士禄竟然见到了曾抚养过他的一位同村妈妈。在那段最难熬的苦日子里,两位妈妈照顾着他,敌人施刑逼她们说出彭士禄是"赤党"的儿子,可她们忍着受刑钻心的疼痛就是不供认彭士禄的真实身份。偶尔放风,男女牢房几百位难友看这个革命战士的后代衣衫褴褛,就凑钱给他做了一套新衣服。那一天,彭士禄就穿上了百家衣。

几个月后,彭士禄哭着告别了两位妈妈,被单独关押到汕头石炮台监狱。后来,又被转移到广州监狱,接受了一年的"感化"。在那里坐了两年牢,他受尽非人的折磨,一场重病差点让这个骨瘦如柴的孩子死在监狱。

国民党反动派曾把彭士禄列为"小政治犯"并拍了他的大头照,在《民国日报》等报刊醒目处标注"共匪彭湃之子被我第九师捕获"。正是这些消息让祖母周凤找到了彭士禄,把他从监狱营救出来。

在延安"重生" 到苏联留学

一

一九三六年祖母把他带到香港,十二岁才读二年级。当时他在香港受到抗日救亡运动影响,年轻人喊着"打倒日本帝国主义",激情四射地在大街上游行。趁祖母回老家,彭士禄悄悄加入了游行队伍。那段时间,党组织一直在秘密寻找他,直至一九四〇年终于把他找到。在重庆八路军办事处,彭士禄第一次见到了周恩来和邓颖超。周恩来见到彭士禄时凝视了好一阵子，才亲切地拉着他的手说："终于把你找到了，你爸爸是我的好朋友。要继承你爸爸的遗志，好好学习，努力工作。"

十五岁那年，党组织安排彭士禄到了延安，一九四五年他加入了中国共产党。忆往昔，彭士禄曾泪水涟涟，饱含深情地说："坎坷的童年经历，磨炼了我不怕困难、不畏艰险的性格，我对党和人民永远感激，无论我怎样努力，都不足以回报他们给予我的恩情。只要祖国需要我，干什么我都愿意！"

二

受尽人间疾苦的彭士禄，终于结束了东躲西藏的岁月。党组织又安排他来到革命圣地，彭士禄异常兴奋，从早到晚奔跑忙活，哪里需要到哪里。抗战期间，他做过护士；解放战争期间，他又去炼焦厂做过技术员……而且干什么都干出了成绩，受到党组织表彰奖励。

新中国成立后，他先后被派到哈尔滨工业大学和大连大学学习。一九五一年，他被选派留学苏联，先在喀山化工学院化工机械系学习，后转学到莫斯科化工机械学院继续深造。苏联留学期间，他刻苦学习，每次都等到别人睡了他还要安静地学习一会儿才睡。那时的留学，苏联教授每教一节课，中国政府都要付出昂贵的学费。彭士禄留学，花的是国家和人民的钱，这成了鞭策他努力求学，学成早日回国报效国家的动力。

就在他留学的第四年——一九五四年一月，在美国东海岸发生了一件大事：一个巨大而灵巧的"黑色水怪"下水，它幽灵般转眼潜入太平洋，驶过墨西哥湾、南美洲而后横穿大西洋，途经欧亚非三大洲后又回到了美国东海岸。而这遥远的航行所消耗的全部能源，竟然只是一块儿高尔夫球大小的铀燃料。如果换了石油做燃料，需要整整九十节车皮盛装……此消息一经公布，举世震惊。这就是继原子弹之后再度震惊世界的美国核潜艇"鹦鹉螺"号。这一重大新闻震撼了彭士禄的心灵，他想了很多，想了很久，想了很远，那一夜他失眠了。

三

时光如水，转眼已是一九五六年。就在彭士禄毕业准备回国时，赶上陈赓到苏联访问。陈赓在中国驻苏联大使馆问彭士禄："中央已决定选一批留学生改学原子能核动力专业，你愿意改行吗？"彭士禄兴奋地回答："我当然愿意，只要祖国需要！"彭士禄愿意留下来继续学习，是陈赓期待的，而他更期待彭士禄等五名学子毕业回国后开创中国的核科学事业。

很快，刚毕业的彭士禄又被选派去了莫斯科动力学院原子能动力专业进修深造。

告别妻儿　潜心攻关

一

一九五八年，为了打破美苏对核潜艇的技术垄断，中央拍板决定启动核动力潜艇工程项目，但正与中国友好的苏联，显然不这么想。这一年，彭士禄刚好从苏联学成回国，并被安排在北京的原子能研究所工作。因为搞核潜艇是绝密的，谁都不知道他其实就在研究所给苏联总顾问当翻译。

一九五九年，苏联人以技术复杂，中国不具备条件为由，拒绝对中国援助。没有图纸，也没有资料，更没有援助专家，一穷二白的中国核动力研究设计院的专家们，只能摸着石头过河。

一九六二年二月，彭士禄被任命为北京原子能研究所核动力研究室副主任，主持核潜艇动力装置的论证和主要设备的前期研发。当时的中国正处在三年经济困难时期，开展核潜艇创造的困窘可想而知。

迫于客观形势，核潜艇项目暂时搁浅，多数人暂离，只留了有五十多人的研究室。报国心切的彭士禄没有抱怨，没有束手等待，他悄然做着全面复工前的准备工作：兼任中国科技大学副教授的他，一边自学研究潜艇核动力装置和主要设备，一边给学生和研究员们讲授近代物理基础知识。除此之外，他带着一群连潜艇都没见过的学生爬大山强身健体，养精蓄锐。

二

曾有人见过国外公开发表的两张核潜艇的照片，再就是前面说到的我国一位外交官从国外买回的一个核潜艇儿童玩具，这就是彭士禄见过的核潜艇模型。然而，即便是见过真正的核潜艇模型，又不是仿真游戏，见过又有什么实际意义呢？纸上谈兵也要熟读兵法，科学来不得半点含糊！焦急等待中，彭士禄冥思苦想，也在千方百计寻找有用的信息。

不仅如此，彭士禄还发动大家学习英语、俄语；俄语资料找不到，就找英语资料。就这样花了两三年时间，几十个外行不仅都成了内行，而且还被引进了核动力学科前沿。

一九六四年十月十六日，中国第一颗原子弹成功爆炸，彭士禄激动之余，敏感地意识到核潜艇制造重新上马之机就在眼前！机遇是留给有准备的头脑的。一九六五年三月二十日，核潜艇研制工作重新上马，并被列入国家重点计划，集中全国两千多个厂所院校，上万名科技人员协同攻关，此时，核动力装置和舰体的总体设计，已经初具雏形。

彭士禄告别北京的妻子儿女，带着一支几百人的先遣队只身入川，参与筹建中国第一座潜艇核动力装置陆上模式堆试验基地。他披星戴月，心急如焚，像离弦的箭一般要把失去的时间夺回来。

据相关资料记载，关于建造陆上模式堆，国家领导人周恩来和聂荣臻都曾倾心关注并有明确指示。周总理曾说，为了核潜艇建造一次试验成功，必须建立陆上模式堆！这个钱是不会白花的，是合算的。为此，中央军委拟定了建造的原则：保证安全，保证可靠，立足国内，自力更生研制，便于操纵；适应我海军指战员的科学技术水平，便于维修和换料等等。

三

那段时间还有极左阻力干扰模式堆研发工作进展，其代表人物并且还会列举出国外失败的试验案例；彭士禄也会突然接到有关部门的电话，通知他去参加"说清楚会"、政治学习，等等。但彭士禄还是郑重地按照会议的要求，对有人提出的"会不会爆炸"的问题，进行了有理有据有力的解释。即使在陆上模式堆即将建成时，还不断有莫名其妙的质疑声。有人说，陆上模式堆如果试验不成功，后果会很危险；更有人在背后散布：彭士禄搞的陆上模式堆根本就发不出功率！

面对这些荒唐质疑，彭士禄用哲学思辨＋专业知识＋浅显的道理举例说明：酒精是可以点燃的，而啤酒是不能点燃的。不能点燃的啤酒即使控制失灵，也不会引起爆炸。至于能不能发出功率，彭士禄根据反复计算的结果，阐释了陆上模式堆不仅能达到百分之百的功率，而且还可以达到百分之一百二十。重压面前，他拍着胸脯做出了"保证成功"的庄重承诺。

沧海见证勇士　核能锻造英雄

一

何谓英雄？中国核动力领域的开拓者和奠基者之一的彭士禄，无疑堪称英雄！中国核动力研究团队堪称英雄团队！

实践证明，彭士禄的决定是正确的：一九七〇年八月三十日，陆上模式堆顺利达到了中央要求满功率运行的预期目标！一九七〇年十二月二十六日，中国第一艘自行研制建造的091型核潜艇成功下水！一九七四年八月一日，中央军委发布命令，将这艘核潜艇命名为"长征一号"，正式编入海军战斗序列，隶属中国海军北海舰队。中国成为继美、苏、英、法之后，世界上第五个拥有核潜艇的国家！

"长征一号"核潜艇在二〇〇〇年退役，经过去辐射处理后，二〇一六年十月入驻青岛海军博物馆码头，经过内部修整后在二〇一七年四月二十四日向公众开放公开展示。这是后话。

陆上模式堆核动力装置由自身的发电机供电，到首次实现核能发电，开创了中国核动力研发的奇迹。彭士禄后来回忆道：这个期待已久的试验成果成功后，团队所有人都兴奋不已！"真的看到原子能发电了！"一个多月后，陆上模式堆实现满功率运行，代表核潜艇拥有了真正的心脏和灵魂。

新中国第一艘核潜艇的荣耀问世，极大地鼓舞了每位核动力专家和所有参与者。消息传来，他们有的说笑，有的击掌，有的握手，有的拥抱，无不眼含热泪。而此时早就熬红了眼的彭士禄，竟然一屁股坐在椅子上安心睡觉了！他太累了，连续几天没有合眼，这回可以踏实地睡一觉！

二

写到这里，快速敲击键盘的我也激动不已，我为这个动力十足、满负荷运行的反应堆取了一个形象的名字——"核潜艇心脏起搏器"！

这个了不起的"核潜艇心脏起搏器"是龙的灵魂！

这条沧海神龙全部设备、仪表、附件多达两千六百多项、四点六万多台(件)，电缆总长九十多公里，管道总长三十多公里，一千三百多种材料……大的元器件仿佛是人体的大脑、中枢神经、心脏、骨骼和皮肉，八大系统、四大组织，小到每颗螺丝钉的细胞结构，都是由咱们中国的血统和化学成分构成的！

取得这样的重大成就，是多少次碰撞切磋、反复计算，才能完成图纸自行研究设计？是多少次制作模型，合理布置和精确定位所有设备、仪表、系统管路、电缆，才能为首艇设备安装提供样板？多少次模拟演练，多少岗位密切配合，才能依靠链式裂变核反应持续释放能量，为潜艇提供持续可控的核动力能源？而这一切，又是多少人舍小家、顾大家、废寝忘食、呕心沥血、昼夜忙碌换来的？甚至又有多少年轻的战士和工程师为之献出了宝贵的生命！

我的采访本中有这样一段记录：

一九六八年，核潜艇开工建造不长的时间内，突击完成了七百多份图纸资料，彭士禄本人就曾经有几十个设计研究资料文本。

在反应堆压力壳与基座焊接的关键日子，焊接工人要在二百度的高温下进行焊接，彭士禄也是一身工装和工人们一起在现场工作。彭士禄和大家一起拧螺丝、接线头，几乎二十四小时都和技术员、工人们并肩战斗，洞察秋毫。

三

人们没想到的是，紧张的工作，激烈的争论，长时间的起早贪黑，掩盖了彭士禄的身体问题。有一天，彭士禄正在现场指挥最后的调试安装工作，有人发现他满头冒汗，眼看他全身湿透人已昏迷，同事们才知道他已胃疼很久了，每当剧痛难忍时，他就咬着牙弯下腰用拳头顶一会儿。这是当年的艰苦条件和他长期伏案操劳积累的病。彭士禄曾说，他们都是吃着窝窝头搞核潜艇，有时甚至连窝窝头都吃不上。

他知道自己病得不轻，却不舍得花时间去看病。同志们劝他去医院检查，他总说没大事儿，咬咬牙就能挺过去。这位铁打的汉子，牙咬了几十年，终于挺不住了！"长征一号"核潜艇正式交付海军服役后，彭士禄前往葫芦岛核潜艇制造厂进行后续的安装调试工作。有一天，他感到胃疼难耐，紧急送医院被诊断为急性胃穿孔，这次生病，让他切除了四分之三的胃。让医生怎么也想不到的是，这次手术还发现他胃上另外有一个已经穿孔，而且已经自行愈合的疤痕。医生惊异地说，彭士禄的忍耐力太强了！还没见过他这样的患者。可事后彭士禄还是乐观地说着他常说的老话：不怕死就死不了！术后第三天，驻地发生强烈地震，他被同志们用担架抬出来，送上飞机回到北京，仅住院一个月后又开始超负荷运转！

彭士禄明显瘦弱了，但在试验现场，各个环节都有他忙碌的身影。有时面对文本他深思熟虑，一坐便是半天。发现哪个环节有问题，他就来回奔走协调改进，同事们早就适应他风风火火而又脚踏实地的作风了。大家没有忘，创业初期他和同事们一样穿胶靴蹚水上班，从早到晚鞋子里都灌满了水，一泡就是一天。每天他都和大家一样，拿着饭盒在食堂排队买饭，汤菜简单，家里啥事都不管。

四

在彭士禄心中，任何事情都没有核动力事业的分量重。

一次他要出差，急忙回家取衣服。看女儿趴在桌子上，便问女儿在干什么。女儿说在做算术题，不会做除法，想让他给讲讲。可他竟没舍得这点儿时间，脚迈出家门时来一句：把乘法倒过来就是除法……这个父亲无法知道，多年后他唯一的女儿彭洁依旧埋怨："父亲只顾工作，冷落我的一桩桩一件件都留在了童年。有一次我发烧烧得直迷糊，还是自己往基地医院打电话问的医生。甚至我得了肝炎住院，父母都没在身边照顾过哪怕半天。"

是的，妻子马淑英一九六九年也从北京调到"909"基地，但她同样是个工作狂，工作是天大的事，家里的事情都要为其让路。孩子病了竟然托付护士照看。幸亏女儿是个懂事明理的孩子，但童年的满腹委屈，等到长大了才能理解。彭士禄只求科研，只爱工作，面对待遇、报酬、荣誉从不在意。他住的房子是一般的楼房，分给他将军楼也不去住。二〇一七年他荣获何梁何利基金最高奖——"科学与技术成就奖"，一百万港币的奖金，他叮嘱女儿帮助他全部上交给组织，用来奖励那些有作为的年轻后辈。

铁骨傲狂涛　　赴死犹逍遥

一

国之重器，义士担当；祖国需要，龙虎共闯！

为早日完成建造中国的核潜艇陆上模式堆这一艰巨而光荣的重大任务，使我国早日推出核潜艇，防范外敌侵略，保卫国土安全，彭士禄呕心沥血，带领团队攻坚克难，只争朝夕，感人肺腑的故事不胜枚举。这里，我要讲的是和彭士禄一道奉献才情、同为中国科学院院士、中国核潜艇副总设计师——赵仁恺。

当中央批准上马核潜艇陆上模式堆后,专委会决定任命彭士禄为核潜艇工程和陆上模式堆设计的技术总负责人。同时决定,由赵仁恺负责陆上模式堆工程建造中的生产准备、调试和建成后的运行管理工作。赵仁恺思维活跃,精力充沛,胸怀强烈的责任心和使命感,在与彭士禄的配合中,同样起到了中流砥柱的作用。

赵仁恺是一位具有传奇色彩的科学家,他功底扎实、知识丰富、专业严谨,一九五八年就被委任为我国潜艇核动力装置代号"07"设计组的组长,当时的他只有三十五岁。

一九六四年,我国第一颗原子弹爆炸成功,第二年核潜艇动力装置研制工作便再度上马。赵仁恺再次被任命为核潜艇陆上模式堆的研究设计和调试运行的主要技术负责人之一。

一九六六年初冬,赵仁恺率领研究设计和建设管理团队奔赴祖国大西南,与彭士禄通力合作,"大战'一九六六'"。在核潜艇动力工程这个重大项目建设和试验运行阶段,赵仁恺不仅发扬了严谨的科学精神,展示了精准的判断能力,而且经历了一次次生死考验。

二

陆上模式堆长达十年的运行,五百多次的试验,模拟了核潜艇在各种状态下、各种事故发生时的应急处置。这一切练就了赵仁恺火眼金睛的观察和判断能力。

一次,设备运行出现了不正常声响。而对事故的判断出现了两种不同观点，分歧严重，争论不休。一机部领导非常重视，并和国防科委上报了问题的严重性。上级研究后立即派赵仁恺负责处理。他带领技术小组进行全面测量，寻找细枝末节处的各种隐患，然后听取各种意见，仔细分析，很快找到了事故的症结：是反应堆右出口处接管密封结构压紧弹簧失效，导致了固定套筒内的滑套滑动，进而引起了漏沙的撞击声响。

一次次试验，一次次洞察秋毫，练就了赵仁恺测量仪般的听力。深水潜行判断问题尤其艰难。有一次，他听到了时断时续的微弱声响，潜到二百多米水域时，那声音明显了，赵仁恺的担心才被同事们感觉到。大家赶紧齐心协力排除险情，还好没有造成重大事故，让国家蒙受损失。后来，彭士禄曾这样评价赵仁恺的作用："没有他细致入微、认真负责的工作，我也不敢拍板！"

三

深海尤其无情，美国就曾发生"长尾鲨"号核潜艇超过测试深度而爆炸沉没，惊动全球的事故！有时，魔鬼般的海风纵容着疯狂的海浪，恨不能把潜艇摇碎才显出它的威猛狂放。那翻天覆地的感觉，仿佛末日来临。这时，所有在艇人员的五脏六腑仿佛也都在翻江倒海，不用说食物，连肠胃都要吐出来了，大自然的力量疯狂地挑战着人类的生命极限和心理极限。

每次随潜艇下海试验，大海的乖张暴行都是紧随其后、四面夹击，在气吞山河的浪涛推搡下，人的力量太渺小了，随时可能失去生命，这也早在核动力专家们的预料中。彭士禄临出发前曾对妻子说过:"我随潜艇深水试航,要是喂了王八,你可别哭啊!"这种乐观精神一脉相承。当年他的父亲彭湃在敌人的酷刑和死亡威胁前,镇定自若,面不改色,除了有坚定的革命信仰,还因他带着两个幼小儿子的照片,背面工工整整地写着:"彭湃和他的小乖乖。"

副总指挥赵仁恺出海同是肝胆献祖国。他行前交给同事这样一张小纸条:"一旦我死了,请把这封信和三块表交给我家人,这是送给三个儿女的。"收到三块表的家人明白,此时的赵仁恺正在深海险境中挑战着生命的极限,他已做好被无情海浪吞噬的准备,亲人们无不为他捏一把汗,暗自盼望他早日归来。

不同内容的小纸条赵仁恺临终前还写了另外两张,一张写着:"一九七〇年八月三十日,我国自行研究设计的核潜艇陆上模式堆提升功率试验达到满功率,各项性能指标都符合设计要求。"另外一张则写着:"天行健,君子以自强不息;地势坤,君子以厚德载物。自强、自尊、自励、自立,生命不息、奋斗不止。"

国事在心　家事淡忘

一

一九四二年七月,高中毕业的赵仁恺以优异成绩同时考取了上海交通大学和国立中央大学。由于母亲年事已高,又有弟弟妹妹在读,他选择了免费的国立中央大学机械系。

大学期间,他铭记母亲的叮嘱,志向在胸,刻苦学习。除了躲避日机在重庆的大轰炸，他都在钻研数学、物理、化学、结构力学等基础学科，实现他自幼喜爱机械工程的夙愿。他自信所有工作都能胜任：飞机、火车、汽车、电力、机械纺织……只要与工程机械有关的知识，他都得心应手。

一九四五年，日本无条件投降，中国人民结束了长达十四年的抗战生活。一九四六年，赵仁恺以优异的成绩走出校园，他强烈意识到，终于可以施展才能报效国家了。

毕业后，他走进一家民族企业——南京永利宁化工厂，在那里一步步成长为优秀的专业技术员。一九四九年三月，他从一名技术员晋升为工程师；四月，南京解放，赵仁恺参加了革命工作！他兴奋不已，干劲更足了。中华人民共和国成立后，企业进口了新设备，组织把进口炉和一千五百千瓦发电机交给他负责组织安装和进行一些分系统的设计。学中干，干中学，赵仁恺完成了很多重大攻关项目。

核动力工程也属于工程技术范畴，与机械工程唯一的差别是以"核"为根本，以"核"为动力。赵仁恺在机械工程方面拥有丰富的理论和实践经验，他只需尽快把核动力原理、应用和辐射防护等知识补上。

二

荣誉、职务、爱情同步到来，他在担任永利宁化工厂职工业余学校教学工作中，结识了后来成为他妻子的杨静溶。他们互相鼓励，互相爱慕。更幸福的是，一九五二年他们的大女儿出生，第二年大儿子出生。

同时，百废待兴的国家，急需赵仁恺这样的优秀人才。一九五三年十月，赵仁恺调入化工部化工设计院任主任工程师。一九五六年五月，他加入中国共产党。七月，他被选调至原二机部（即中国第二机械工业部）原子能所工作，由机械专业改入核工业，从此开始了与核工业的不解之缘。

在二机部工作期间，赵仁恺广泛学习调研，查阅了大量文献、资料、报刊，参与了赴苏联军用核反应堆设计，以及中国第一座潜艇核动力装置、军用钚生产堆的研究设计和试验等三百六十余项技术攻关，对于日后领导中国第一艘核潜艇核动力装置及其陆上模式堆的设计、建设、安装、调试运行、退役的全过程，积累了多学科、跨部门、跨行业的综合优势。

没多久，赵仁恺又被调到位于西南的"909"基地，几十年相守核科学事业。此后，妻子杨静溶便一个人担负起了照顾孩子和公婆的重任。孩子们在童年时期对父亲的印象无疑是模糊的，从小到大看到的都是母亲一个人操持家务，照顾爷爷奶奶。因为从事国家重大保密事业的赵仁恺，从来没说过他处在怎样的环境，干着什么工作，因此，父母、妻子、孩子们的内心，肯定都是五味杂陈的。

赵仁恺参加工作后，一直有记笔记的习惯，他总是随身携带一个笔记本。赵仁恺去世后，这些笔记本都被转交给核工业档案馆集中保管。儿子赵明打开父亲当年写的笔记，里面没有核潜艇，没有他热爱的事业，只有一件件家里的"小事"：儿子的数学成绩不好，妻子的胃病要继续治……记下的都是对家人的思念与愧疚之情。

读到那些饱含深情的文字，一下子冲开了儿女们关闭了多年的感情闸门，他们再也忍不住几十年的委屈、痛苦和压抑，撕心裂肺般地号啕大哭。夺眶而出的泪水如汹涌的海水，撞击在场所有人的心！

三

赵仁恺对大海曾有这样的深情倾诉：

"一天深夜，我们的核潜艇在海南岛以南海域试验巡航。我坐在舰桥顶上，舷外浪花飞逝，海风拂面。我抬头遥望北方，祖国大陆笼罩在夜色蒙蒙中。想此时，辛劳了一天的祖国人民，为了迎接更加美好的明天，正在幸福中安心休息。嬉戏困了的幼儿，正在母亲温暖的怀抱中甜甜地睡去——一片宁静祥和。我心中不由浮起：祝福您，我的祖国，我们的核潜艇正在保卫您！为了祖国的繁荣富强和人民的幸福安康，我们愿意付出一切，再苦、再累也值得！"他不是诗人，却诗意缠绵，句句深情。

谁能想到，这位很早就离别妻子儿女，上草原，进沙漠，蹲山沟，踏海浪，奔波于祖国的东南西北，以至于连自己的八十岁老母逝世、唯一的亲兄弟病故，也没有来得及见最后一面的赤子，胸襟竟然如大海一样浩荡宽广，情感如丝绢般细腻柔和。

二〇一〇年七月二十九日，赵仁恺因病去世，享年八十七岁。

楷模风范传递　豪杰一脉相承

一

在"909"基地和总部采访，我听到、看到、记下的，只是这群共和国的精英闪光经历中的一部分。整理素材时令我辗转反侧、昼夜难眠、难以割舍的，也只是他们跌宕起伏、精彩纷呈、感人至深的一个个人生侧面。

张金麟是我国特种船舶总体和动力研究设计专家。他一九三六年十月十六日生于河北滦南县。一九六〇年他从哈尔滨工业大学涡轮机专业毕业后进入海军科研部〇九研究室工作，便有幸同核潜艇结缘。提到彭士禄、赵仁恺对他的影响，他从未忘怀，那是影响他一生不畏困难艰险、努力求索的不竭动力。

从一九六一年见到彭士禄起，就对他"刻苦钻研，坚韧执着，不争名利，埋头苦干，胆子大，敢拍板，勇于担当"的精神肃然起敬。彭士禄和张金麟的家当时都在北京化工学院，他们经常一起坐电车从核动力二院回家。

回家路上，彭士禄常问张金麟："我今天拍的板，你觉得哪里拍错了？"

张金麟回忆道："现在看来，彭士禄大胆拍下的很多板，都是正确的，我一直把他当作我的老师。彭士禄对我国核潜艇的贡献非常大。一九七〇年我和他一起参加上海'728工程'研讨会，当时大家都觉得核潜艇陆上模式堆采用熔盐堆技术不如压水堆成熟。有一次开会，彭士禄胆子大，就跟上级某管理局局长提出'陆上模式堆采用熔盐堆不适合我们国情，要求改为压水堆'。当时在场的人都吓得出了一身冷汗，心想那位局长定下来的方针和政策，怎么可以反驳呢？没想到，隔了两天后，这位局长听取了彭士禄的意见，把核潜艇陆上模式堆由熔盐堆改为压水堆。"

二

国家大业是生命的寄托，追求的取向。张金麟除了以彭士禄为楷模，另一位崇拜的偶像便是赵仁恺，受其影响之深，同样令他铭心刻骨。核潜艇研制的关键时刻，核燃料已经装在一个吊篮里了，篮子被放在厂房内的平台上，准备往反应堆里装。

这时厂房顶部一根冷却水管坏了，不断喷水。如果水喷到装有核燃料的吊篮里，后果不堪设想。这时候，只见五十岁的赵仁恺飞快地往脚手架上爬。他当时已将个人安危置之度外，心里只有核燃料。他爬到厂房最高处的吊车轨道上，将那个管子修好，及时排除了险情。那惊险的一幕，感动了在场所有人，也让张金麟时刻铭记在心。

一九七〇年八月三十日，第一代核潜艇陆上模式堆达到满功率。而试验过程中从调试、安装，一直到满功率运行，张金麟都参加了，有很多工作还负责主持。这期间他仿佛楷模附体：在艇上担任指挥，随时照着彭士禄、赵仁恺的做法行事——精心观察，细心倾听声响，经历了漫长艰难的深水实验，终于把这个"国之重器"和另一艘导弹艇交付给海军……

中华儿女多奇志　历经风雨更从容

一

没有任何技术参考资料，没有高精尖设备，没有经验，国外还对我们严密封锁……一穷二白的中国，从零起步，竟在弹指一挥间铸就了前所未有的奇迹。从我国启动核动力潜艇工程项目，到第一艘鱼雷攻击型核潜艇研发成功和第一艘核潜艇正式开始服役，加入海军的战斗行列，中国，只用了短暂的十三年。

这一伟大成就，离不开党和国家的高度重视、领导人的亲切关怀。他们把国家领袖毛泽东、周恩来的话记在心上："要扎扎实实地搞试验，在陆上试验成功了再下水，在今后还要使设备长期可靠地运行，运行中一定还会遇到问题，那就再研究改进嘛！"

一九七〇年十二月二十六日，我国第一艘核潜艇"401"艇神秘下水。下水时，艇上核燃料尚未安装就绪。"核潜艇下水后，首先要进行系泊、设备联调、启堆，完成系泊试验。系泊试验成功了，核潜艇才能出海，进行航行试验。航行试验的主要内容是核动力堆的性能、核动力和应急动力的转换试验，以及潜艇的操纵、导航、声呐、武器等各个系统和噪音测试试验，等等。"黄旭华后来回忆道，"'401'艇下水以后，我们所的主要任务就是配合核潜艇总体建造厂和潜艇部队解决试航、试验中发现的一切问题，提出不断完善的方案，力争尽快完成该型核潜艇的设计定型，使我们的核潜艇尽早形成战斗力。"

"核动力装置、潜艇研制和人民海军,我们三方经过四年的共同努力,完成了将近六百次的核堆启堆、提升功率、发电、主机试车等系泊试验,以及二十多次、累计六千余海里的出海航行,完成了水上、水下高速巡航二百多次,不断优化设计,终于在一九七四年'八一'建军节这天,将'401'艇正式交付海军,编入人民海军的战斗序列。"人民海军由此跨进了"核时代"。

彭士禄带领核动力团队用了六年时间,以铁人般的智慧和心血铸就了彪炳千秋的伟业。一九七〇年,彭士禄被国防科委、中防工办联合任命为中国第一任核潜艇总设计师,黄旭华、赵仁恺、黄纬禄为副总设计师。彭士禄作为总设计师,除了具有核动力专业特长,还及时有效地解决了跨部门的一些技术协调问题,诸如鱼雷、惯性导航等等。

二

黄旭华这位也被誉为"中国核潜艇之父"的舰船设计专家、中国核潜艇工程副总设计师又有怎样可歌可泣的事迹呢?

一九九四年,黄旭华获"中国工程院院士"荣誉;二〇一九年,九十三岁的耄耋之年又被国家授予了"共和国勋章";二〇二〇年获"国家最高科学技术奖"。

一九二六年,黄旭华出生在广东一个小县城的医生之家。看到父母治病救人非常感动,他下决心长大也当医生。读小学时正赶上"七七事变",黄旭华被迫跟随父母逃难到重庆上学。在逃难的路上到处都有日军的飞机轰炸,有时他们不得不躲在山洞里避难。

黄旭华被眼前的惨景所震撼,他在思考:凭什么日本人可以肆意践踏中国的土地,而中国人在自己的土地上却要东躲西藏,被迫逃生?黄旭华坚定地对父母说:"我不学医了,我要造飞机、造大炮、造军舰,把日本侵略者从中国的土地上赶出去!"总之什么能对付敌人,他就学什么!从那时起黄旭华立志发奋读书,以实现抱负。

一九四五年,他放弃了被保送到南京中央大学学航空的机会,以第一名的成绩考入了上海交通大学造船系。一九五四年,他所在的团队造出了中国第一艘猎潜艇和扫雷艇。后来,又有机会接触到了我国的核潜艇科研工作,一九五八年,黄旭华被秘密接到北京。这便是他秘密进行中国第一代核潜艇和导弹核潜艇研制的开始。

三

黄旭华曾回忆:当时一起到北京开会的有二十九人,都是造船领域的能手,他们成立了一个代号为"19"的研究所。直到几天后,聂荣臻亲自给大家开会,黄旭华才明白自己的任务是什么。在这次会上,年轻的黄旭华被任命为核潜艇研制总工程师。

上级要求:所有人对工作情况要绝对保密。黄旭华懂得为国家保密的重大意义,所以他不可能告诉父母说自己离家去做什么了。谁能想到,这一走就是整整三十年。人生有几个三十年!这期间他只是偶尔给家里寄一两封信,内容也是几句简单的问候。

职责比天大　三十年未回家

一

　　核潜艇研制的每个步骤都需要精准计算，但他们没有计算器，没有打印机，所有数据只能用算盘逐个打出来，再记在纸上。岛上设备老旧，施工常常会出现技术问题，作为总负责人，黄旭华自然要勇挑重担。一天半夜，黄旭华接到工厂的电话，说是某个环节出现了问题，他没有犹豫，拿起衣服就往外走。数九隆冬，寒风刺骨，顶着风雪走了四十多分钟才赶到厂里，立即组织通宵达旦地抢修。这样的情况对他来说早就习以为常。

　　有志者天不负！在核潜艇即将进行深海极限试验前，黄旭华对艇长说："作为核潜艇的总设计师，我对核潜艇的感情就像父亲对孩子一样，不仅疼爱，而且相信它的质量是过硬的，我要跟你们一起下去深潜。"

　　深海试验十分危险，潜艇上哪怕有一个小零件有问题，都会直接导致全艇人顷刻间被海水水压挤扁。核潜艇的总设计师亲自参与深潜，这在世界尚无先例，总设计师的职责里也没有这一项。很多领导得知后，都劝年已六十四岁的黄旭华不要亲自参加深潜试验了。

　　黄旭华坚持这么做。他说："首先我对它很有信心；但是，我担心深潜时出现超出我现在认知水平的问题；而且，万一哪个环节疏漏了，我在下面可以及时协助艇长判断和处置。"

　　黄旭华深潜的决定也得到另一半的支持。当黄旭华告诉妻子李世英自己的决定时,这位懂俄语、英语、德语的专家贤妻,面不改色地宽慰他说:"你当然要下去,否则将来你怎么带这支队伍?我支持你。你下去,没事的,我在家里等你!"

爱侣的"深明大义",让黄旭华和团队的伙伴们最终胜利完成了任务,拿到了深潜的各种数据。

二

一九八八年四月二十九日,这个非凡的日子见证了这个非凡的团队蛟龙游海来去安然,有惊无险,可喜可贺!潜艇上的所有人都松了一口气,他们陪同这个庞然大物一起,经受了生理和心理的极限考验!黄旭华当即写下了几个大字:"花甲痴翁,志探龙宫;惊涛骇浪,乐在其中!"

而此时,为国尽忠的黄旭华,也正忍受着痛苦的煎熬:对父母,他的内心一直深藏自责、痛苦、思念、无奈,那种感觉如汹涌的海潮时刻翻腾着。他渴望有机会回到三十年未曾回过的老家,向日夜思念他的父母致歉。

一九五七年,黄旭华携妻子回老家陪父母过年。临别时,母亲仔细看着儿子说:"我们年纪大了,你要常回家看看!"黄旭华连连答应,没想到第二年就接到了核潜艇研究的重任,连一声问候都来不及送达,就急匆匆赶赴北京。

此后整整三十年,黄旭华再也没回家看望双亲,只是偶尔写信问候父母。家人曾多次询问他什么时候能回家,在北京到底干什么工作,黄旭华守口如瓶,从来没说,只是把手里为数不多的存款默默寄回家。

三

三十年的沉默,三十年的答非所问,家人疑惑不解。老人时常自言自语:儿啊,你在外面到底干什么呢?长此以往,老人也开始生他的气,一怒之下父亲拒收了他寄过来的钱!黄旭华看着被退回的汇票,有苦说不出……

直到一九八七年,随着部分核成果的解密,黄旭华的身份之谜才被家人知道,让母亲的思念和牵挂得以释怀。报纸图文并茂报道了黄旭华为国家的核潜艇研究做出的突出贡献。捧着这张报纸,母亲泪流满面!她终于可以跟家人和邻居大声说:"我儿子黄旭华是我们家的骄傲啊!"

母亲的心结解开了,可父亲却没有等到儿子三十年不归的真相,临终没见到儿子最后一面,抱憾离世。已经八十七岁高龄的黄旭华何尝不悲伤!他站在父亲遗像前流着泪说:"对国家的忠,就是对父母最大的孝!我相信父亲知道真相后会体谅我的!他一辈子都教我要爱国!"

黄旭华恪守的是最高尚的忠与孝,他曾受到习近平总书记的亲切接见。

祖国不会忘记　人民不会忘记

一

到底谁是中国核潜艇之父呢?其实在打造这艘核潜艇的背后,离不开最重要的四位总设计师,他们分别是彭士禄、黄旭华、赵仁恺、黄纬禄，他们都被誉为中国核潜艇之父。总设计师彭士禄负责核潜艇的核动力研究设计，副总设计师黄旭华负责核潜艇的舰船设计，副总设计师赵仁恺参加和主持完成了中国第一座军用钚生产反应堆的研究设计和试验，副总设计师黄纬禄负责核潜艇水下固体潜地战略导弹的设计。所以，这么说吧，彭士禄、赵仁恺是"核"潜艇之父，黄旭华是核"潜艇"之父，黄纬禄是核潜艇"战略导弹"之父。

令人遗憾的是，曾经担任过中国第一代核潜艇总设计师的四位专家，如今除了黄旭华，其他三位都已离世。

"在惊涛骇浪的孤岛，他埋下头，甘心做沉默的砥柱；在一穷二白的年代，他挺起胸，成为国家最大的财富。他的人生，正如深海中的潜艇，无声但有无穷的力量。"

——这是二〇一三年黄旭华获得感动中国十大人物时的颁奖词。

二〇二一年三月三十日，渤海湾晴空万里，碧波粼粼。伴随着激昂的《中国英雄核潜艇》之歌，轮船向西南方向行驶，按计划到达指定海域。九时整，八天前去世的中国著名核动力专家、中国核潜艇第一任总设计师彭士禄和夫人马淑英的骨灰在这里撒向大海……

彭士禄从一九五六年改行学原子能核动力专业起，选择了长达六十五年的"深潜"人生，在核潜艇技术的"无人区"艰难探索。他在生命的最后，践行了自己"永远守望祖国的海洋"的夙愿。而在同一片海空，我国首艘核潜艇"长征一号"缓缓驶向碧波深处，仿佛还能看见一九七〇年的彭士禄和战友们挺立码头，凝望大海尽情欢呼。

二〇二一年五月，彭士禄被中宣部追授为"时代楷模"。最终实现了他一生的誓言："只要祖国需要，我愿奉献一切。"

文章写到这里，让我更加深怀敬意的是：热爱祖国、担当使命、忘我奉献的精神，已经融入一代代核科学家的血液中。

七一九所的李宜传是彭士禄的助手，他曾与彭士禄一道，始终奋战在反应堆研制过程中，同时经历了核潜艇下水的生死考验。二十多次出海试航，数千小时守候反应堆的运行反应，几百小时守候观察主机运行状况，数千海里的累计航行……连续疲劳的作战，让他突发心肌梗死，永远随大海东去……年仅四十岁的生命，止于第一艘核潜艇下水成功之后！每当站在大海边，同事们总会想起他的音容笑貌，像正伴随着风浪高歌的每一个日落日出。

今天，核电战线的精英们早已进入新的思考和重大战略项目创新阶段：核电作为典型的"大国重器"，是一个国家综合工业实力的体现。我国目前投入使用和在建的核电站已有数十座，从核电大国跃升为核电强国是业界专家们奋斗的目标。二十世纪九十年代，这个当年在山沟里兴建的核能研究基地——中国核动力研究设计院，在完成我国首座自主研发设计的六十万千瓦核电站——秦山二期工程的基础上，启动了自主创造百万千瓦核电技术的研发攻关工作，并在一九九七年提出了"华龙一号"诞生的源头和核心基础技术——177堆芯方案。

二

二〇二二年四月八日，我再次交出采访提纲，诚请这个为祖国贡献重大核能成果的央企有关部门负责同志，为我进一步提供情况。面对面的交流，我深切感受到：这些民族英雄看上去那么寻常无奇、那么质朴真挚，但这些看似平凡的生命，却出神入化地铸就了中国核能利用的历史，托举起强大国防实力，为同胞创造美好生活，为世界和平提供保障。

二〇二一年一月，自主三代核电技术——福清核电五号机组（"华龙一号"），作为国内首堆示范工程，通过满功率连续运行考核，正式商业运行。

我在核动力研究设计院与负责核电站"心脏"部分——即反应堆及反应堆一回路系统和设备的研发设计工作团队的负责人、项目总设计师、国内核电行业的知名专家刘昌文交谈时，再次见证了融入这些精英血液中的核科学文化和精神。这个一九九一年从上海交大毕业到核动力院工作，在核反应堆热工水力与安全分析领域深耕二十多年的中年专家，再三赞赏团队资深同人们的负责意识和年轻人的锐气，并对他们在各专业领域取得的成绩如数家珍。

交谈中他没讲自己，却告诉我："我们的团队任务繁重，时间紧迫，加班就是常态。"有一天，一位同事下班后急匆匆骑上自行车往家赶，着急给孩子做饭，不承想半路摔了一跤。她草草到医院急诊处置包扎了外伤，安排好孩子，又返回单位继续工作。过了很多天，她转身时下意识地哎哟一声，同事们这才知道她摔伤多日一直没休息。

桃李不言,下自成蹊。

"华龙一号"设计成果先后通过了国家核安全局、电力规划设计总院、中国核能行业协会组织的评审,国际原子能机构在其 GRSR(专业)审查报告结论中也给予了高度评价。二〇一九年,中国核动力研究设计院荣获中国核能行业协会年度"创新团队奖"。

如今,基地保存完好的工业文化遗产,已成爱国主义的鲜活教材。在院部旧址、院士旧居、核潜艇雕塑和文化墙之间漫步,逝去的时光仿佛从未远离。

蛟龙岂是池中物,入海神功耀乾坤。

海尔,熟悉的陌生"人"

朵拉图

从我居住的小区往西不远就是著名的海尔路,这也是青岛市崂山区最繁华的一条南北大道,沿着海尔路一直向北六公里,路西侧就是海尔工业园区,海尔集团总部就在这里,我和海尔是近邻。

海尔,可以说是青岛的骄傲、山东的骄傲、中国的骄傲。我家从二十世纪九十年代初就开始使用海尔电器,最早是冰箱,后来是洗衣机,再后来是空调、电视、暖被机、空气净化器……很多青岛人都和我家一样,是名副其实的"海尔之家"。有时候,和外地朋友说起来,心里是满满的骄傲和自豪。这次参加中国作协、中国科协共同主办的二〇二二"中国一日·科技强国"大型文学主题实践活动,有幸第一次走进海尔,我才发现,我对海尔了解得太少太少了!

二十四小时都在创新的海尔

七月二十二日上午,走进海尔集团总部,我以为我最先看到的应该是海尔研发的各种家电新产品,没想到是一个精干帅气的男子。他叫于广义,是海尔HOPE创新生态平台副总经理。

他告诉我，HOPE是海尔二〇〇九年成立的一个整合全球一流科技资源、智慧及优秀创意的开放创新生态平台，一个让供方跟需方在上面自由交互的全球资源对接平台。依托这个平台，他们在美国硅谷、以色列、日本、新加坡等全球创新高地构建了创新生态网络，可以把来自全球各地的创新资源引进吸收，形成他们的创新技术和创新产品。比如，为了满足红酒储存需要恒温恒湿、零震动等条件，他们引进颠覆传统制冷技术的固态制冷技术，开发了固态制冷的酒柜，实现了零震动，在市场上广受青睐。

于广义说，开放创新（Open Innovation），是哈佛商学院的亨利·切萨布鲁夫教授在二〇〇三年提出来的，其基本理念是你做创新不能仅仅靠自己企业内部，企业做得再大，能力也是有限的，要打开企业的边界，让外部的资源方进来参与你的创新。在这一理念影响下，海尔于二〇〇九年成立了HOPE平台。

HOPE是Haier Open Partnership Ecosystem的缩写，作为一个英语单词，它的含义是"希望"。我相信，作为一个整合全球一流科技资源、智慧及优秀创意的平台，它不仅能够给海尔带来希望，也会给全球研发机构和个人合作带来希望，给全球产业发展带来希望。

科技是第一生产力。海尔一直以来非常重视科技创新。从一九八八年成立第一个企业级技术研究所，一九九五年成立行业首个企业级技术中心，一九九八年成立行业首个集团中央研究院，到二〇〇九年自主构建HOPE创新生态平台，成为全球范围内企业级创新平台引领者，再到二〇二一年牵头筹建国家高端智能家电制造业创新中心，海尔在积极推进自主创新的同时，不断加大开放创新的力度。

如今，海尔已在全球五大洲布局七十一个研究院、一千多个实验室，拥有两万多名不同肤色的科技人员，形成了强大的"10+N"开放式创新体系。"10"代表十个研发中心，"N"代表N个创新中心和创新网络。"10+N"开放式创新体系是一个用户和资源零距离交互的平台，也是一个全球协同创新的生态系统。当身在中国的海尔科研人员进入梦乡的时候，远在地球那一边的美国的海尔科研人员开始了新一天的工作。通过"10+N"创新触点和全球资源之间线上、线下协同融合，海尔实现了二十四小时不间断创新。

从海尔的探索来看，开放创新不是简单的"拿来主义"，自主创新和开放创新从来不是两个极端。自主研发是开放创新的基础，开放创新是自主研发的加速器。在开放创新体系的加速下，海尔始终引领着行业核心技术的攻关，创新成果不断涌现，一百七十余项原创科技被行业模仿，累计获得十六项国家科技进步奖，是获得国家科技进步奖最多的家电企业，占行业三分之二。在"十三五"期间，海尔创造了整个行业百分之七十的引领产品。

贴心智慧的海尔

联系采访时，我加了张明君的微信，她来自海尔集团品牌管理部。七月二十二日早晨我见到了她，她说她超级爱吃萝卜丸子，微信名干脆叫"改名叫萝卜丸子"了。

一见面，说起家里使用的海尔电器，她说海尔近年来倾力打造智慧家庭，建议我尽快更新换代。她讲了智慧冰箱有多么好。海尔三翼鸟智慧厨房，能为主人定制专属健康菜谱。海尔智慧冰箱可以连接运动手环、血压仪、体重秤等，收集主人的身体数据，主动为用户量身定制健康食谱。

举个例子，在一个很普通的早晨，她站在体重秤上，一旁的智慧冰箱紧接着就收到了她的身体数据，在屏幕上显示"体重 70kg""健康指数 78""BMI 值超标，需要清淡饮食、控制体重，否则有脂肪肝的风险"。

吃什么早餐呢？智慧冰箱根据有的食材，给她推荐了水煮蛋、低脂牛奶。

到了中午，她想吃最爱的油炸萝卜丸子，正好冰箱里也有食材，但是冰箱根据她的身体数据，判断她不适合吃油炸食物，就给她推荐了更健康的清蒸萝卜丸子，材料是白萝卜、虾米、姜蓉、葱蓉、胡椒粉、面粉，美味不减，健康加倍。

到了晚上，智慧冰箱了解她的口味偏好和生活习惯，给她推荐了好吃又低脂的清炒秋葵、蚝油生菜，不仅方便省时，还能减轻肠胃负担。饭后再跟着客厅里的海尔电视跳一段健身操，慢慢来，就一定能瘦成"闪电"。

所以，海尔的智慧冰箱不再只是个冷冰冰的存储食物的铁壳子，更像是家庭营养师，监督你健康饮食、健康生活。

中午，在海尔员工餐厅里，吃着工作餐，每人一个小锅涮羊肉，我又听到了好几个关于海尔贴心服务的故事——根据农民需要，海尔曾开发出能洗地瓜的洗衣机、能洗龙虾的洗衣机、能洗荞麦皮的洗衣机的故事。创新的核心就是满足人们还没被满足的需要，这早已成为海尔人的共识。

海尔智家全屋智控产品总监张丽说，海尔已不再是单纯的冰箱、空调、洗衣机等家电生产商，而是着力为客户打造智慧家庭。前不久，海尔在二〇二二三翼鸟全屋智慧全场景发布会上，发布了智家大脑屏。作为海尔智家大脑的核心载体，智家大脑屏也是行业首套分布式场景屏，可为用户带来"一屏管全屋"的智慧生活体验。比如中央空调可以进行全屋空气的管理，包括全屋的PM2.5、甲醛、其他有害物质、温度湿度，系统实时监控，如果屋内湿度大，会自动打开系统除湿，屋内温度高，会自动开启空调降温，屋内所有空间的空气质量，会实时打分，以随时保证屋内空气的纯净和适宜的温度湿度。比如全屋水质的管理，通过净水器来监测全屋的软净水的浊度，根据用水的情况，提醒你更换滤芯。这相当于把空气和水的系统变成了可视化。

选择智家大脑屏，用户可以根据自己的生活习惯筛选需要的模块，也可以在不同的空间里分布式安置几个智家大脑屏，每一个屏展现内容都是不一样的。比如，卧室配备专门的智慧床和智慧枕头，卧室里的屏就可以在你睡眠的过程中监控睡眠质量，绘制睡眠曲线，如果你睡的时候觉得有点热，空调温度调得比较低，一旦睡着了，系统能通过人体传感器，也就是"雷达"，监测到你的呼吸状态，再根据室内温度决定是关闭空调还是升高温度。如果你睡前有阅读的习惯，看着书睡着了，系统会自动关灯。早晨醒来，你看到系统传给你的睡眠曲线，就知道昨晚的睡眠质量怎么样了。

张丽说，海尔智能家电已经进入了一点九亿个家庭。二〇二二年七月十一日，全球知识产权综合信息服务商 IPRdaily 中文网公布了《2022 上半年全球智慧家庭发明专利 TOP 100》排行榜，海尔智家以两千六百五十五件专利数量实现了七连冠，优势进一步扩大。而最近，海尔智家又连续两年蝉联"中国轻工业科技百强企业"榜单第一，其科技实力获得高度认可。

不断跨界的海尔

上午十点，我采访了海尔卡奥斯数字孪生技术工程师张玥。张玥是一名青岛本地人，曾在美国俄勒冈大学就读计算机专业。二〇二〇年毕业后，选择回国就业，通过青岛市工信局发布的信息，他发现了海尔有卡奥斯这家公司，是做工业互联网的，和他的专业结合得比较紧密。他说，原来确实没有想到，海尔作为一个家电企业，会下决心来做这么一个非常跨行业的转型。在面对多个就业机会时，他毫不犹豫地加入了海尔的团队。

卡奥斯是英文 Chaos 的音译。如果说张玥发现海尔卡奥斯时感到非常意外的话，我一开始接触到海尔卡奥斯数字孪生技术的感觉，就像英文 Chaos 的含义一样，混沌！

张玥通过视频向我展示的是一个虚拟制造车间，说它就是一个动态的现实空间的克隆体，和现实中的工厂场景是完全一样的，现在机器的实时的数据和现实中的工厂是完全一样的。

张玥说，卡奥斯是海尔依托人工智能、大数据、物联网、

5G技术推出的具有中国自主知识产权、全球首家引入用户全流程参与体验的工业互联网平台。D3OS是卡奥斯推出的一站式数字孪生平台，可以打破空间、时间、虚实维度限制，快速构建一个最合理、可视、可管、可预测的虚拟工厂，并以统一的操作和直观的三维可视化界面与真实工业环境建立交互，做到虚拟指导现实，"对症下药"提供精细化生产、管理策略，助力企业降本增效。监测生产流程只是它最初级的功能，它还可以遥控操作机器运行，可以在一些危险的场所替代人工，可以在线排除故障或提供有关信息。最突出的是，在企业安排生产计划特别是应急订单的时候，可以快速提供应对方案，十五分钟就可以搞定，大大地提高了工作效率，工厂客户非常欢迎。

如果说，卡奥斯是针对工厂、车间的工业互联网平台，海纳云则是一个数字城市物联生态平台，可以为社区、园区、镇街、楼宇、酒店、Mall等"城市微单元"提供数字基础设施建设、建筑全生命周期管理、物联网大数据运营服务等一站式、全场景化解决方案，统筹破解城市治理、老旧小区改造、应急管理、空间数字化转型等难题，以点带面构建万物智联、开放共享、体验美好的数字城市，助力数字中国建设。海尔已经连续四年作为全球唯一物联网生态品牌蝉联"BrandZ最具价值全球品牌百强榜"。

海纳云智慧社区方案总监董洪卓说，在智慧社区和园区建设领域，海纳云打造了政府、物业、居民三端。政府端，可以让居民、物业跟基层政府建立更好的沟通桥梁。物业端，可以为物业管理提供更多的数据支撑，了解客户需求，规范服务管理。居民端，可以让他们与政府、物业更方便快捷地联系，反映自身诉求，也可以在排查高空抛物、安全事故等方面提供方便。目前，海纳云已在国内外十多个城市落地多个数字城市样板，覆盖城市应急、市政运维、城市更新旧改、社区/园区、城市治理等多个领域，打造胶州旧改等多个受到认可的明星样板，用数字城市"一张网"，助力城市从"治理"到"智理"，更聪明，更有温度。

除了智能制造、智慧城市，海尔还积极在大健康领域开疆拓土。海尔盈康生命旗下玛西普最新一代自主研发的INIFINI伽马刀，是唯一通过美国FDA认证并将设备销售至美国使用的国内伽马刀生产厂商。二〇一九年四月，全美肿瘤治疗排名前五的孟菲斯卫理公会大学医院正式宣布引进玛西普研发的INIFINI伽马刀，成为中国医疗设备打破国外企业垄断的标志性事件。

海尔生物医疗企划经理谢玉刚说，非洲、南美、南亚的一些欠发达国家和地区，经常有疾病流行，由于电力供应不足，普通冰箱存储疫苗不能保证质量效果。有一年，世界卫生组织找到海尔，问能不能开发一种太阳能疫苗冰箱。他们通过多次实验，开发出了拥有完全自主知识产权的太阳能直驱疫苗冰箱，通过太阳能直驱制冷技术，将能量储存到冰蓄冷模块，蓄冷量大，使用寿命长达十年，与国内外同类技术对比，在水排冻结能力、保温维持期、采购成本方面都达到了领先水平，出口非洲、南美、南亚七十八个国家和地区。至今已帮助接种了四千五百万儿童，当地儿童的接种率从二〇一五年的百分之三十，上升到二〇二〇年的百分之五十七，婴儿死亡率也下降了百分之八。

此外，海尔还面向全球创业者打造了加速器平台海创汇，探索"有根创业"加速模式，加速培育"专精特新"企业。自创建以来，海创汇已在全球十二个国家布局了四十个加速器，汇聚了来自全球的四千多个创业项目，其中重点加速项目三百六十余个，A轮成功率是行业的五倍，达到百分之五十。截至二〇二二年八月，已成功孵化出五家上市公司、七家独角兽、一百零二家瞪羚企业、七十一家专精特新"小巨人"。

海创汇先后得到国务院及共青团中央、工信部、科技部、人社部等各部委认可：二〇一六年五月，被国务院办公厅认定为首批国家双创示范基地；二〇二一年四月，被工信部认定为首批支持国家级专精特新"小巨人"企业高质量发展公共服务示范平台；二〇二二年七月，海创汇连续四年上榜《中国500最具价值品牌》榜单，品牌价值二百五十三点五五亿，位居创业加速行业首位。

创造标准的海尔

七月二十二日下午一点半，我在海尔集团总部采访了国际标准化主管徐芳和知识产权高级经理袁珊娜。

她俩分管标准和专利，分别在一个大部门下面的两个子部门工作。技术、专利、标准在海尔叫"技术专利标准联动"，核心理念是通过专利和标准化的工作将创新技术推广到全球，来更好地满足全球用户的需求。

徐芳说，国际标准是一个行业必须遵守的行为准则。标准是企业产品生产的重要依据，是产品质量的重要保障，也是企业技术水平和创新能力的反映。产品符合国际标准才能够走进国际市场。参与制定国际标准的企业则意味着企业的生产技术达到了国际领先水平，可以提高本企业产品的市场认同度和市场竞争力，打响企业知名度，打造企业品牌形象。谁掌握了标准制定权，谁的技术转化为标准，谁就掌握了市场的主动权，谁就有话语权。海尔这些年在开发创新技术的过程中，一直致力于把他们的创新技术写入国际标准里，却不仅仅是为了提高海尔产品的市场竞争力，打响企业知名度，还是为了通过国际标准的推广来满足全球用户的需求，从而带动整个行业的转型升级，这是他们的核心理念。

徐芳说，海尔的防电墙专利是他们第一个成功的国际标准提案、一个经过六年长跑才获得通过的提案。二十世纪九十年代，多数家庭用电热水器洗澡，几乎每个家长都会告诉孩子，绝对不能插着电洗澡，把电热水器加热到你的设定温度，一定要断电，说白了，是烧好了水再用。其实不是电热水器危险，而是很多用户家里的接地线有问题，比如农村的自建房，就自己扯了个线，连地线都没有，或者有一些老的电路，可能有地线但接触不良，就容易出现漏电事故。那时不仅在国内，在一些发达国家也有因洗澡触电造成的人身伤亡事件。如果要逃避责任，家电制造商可以说"电网跟我没关系，是你家的电网有问题，没有接地线"。但是海尔认为，这不是一个有社会责任的企业应该说的话，也不是一个有社会担当的企业应该做的事，即便是电网有问题，我们也应该想办法让产品能够安全使用。基于这样的初心，海尔的研发工程师做了大量的实验，最终研发成功防电墙技术，且非常经济有效。原理很简单，当地线不可靠，可能导致水路带电，这样热水器流出的水经过人体，就会有较大的电流流经人体，发生触电危险。而海尔防电墙热水器技术，胆内的水不直接流出，而是经过比较长的一段水管后再流出，随着管路长度的增加，其管内水的阻值也随之增加，这样胆内的水经过较长的管路再流到人体，相当于串联了一个大电阻，再流经人体时的电流和电压都处于安全范围。

为了把防电墙的创新技术推广到全球整个行业，海尔向负责制定家电行业安全标准的国际电工委员会（IEC）提交了第一个国际标准提案。那时中国家电企业还没有走向国际舞台，仅仅只是出去卖产品，甚至代工。IEC以欧盟为主，尤其是德国，因为IEC最早起源于德国的电工，后来变成了欧盟的标准，最后又升级到国际标准，所以最开始的那些标准都是以欧洲人为主编制的，中国人想参与进去很难。刚开始，那些发达国家不认这个提案，他们说，提案跟家电没关系，他们的家电很好，不需要做改变。

海尔人锲而不舍，跑了无数个国家，参加了无数的会议，多次和其他国家沟通交流，反复申明IEC标准是服务于全世界的所有国家，有了这种技术，为什么不能写到标准里，来推动全世界整个行业的进步呢？最终提案获得通过，国家标准也相应修改为最新的国际标准。

随着不断的创新发展，海尔已连续十三年稳居"欧睿国际全球大型家电零售量排行榜"第一名,在国际标准 IEC 的话语权越来越重,也越来越熟悉国际规则,由以前的被动接受,到越来越多地参与国际规则制定。二〇二〇年,海尔主导发布了中国家电行业的第一个制冷类全新国际标准——冰箱保鲜标准。冰箱的功能不再满足于最初的依靠冷冻保存食物,延长食物的保鲜时间,极速冷冻,降低营养流失率,成为冰箱更值得关注的功能。海尔冰箱的干湿分储抽屉可以放菌类珍品、药材、茶叶、化妆品等,扩大了传统冰箱的使用范围。冰箱保鲜标准是全新的、从无到有的。家电行业发展到今天,已有百余年的历史了,国际标准也是很成熟的,想开辟一个全新的领域太难了,所以冰箱保鲜国际标准的意义是非凡的。有专家评价说,海尔通过这一标准为整个冰箱行业开辟了一个新的赛道。

如今,在国际标准制定方面,海尔主导和参与国际标准发布八十四项,国家/行业标准发布六百五十五项,是中国家电行业唯一覆盖 IEC、ISO、IEEE、OCF、Matter 五大国际标准组织的企业,也是全球唯一同时进入 IEC 理事局(CB)和市场战略局(MSB)两大最高管理机构的企业。

采访结束已接近晚上七点。海尔一日,目不暇接。

海尔集团董事局主席、首席执行官周云杰说:我希望大家未来几年再提到海尔的时候,去掉过去家电企业的标签,他会说海尔是一个真正蓬勃发展、生生不息的生态化的企业。

我已经深切感受到了。

在"中国眼谷"看世界

周吉敏

一 一趟开往广州的绿皮火车

温州在浙南的极南处,自古出行不便。到了二十世纪的八十年代,去深圳还得先乘汽车到金华,再从金华乘绿皮火车去广州,然后再从广州乘汽车去深圳。这样辗转几天几夜,任何一个人身心都会疲惫不堪。

一九八六年十月的一天,温州医学院眼科的教授王光霁与助手瞿佳,去深圳开一个屈光学会议,就经历了这样漫长的旅途。他俩都是缪天荣教授的研究生。缪天荣是中国眼视光学科的奠基人,一九五九年发明了《对数视力表》,并在一九七八年全国科学大会上受到国务院的表彰。导师科研创新的精神像一粒种子在王光霁与瞿佳的生命里扎根萌芽。他们都是温州人,"永嘉学派""经世致用"思想就如血液一样与生俱来,这也是一代代温州人创业创新的内在驱动力。

当时中国的眼科医师因没有受过专业训练,也就没有能力接诊大量的功能性眼病患者,大部分百姓的验光、配镜都会选择去眼镜店。似乎所有人都忽略了,即使最初步的验光配镜在一定的层面上也属于医疗行为。如儿童验光需要散瞳（睫状肌麻痹），就是需要具有处方权的医生才可以进行。这些都被当时在读研究生的瞿佳看在眼里，也藏进心里。

王光霁是缪天荣教授的大弟子，一九七八年公派留学美国，是改革开放后最先走出国门的学者。一九八三年回国后，带回了国外眼视光领域的新思想和视野，尤其是创新研究方面——美国有专门的 Optometry（这就是后来被瞿佳等用中文定义的"眼视光学"）专业，获得 Doctor of Optometry（O.D.）（视光学博士）学位，毕业后通过执业医师资格考试才能成为 Optometrist（眼视光医师）。眼视光医师不仅进行验光、配镜，负责帮助患者获得最佳矫正视力等工作，还拥有看常见眼病及开眼部和全身药的处方权力，相当于眼内科医生。但他们也看到了这个体系的不足与弊病。因为起源、历史发展和权益等问题，眼科医师认为视光医师的工作属于初级层次，又担心视光医师抢了他们的"地盘"，而视光医师则渴望拿到更多的行医权甚至手术权，而患者也常因为这两个专业群体之间的"竞争"而被无辜地"误伤"。

"人是一个整体，只有一双宝贵的眼睛，为什么要分为两个专业来服务？美国模式有许多值得称道的地方，但弊端也很明显。我们需要进一步思考把眼科学和视光学合二为一。"这就是王光霁和瞿佳的想法。但当时放眼全国乃至全世界都没有先例可供参考。

绿皮火车哐当哐当往南开去。漫长的旅途，对于常人是单调而烦人的，而对于王光霁和瞿佳，绿皮火车单调的声音却令他们的思维极度活跃起来,思想的火花在哐当声中不断迸发。他们在车上就"把眼科学和视光学合二为一"的想法进行了深入的探讨。这次绿皮火车上的讨论,为日后建立眼视光医学专业创造了机会。

到达广州已是半夜。虽是十月,但南国的天气还不冷,王光霁与瞿佳就在邮局里的长途电话格子间地板上凑合了一宿,清早便赶往深圳会场。在这次会议上,瞿佳结识了从国外刚回来不久的北京眼科研究所的孙葆忱教授,孙教授非常赞成王光霁和瞿佳在中国创立眼视光学的想法,还结合自己在国外的所见所闻,与他们探讨了眼科医师和视光医师分立的弊端。

从深圳回来,王光霁、瞿佳和同事们更加坚定了未来努力的方向——让眼科学和视光学有机整合,建立中国的眼视光学。

一九八八年,温州医学院建立了眼视光医学专业,随之招收了第一届学生。这是中国眼科眼视光教育从"零"到"一"的过程,在新中国乃至全世界眼视光医学领域都是一座里程碑。

回望,一九八六年十月那一趟开往广州的绿皮火车,驱动着某种新事物的诞生,在时空的经纬度上显出它独特的意义来。

二 因为山在那儿

几届温州医学院眼视光医学专业的毕业生,像一粒粒种子洒向中华大地,为眼病患者带去光明。全国各地的眼病患者不远万里到偏居东海一隅的温州看病,全国各地的眼科医生也纷纷来温州医学院考察取经。

但瞿佳教授和他的老师们并没有就此止步。他们看到了眼视光医学要继续发展的瓶颈：眼视光作为临床医学类专业，除了必须掌握全身的医学知识和诊疗技能外，眼视光是其专业特色，尽管综合医院可以保障学生获得足够的全身临床教学资源等，但对于眼视光专业的学生而言，这还远远不够，要给学生搭建最好的眼视光教育资源和平台。

"我们要建立一家眼科学与视光学结合的眼视光医院，除了给予患者全方位的眼病，尤其是功能性眼病的高质量诊疗外，还要提供给眼视光医学专业的学生高水平的临床教学和临床实习。"当时担任温州医学院副院长的瞿佳教授说。

其实瞿佳的内心深藏着一个情结。他上大学之前曾有一段时间在盲人螺丝厂工作过，亲眼看见了盲人在黑暗世界里的生命状态。"我深深感受到盲人兄弟姐妹们的痛苦，他们看不到这个世界，走路都要拿着竹竿敲，失明给他们带来的不幸，不仅体现在生活和工作上的不便，更有情感和精神上的伤害。所以我后来做眼睛这方面的工作，既是巧合，也有一种天然的感情，一种近距离的理解。"这段经历成为瞿佳一种内心的驱动力，催促着他带领团队不断地突破一个个难题，培养出更多更好的眼视光专业医生，为眼病患者带去光明和未来。

一九九八年九月，温州医学院附属眼视光医院在温州拔地而起，瞿佳出任院长。这是国内第一个眼视光专业成立之后的第十个年头。这十年也是东海潮涌的十年。改革开放的浪潮在这座东海之滨的小城里激荡，温州人纷纷下海大胆创业，成为那个时代的弄潮儿，而瞿佳则在一只小眼睛里闯世界，成为中国眼视光教育的开拓者,被称为"眼视光教育的中国温州模式"。

当时国内的眼科分为三种,最常见的是综合性医院的眼科,其次是眼科专业医院,第三便是集功能性和器质性为一体、将眼科学和视光学整合的温州医学院附属眼视光医院。温州眼视光医院不是从任何一家综合医院眼科中脱胎而来,而是完全从零开始建设,在酝酿建院时就从理念、模式、名字乃至整个的顶层设计都不同于国内任何一家医院的眼科。

温州医学院附属眼视光医院的建立,改变了中国眼视光医学的格局。如果有一部中国眼视光学发展史,温州医学院建立眼视光医学专业写在第一页,第二页就是温州眼视光医院的建立。

瞿佳经常给学生讲自己那段在盲人工厂工作的感受,也要求新来报到的年轻医生在病房里蒙上眼睛切身体会盲人的痛苦。正是这种医者仁心,眼视光医院建院时便规划了院内盲道,成立低视力中心,哪怕患者只有一点点微弱的视力,也要尽力放大,尽可能给患者一个接近正常人生活、学习和工作的能力与机会。而为了进一步方便人民群众看病,减少病人于多个亚专科之间的奔波,温州医学院眼视光医院更是在亚专科之间创造性地设立了眼全科,一站式帮助病人解决初级诊疗问题,极大方便了眼病初诊者。

"功能性眼病占眼睛疾患的百分之九十以上,眼视光医院以视光为特色,就是要服务需求量如此之大的人群。"为此,眼视光医院专门成立了视光诊疗中心,引导患者配镜挂号看眼视光医生,养成验光配镜也是医疗行为的生活习惯,让患者接受更多、更精细的医疗评估,以帮助验配最适合的眼镜,加上现在的眼镜很多具有特殊诊疗功能，更需要医生诊疗后佩戴。

美国眼科和视光的同行教授则诧异于瞿佳他们竟然真的可以把眼科学和视光学结合得如此紧密，也惊讶于眼视光医学在中国这片土地上迸发的生机。"Wenzhou Model"，这两个单词应该是瞿佳教授听到最多的词了。

人才是眼视光医院的基石。基石的厚度，决定了大厦的高度和坚实度。眼视光医院有着自己独到的人才发展策略：初、中级医生应掌握较全面的临床技能，十八般武艺样样都应知应会；高级医生、眼视光专家要专治专病化，掌握"独门绝技"，在一个亚专科领域做好、做精、做高。除了内部培养秘籍，更要放眼国际，每年向海外最好的医疗机构派遣一批青年人才。眼视光医院也不断吸引着越来越多的有志于眼视光医学的青年加入，正是这种良性循环，推动眼视光医院不断阔步前行。

如果说人才是基石，科研就是旗帜。从二十世纪瞿佳的老师缪天荣教授手动计算的新中国第一张对数视力表开始，一代代温医大眼视光人担当起中国眼视光医学的科研创新的重大责任。作为国内首家眼视光医院，温医大附属眼视光医院已成为国内规模最大、配置最全、实力最强的眼健康医疗中心和研发中心。医院设置眼全科及二十四个亚专科，年门诊量逾九十万人次，其科技量值(STEM)在中国医院综合排行榜中持续位居眼科专科医院第一名。目前，已拥有国家眼部疾病临床医学研究中心、国家眼视光工程技术研究中心、眼视光学和视觉科学国家重点实验室等三大国家级平台，这在国内医学界尚属唯一。

与许多高校科研相比，温州医科大学附属眼视光医院有一个最大的特点,就是不仅做教学和研究,而且把教、学、研和产结合在一起,形成产业化运作。二〇〇二年五月开始任温州医科大学校长的瞿佳教授先后在杭州、台州、上海等地开办了八个院区和门诊部,这种运作,不仅让眼视光产业不断壮大,也融入市场,接上地气,切实解决了百姓的实际需求。

二〇一八年,温州医科大学眼视光医院在博鳌乐城国际医疗旅游先行区独占鳌头。博鳌国际眼视光眼科中心由温州医科大学附属眼视光医院暨浙江省眼科医院瞿佳教授领衔,以"1+X"创新模式入驻海南博鳌超级医院,依托专科优势,享有国务院双"国九条"黄金政策,着力开展特许药械引进工作。中心已引进了包括波士顿Ⅰ型/Ⅱ型人工角膜、强生Catalys飞秒激光白内障治疗系统、艾尔建XEN青光眼引流管、YUTIQ氟轻松玻璃体内植入剂、巩膜镜(目立康、澳大利亚Epicon A、Valley Contax Inc.)、Misight多焦点软性角膜接触镜、EVO+ICL(V5)有晶体眼人工晶体、德国人类光学人工虹膜、蔡司散光三焦点人工晶体等十二项特许项目,并创造了九项国内首例。

中心努力创建与国内外一流眼科团队共享共有、合作共赢的开放平台,逐步实现技术、设备、药品与国际先进水平"三同步",努力创建"全球眼科创新技术的中国窗口"和"国际眼科尖端医学研发、转化、应用的创新平台",我国眼病患者应用最新的新药和技术将缩短三年、五年、十年……

"为什么要登山?""因为山在那儿。"这是马洛里的回答,一位登山家的回答。听上去像句废话,什么也没有回答,又回答了一切。

三　山谷也是高峰

二十年后，二〇一八年九月，龙湾区政府与温州医科大学附属眼视光医院签订协议，"中国眼谷"开工建设。这又是一个历史性的时刻。

车驶上瓯海大道高架桥，阳光兜头倾倒，两旁艳丽的三角梅、高高低低的建筑，来往的车辆……映入眼底的是一个生机勃勃的世界。从西部瓯海到东部龙湾，就二十多分钟的车程，就看见"中国眼谷"四个蓝色的大字。

在中国眼谷产品展示中心看到一些数据资料：

据卫健委数据，我国七十一岁至八十岁老年人的白内障发病率达百分之二十九，八十一岁以上老年人的白内障发病率更是高达百分之四十八。此外，据《中国眼健康白皮书》显示，我国儿童青少年近视眼总体发生率为百分之五十三点六，大学生近视眼总体发生率超百分之九十。庞大的数据背后，是眼健康产业的巨大市场空间。

二〇二〇年全球健康产业规模为两千亿美元，中国是两千亿人民币。我国十四亿人口的眼健康消费仅与六千七百万人口的法国相当。按照比例测算，我国人均眼健康消费量仅为法国的二十五分之一，正处于高增长期。

根据 Frost & Sullivan 统计，中国眼科医疗服务市场规模从二〇一五年的七百三十亿元增加至二〇一九年的一千二百七十五亿元，复合年增长率达百分之十五，二〇二四年预计将进一步增至两千两百三十一亿元。围绕眼健康衍生出的眼视光设备、视觉光学、眼用材料、眼科药物、眼科智慧医疗、视觉延伸和未来科技等核心产业，在不远的将来可能形成一个万亿级产业集群。

中国眼健康产业"卡脖子"现象明显，功能性镜片、眼视光器械、眼用材料等都有超过百分之九十的进口依赖度，国产替代、"卡脖子"攻坚需求巨大，也形成了强大的市场空间。

庞大的数据背后，就是一个庞大的消费市场，这就是中国眼谷产生的背景。中国眼谷的定位是打造中国第一、世界唯一的眼健康科技、产业、人才高地。中国眼谷的这份自信，来自温州医科大学在眼健康领域长久的深耕细作而形成的独特优势。这种"塔尖重器"的优势，为眼谷打造眼健康全产业链提供了强劲的可持续的内在驱动力。

作为我国眼视光学教育与医疗的主要开创者，担任着温医大眼视光医学部主任、中国眼谷理事会理事长的瞿佳教授认为，眼睛既是生物器官又是光学器官，这双重属性用"大眼科"理念来看，营造了眼健康全周期、全链条、跨学科的产业体系。

从青少年的近视、斜弱视，中青年的视疲劳、干眼，到中老年的老花、白内障、青光眼等，眼健康贯穿了整个生命周期，有着强大的消费需求。"这就是一个细分领域的黄金赛道。"瞿佳教授说。中国眼谷从设立之初，就立足于搭建科创、产业平台，吸引、孵化更多的重大科技型企业在这一赛道上精耕细作。

二〇二〇年六月三十号，中国眼谷中央孵化园正式宣布开园。

"孵化"是一个有着生命温度的词，包含了时间、耐心、呵护、成长等含义。中国眼谷，为高质量孵化创造了优越条件。

温医大眼视光早在二〇一九年就围绕近视防控有针对性地开展项目布局，连续完成六次温州百万中小学生近视普查，推动温州市入选唯一一个"全国儿童青少年视觉健康管理先行示范区"，并向全国多省市推广。这使得中国眼谷的入驻企业和创新产品一开局就融入国家战略，赢得先机。

最大限度优化临床试验流程，缩短检验注册时间，助力企业抢占市场先机，也是中国眼谷最独特的魅力之一。目前，中国眼谷超级眼视光医院建设国内规模最大、世界一流的 I–IV 期眼科 GCP 平台，推动国内外新产品、新技术先行先试。同时可依托眼视光医院集团在全国的十二家分院，为企业架构起新药产业化的加速通道。一个医疗类创新综合体里面同步创办一个医院为企业服务，放眼全国少之又少。同时，国家药监局眼科药械临床研究与评价重点实验室、浙江省药监局医疗器械创新和审批柔性工作站在中国眼谷设立前端平台，大大提速药械注册审评流程。二类医疗器械产品注册审批所需时间由原先至少一年半时间压缩到现在最多半年。专为眼谷匹配的知识产权直通车制度，为专利申报提供专业化支持，提升新技术研发和高新技术企业发展品质。

资本是科创最重要的支撑要素之一。中国眼谷开园后，先后签约引入国药投资、长三角基金、九瑞基金等三十六家投资金融机构，并在多家银行支持下形成百亿授信池。中信医疗基金、泰越基金等四家引导基金，建立了总额达到十一点五亿元的眼健康产业发展专项基金。目前，清大视光、优眼科技、景到科技等九个孵化项目即将完成超过四亿元的投资支持，有望两到三年培育首家中国眼谷原生IPO企业。

走进中国眼谷产品展示中心，呈现在"C位"的便是各路科创团队带来的最新科研成果。"这是目前世界上分辨率最高的人工视网膜产品，可以帮助恢复因视网膜色素变性和黄斑退化致盲病人的功能性视力。人工视觉恢复是高密度脑机神经接口的一个典型应用。"中国眼谷后勤部主任陈坚勇介绍了眼谷内的"冠军"科技产品。

这项技术的工作原理是：人工视网膜通过植入的芯片配合眼镜将图像信号转换为多通道的电信号，通过刺激视网膜神经细胞，使其产生动作电位并通过视神经通路将信号传递给大脑皮层视觉中枢，在大脑视觉中枢形成由光幻视点组成的图像，从而引起患者的视觉感知，使其恢复功能性的视力，重见光明。

这些尖端的眼视光科技一旦放入市场，会有多少盲人结束黑暗的世界，迎来全新的生活？

在眼谷七楼的浙江清大视光科技有限公司，工作人员演示了一台校园近视检测全自动验光仪。人只要把眼睛对准仪器的镜头，就开始自动寻眼、自动对焦，二十二秒就完成双眼检测。更重要的是检测由机器自动操作，智能化手段保障了检测数据的实时性和准确性。这套设备已经为温州一千三百多所学校的一百一十万中小学生做过近视普查。百万学生的近视防控数据，为政府制定相关防控政策和标准提供了科学依据；同时实现"医院、学校、家庭"联动，建立全天候的用眼闭环管理体系，精细管住全市百万学生的每一刻用眼时间，提高普查与防控效率。

中国眼谷锁定高精度成像、人工智能软硬件、眼脑衔接植入物等前沿技术，持续引进国内外高精尖技术科研团队；同时引入与人工智能诊断、功能性镜片等相关企业，布局近视防控领域。目前，兴齐眼药、爱博诺德、明月镜片、欣视界等企业进驻后，全方位布局近视防控前沿干预药物、先进光学器具、创新基因检测等产品。包括清大视光在内，明德照明、优眼科技、国眼医疗、云视光等三十多家企业则围绕近视普查信息化、大数据决策、远程验配、健康照明、视功能康复等近视预防、控制关键技术开展技术攻关，形成近视防控产业链。

近视防控"温州模式"使用的就是这套产品，将在全国复制温州经验，向每个基层社区医院、学校推广。这也是近年来国内资本持续关注眼谷的近视防控企业的原因。

截至二〇二二年六月三十日，中国眼谷已累计引进注册企业一百三十八家，建立世界五百强、上市企业联合研究院二十五家，合作金融投资机构六十二家，国家药监局重点实验室、"科创中国"浙江示范基地等十个国家级、省级平台陆续落地建设，三点四七平方公里的中国眼谷小镇成功获批浙江省特色小镇。

二〇二二年七月二十二日，"2022视觉健康创新发展国际论坛"在厦门召开。瞿佳教授作为大会学术委员会主席，在接受新华网记者访谈时说道："中国眼谷的吸睛点主要体现在五个度上，分别是辨识度、唯一度、集聚度、知晓度和美誉度。正如名字一般，中国眼谷一看就是做眼睛的。不仅如此，在一个医疗类创新综合体里头同步创办一个医院为企业服务，放眼全国更是少之又少，这都是凸显眼谷辨识度的地方。中国眼谷是全球首个眼健康科创、产业综合体和科技、人才集聚地。可以说，在眼健康行业，能拥有如此规模、规划、愿景，中国眼谷从全球来说都是独一无二的，这就是唯一度。"

瞿佳教授可谓是中国眼谷的总设计师。他说，中国眼谷还在婴儿期，后面的路还很长。

有些个体在时代的坐标上，时间越久远，形象也越清晰。瞿佳教授在他的同事们眼里就是一个传奇。

瞿佳，一九五五年出生于新疆，小学、中学都在温州就读，中学毕业后，做过代课老师、小工、供销员，也拉过板车，坐过机关。恢复高考时，他在农村工作队，只有十天的复习时间，后来选择温州医学院的走读生。本科毕业后，研究生选择了眼科专业，然后留校任教。缪天荣教授初见他时的第一句话说："你路走对了，门走错了。"因为瞿佳是高度远视眼，老花也会发生早。导师说眼科很精细，怎么做这个职业？但又说，瞿佳可以扬长避短，比如去做光学研究，多做研究、教学。瞿佳一直记得导师的这句话，一直坚持做科研和教学。丰富的人生经历赋予他开阔的思维。瞿佳是眼视光领域的科学家、教育家、决策者，还是一个市场调研员。温州人"敢为天下先"的精神，他在眼睛科学领域做到了。

在《瞳瞳小朋友近视防控日记》一书里，瞿佳教授变身为卡通形象的"目目佳"教授，给孩子们讲近视防控的知识。此时的"目目佳"教授，打通了科学、文学与艺术的通道，因为它们都是人学。

他们用脚丈量祖国大地

高 鸿

你心中的中国是什么样子?是五千年悠久历史的文明,还是九百六十万平方公里的辽阔?是四季轮回、春红冬白的浪漫诗意,还是江天一色、汹涌澎湃的大气磅礴?

如果从空中俯瞰,辽阔的大地上雪山巍峨,湖泊静美,水碧山青,沃壤千里。三百万平方公里的海域浩瀚无垠,五点五二万公里的边境线勾勒出中国版图的基本轮廓:起伏的山岭、广阔的平原、低缓的丘陵;群山环抱之中,是肥沃丰腴的盆地;云雾缭绕之间,是雄浑壮美的高原。两条巨龙如银河倒泻,从四千米高原奔腾而下,披荆斩棘,浩浩汤汤。大河滔滔,哺育了一代又一代中华儿女,孕育出灿烂的华夏文明!

卫星视角看祖国,星辰指引方向,绿水青山铺展成大地的模样。二○二一年十一月,航天英雄王亚平从空间站拍摄了许多张绝美的地球照片,一时间获得无数网友点赞。与以前流传在网上的照片不同,此次是从中国空间站上,在中国人自己建造的太空平台上拍摄的地球照片,因此其蕴含的意味显然不同。能够从距离地球四百公里的太空拍摄到长江美景、黄河英姿,映衬出的是中国综合国力的强盛。从遥远的太空看雪山,山顶白雪皑皑,地形走势不一,高低落差感强烈。通过这些照片领略祖国的壮美山河，令人血脉偾张、心潮澎湃。

如果从地图上看中国，只见山川锦绣，河流纵横，它们构成了华夏大地的血脉与骨骼。如果换个角度，用测绘人的视觉看中国，祖国大地便成了一个个点，千千万万的点编织成一张网——水平控制网、高程控制网、GPS网、天文大地网、重力基本网……每一张网都由无数个基准点组成，每个点都有一组详细的数据，标示着它的精确信息和地理位置。如果将这些网连起来，便成为中国的基本模样。这些基准点是测绘人经年累月用脚步丈量出来的，他们从高原到盆地，从湿地到丘陵、到平原，从珠峰之巅到东海之滨，从炎热的南海到酷寒的北疆，戈壁大漠、草原湖泊，甚至崇山峻岭和藏北无人区。无论多么艰险，都需要测量队员徒步完成。别小看这些点，卫星升空、"嫦娥"探月、"神舟"飞天、磁悬浮、天津港、港珠澳大桥、杭州湾大桥，新建的工厂和新修的铁路、公路、厂矿、机场，甚至我们的日常出行，都离不开它们。数字区域、数字城市、数字中国、数字地球……每个点都凝聚着测绘人的辛勤与智慧，一点一线的变化背后，都是奋进中国的缩影，也是新中国成立七十多年来的宏阔变迁，更是我们的希望和未来。

国测一大队成立于一九五四年，是我国成立最早的专业测绘队伍。建队六十九年来，累计建造测量觇标、标石十万多座，提供各种测量数据五千多万组。他们两下南极、七测珠峰，三十九次进驻内蒙古戈壁荒原，五十二次踏入新疆沙漠腹地，五十二次深入西藏无人区，足迹遍布全国除台湾以外的所有省、直辖市和自治区，徒步行程超过六千万公里，相当于绕地球一千五百多圈。他们先后承担和参与完成了全国大地测量控制网布测，出色地完成了珠穆朗玛峰高程测量、南极重力测量、中国地壳运动观测网络建设、西部无人区测图、海岛（礁）测绘、汶川地震灾后重建测绘工作，为三峡工程、青藏铁路、西气东输、南水北调等多个重大工程提供了强有力的测绘支撑，为国家经济建设和社会发展提供了精准的测绘服务保障，创造了一个又一个测绘奇迹。六十九年来，国测一大队测量队员历经冰雪严寒、高温酷暑、沙漠干渴、雪崩雷击、洪水野兽、山高路险等种种困难，面临坠崖、车祸、断水、冻饿、疾病等种种风险，先后有四十六人为国家献出了宝贵的生命。几代测绘人前仆后继，测定了全国除台湾之外所有国土面积的大地控制点。当他们在荒原旷野和雪山峻岭之上默默竖起觇标的时候，也同时树起了自己的精神标杆和人生标杆。他们背着沉重的测绘工具，战天斗地，执着坚守，用汗水乃至生命丈量祖国的浩阔土地，用信念和毅力绘制中国的壮美蓝图，书写了一部动人心魄的英雄史。

他们是这个和平时代的英雄——平凡英雄、真心英雄。

传与承

人类的测绘史始于古埃及。公元前四千年，尼罗河经常泛滥，覆没了农田。为了重新勘测定界，就需要组织测量，这是最早有组织的测绘工作。

中国在测绘方面同样有着悠久的历史。早在四千多年前，大禹治水时已开始使用简单的测量工具，始于秦朝的古代长城、运河也离不开测绘技术的支撑。从大禹开始,管子、张衡、裴秀、郦道元、贾耽、沈括、郭守敬、徐光启……中国历代科学先人对测绘理论的早期贡献,奠定了中国古代测绘的基础。对于人类生产生活来说,测绘作为一切工作的基础,"兵马未动,粮草先行"。周代就有了关于地图的记述;春秋时期,地图已广泛应用于军事活动中。《管子·地图》篇强调:"凡兵主者,必先审知地图。"一九八六年在甘肃天水放马滩出土的战国时期木版地图,是世界上发现最早的标有军事要素的地图。一九七三年在长沙马王堆西汉墓出土的《地形图》《驻军图》,是迄今世界上发现最早的彩色军用地图。晋初,中国地图学之父裴秀创立"制图六体"理论,是当时世界上最科学、最完善的制图理论。裴秀作《禹贡地域图》,开创了中国古代地图绘制学。李约瑟称他为"中国科学制图学之父",与古希腊著名地图学家托勒密齐名。宋代,沈括使用水平尺、罗盘进行地形测量,并以木为底质表示地形的立体模型。明代,郑和七下西洋,绘制出中国第一部航海图集《郑和航海图》。明朝后期,西方测绘技术传入中国,独具特色的中国传统测绘在融合了西方测绘术后,跃上了一个新台阶。在传播西方测绘术的先驱者中,徐光启身体力行,积极推进西方测绘术在实践中的应用。一六一○年,徐光启受命修订历法。他认为修历法必须测时刻、定方位、测子午、测北极高度等,于是要求成立采用西方测量术的西局和制造测量仪器。此次仪器制造的规模在我国测绘史上是少见的,共制造象限大仪、纪限大仪、平悬浑仪、转盘星晷、候时钟、望远镜等二十七件。徐光启利用新制仪器,进行了大

119

范围的天象观测，取得了一批实测数据，其中载入恒星表的有一千三百四十七颗星，这些星都标有黄道、赤道经纬度。

中国历史上规模最大的一次全国性测绘是由清朝康熙皇帝亲自主持进行的。经过十年的实际测绘，终于完成《皇舆全览图》，在当时是中国有史以来最精确的第一次采用经纬度法标注的全国地图。自清中叶至民国初年，国内外出版的各种中国地图，基本上都源于此图。

日本企图称雄东亚，对我国进行军事测绘由来已久。早在明治维新初期，日本便向中国派遣军事侦察人员，同时对中国沿海进行侦察测量，绘制了《清国渤海地方图》和《陆军上海地图》。一八七五年至一八八二年，日本军方完成了《清国北京全图》《清国湖南省图》，绘制了鸭绿江至奉天（今沈阳）沿途地形图。一八九五年至一八九七年，日本对辽东半岛和台湾进行测绘，一九〇五年以台湾堡图为底图编绘完成一比十万台湾地形图三十六幅。一九〇〇年，日军参加八国联军镇压义和团运动，公然对北京、天津、山海关等地进行军事测绘。同时，英、美、法、俄等国"联军"也趁机完成了战场一比五万地形图的测绘。一九〇四年，日本陆军少佐斋藤二郎受命对浙江和安徽进行秘密测绘。一九〇七年至一九一〇年，日军对我国东北、内蒙古、华北、华南、华东多地进行测绘。一九二八年，日本测绘人员随日本侵略军第一、三师团在山东登陆，公然对山东沿海地区进行航空摄影，经调绘后到东京成图。在日本发动侵华战争前的一段时期内，其派出了千余人的队伍到中国各地进行非法测绘并校正地图，从事秘密测绘的日本人，足迹遍布中国大江南北，获取了大量有关中国地形地貌、道路情况、水文条件、矿产资源等方面的情报。侵华战争开始后，日军所使用的军用地图，竟然比中国军队自己绘制的地图还精确。一九四三年八月，随着战争趋势的变化，日军将关东军测量队扩编为关东军陆地测量部，管辖日本在中国沦陷区的各测量队、班的作业，成为侵华日军的测绘工作统筹指挥部。一九四四年，日军又组建了四三九部队，这个神秘的部队掌管着日军侵华所需的全部测绘资料，是地图制作及地图和测绘资料的供应中心，为日军进行侵华战争和掠夺我国资源的罪恶活动提供测绘保障。

民国时期，北洋政府和南京政府均制定了测绘全国军用地形图的计划，完成了约占陆地国土面积三分之一的地形图测绘。近代以来进行的测绘，不仅为人民军队创建初期开展测绘工作奠定了一定的基础，提供了可供搜集利用的地图资料，而且为新中国的军事测绘建设积蓄了一批技术人才。

人民军队的测绘事业，是中国历代军事测绘历史的延续和发展。一九二七年八月一日，南昌起义打响了武装反抗国民党反动派的第一枪，标志着中国共产党领导下的人民军队正式诞生。起义当日，成立了中国国民党革命委员会，下设有参谋团，其职责包括勘察地形之项，并利用收集到的《南昌城市图》指挥军事行动，由此开启了人民军队测绘工作的历史。人民军队自一九三二年开始培训测绘人员，一九三三年五月，红军总司令部作战局设立地图科，测绘机构不断健全，测绘队伍不断扩大。解放战争时期，在测绘力量弱小、缺少测绘仪器和艰苦复杂的战争条件下，测绘人员创造条件进行地图资料收集、战场简易测绘、兵要地志调查、地图修测翻印、军事要图标绘等随军测绘保障，最大限度地满足作战指挥和作战行动的用图需要，为打败国内外反动派、夺取中国革命战争胜利、建立新中国作出了历史性贡献。

一九四九年十月一日中华人民共和国成立后，人民解放军的任务从以作战为主转入现代化正规化建设、保卫国家安全为主，军事测绘也开始由革命战争时期的随军保障向大规模全国基础测绘转变。为适应新形势和新任务的需要，经中央军委批准，一九五〇年五月十一日军委测绘局正式成立，统一领导全军测绘工作，正规组建测绘部队，完成了边界测绘、援外测绘、国际维和、国家经济和重大工程建设、抢险救灾等一系列重大测绘保障任务，我国的测绘事业步入全面快速发展的新阶段。

新中国成立之初，百废待兴，经济建设、国防建设各个方面都需要测绘先行。

旧中国留下的测绘基础十分薄弱，全国仅有约三分之一的地区在二十世纪二十至四十年代进行过精度较低的测绘，尤其是大地测量成果零星分布在沿海及豫、鄂、皖、赣等省局部地带，测量基准和坐标系统十分混乱，大多无法利用。而当时大量的国家基本比例尺地形图测绘工作亟待铺开，同时淮河、黄河、长江等流域的水利工程更要求统一、可靠的大地测量控制，我国测绘工作面临着重大而紧迫的任务。面对这一局势，党和政府十分重视测绘事业的发展。一九五〇年，朱德总司令视察军事测绘工作时，写下了"努力建设人民的测绘事业"的亲笔题词。为尽快改变局面，一九五四年，国测一大队的前身在西安成立。

其前身是一九五四年成立的总参测绘局第二大地测量队和地质部大地测量队，两队分别于一九五六年十月和一九五八年三月转入国家测绘总局。国家测绘局正式成立，周恩来总理亲自点将，调总参测绘局局长陈外欧任国家测绘局局长。重任在肩，陈外欧对测绘工作者的思想觉悟要求很高。他给测绘工作做了一个形象的比喻："走在龙头，位在龙尾。"他把国民经济建设看作一条龙，测绘工作是尖兵，要走在龙头，但尖兵毕竟不是主力，因此要甘当无名英雄，甘于奉献。

国测一大队的第一代队员一大部分是由革命军人组成建制，他们带着仪器设备及武器枪支集体转业而来。测绘工作者克服环境险恶、技术落后、人员缺少、仪器缺乏等重重困难，测绘技术从简易到系统、从手工到自动，测绘产品从粗略到精确、从模拟到数字、从单一到多样，使新中国的测绘事业从无到有、从小到大，逐步走上发展壮大之路，国测一大队被誉为"没有番号的野战军""经济建设的排头兵"。多年来，国测一大队测出的精准测绘成果已被广泛应用到水利、国土、规划、交通、防灾减灾、自然资源管理和开发利用等多个领域，卫星上天、火箭发射、地壳运动、天文观测，等等，都离不开他们的技术支撑。随着科学技术的进步，现代测绘技术手段日新月异，测绘成果的表现形式得到极大丰富，通过天文测量、三角测量、大地测量、水准测量、卫星测量、重力测量等手段获取的测绘成果和图件，遥感卫星和航天飞行器获取的地面影像，以及基础地理信息系统等数字化产品，大大拓宽了测绘的服务面，测绘技术的使用和测绘成果的应用渗透到了国防、工业、农业、流通、城市规划建设，以及人们生产生活的方方面面。也许，大桥竣工剪彩时，我们看不到他们的身影；举国为"神七"成功发射呐喊欢呼时，很少有人能想到他们。"为国家苦行，为科学先行。穿山跨海，经天纬地。你们的身影，是插在大地上的猎猎风旗。"这是感动中国二〇二〇年度人物颁奖盛典上给国测一大队的颁奖词。只步为尺测天地，丹心一片绘社稷。这支军转民的队伍把我党我军宝贵优良的革命传统作为传家宝继承下来，踵事增华，发扬光大。

二〇一五年七月一日，习近平总书记在给国测一大队老队员、老党员的回信中写道："几十年来，国测一大队以及全国测绘战线一代代测绘队员不畏困苦、不怕牺牲，用汗水乃至生命默默丈量着祖国的壮美河山，为祖国发展、人民幸福作出了突出贡献，事迹感人至深。"总书记指出："不忘初心，方得始终。全国广大共产党员要始终在党爱党、在党为党，心系人民、情系人民，忠诚一辈子，奉献一辈子，以自己的实际行动，团结带领亿万人民为实现'两个一百年'奋斗目标、实现中华民族伟大复兴的中国梦而共同奋斗。"

在中国共产党波澜壮阔的百年征程上，初心历久弥坚；在中国共产党矢志不渝的百年奋斗路上，一代又一代中国共产党人顽强拼搏、不懈奋斗。百年奋斗中形成的红船精神、井冈山精神、长征精神等一系列伟大精神，构筑起中国共产党人的精神谱系，为我党提供了丰厚的滋养，引领奋进之路，无往而不胜。以国测一大队为代表的一代代测绘人所诠释的"热爱祖国、忠诚事业、艰苦奋斗、无私奉献"的测绘精神，已成为建党百年共产党人精神财富的组成部分。为完成党和政府交给的任务，测绘工作者栉风沐雨，百折不挠，测天量地，兀兀穷年，在祖国大地上用青春和生命谱写出一部跌宕起伏、气壮山河的爱国诗篇！

冰与火

气温越来越低，凉飕飕的风吹在脸上非常舒服，大家都十分兴奋。来不及欣赏眼前的美景，一阵乌云翻滚，电闪雷鸣，大雨倾盆而下，几个人瞬间便被淋成了落汤鸡。宋泽盛慌忙拿出帆布把仪器包裹起来。这些仪器都是从国外进口的，价格昂贵，宋泽盛把它们看得比自己的生命还重要。他说人淋湿没事，设备进水后就不能测量了。

雨继续在下，几个测绘队员挤在一起，用自己的身体将设备保护起来。山里的天气就是这样，前半晌还阳光朗照，说变脸就变脸。几个人还没缓过神来，只听一阵噼里啪啦的声音，核桃大的冰雹从天而降，砸在山石上溅起一团白雾，地上很快便覆盖了一层，白皑皑的，像雪。一日之内经历冰与火的天气，已经司空见惯。

这里是新疆阿勒泰，地处欧亚大陆腹地，位于准噶尔盆地的东北侧，戈壁荒漠占百分之四十六，是全球距海岸最远的戈壁。七月，上午的戈壁滩还像个大烤箱，热得人汗流浃背，无处可逃。进入阿勒泰山区之后，随着海拔越来越高，气温突变，冷得人浑身发抖。

那是一九五九年的七月，国测一大队在执行国家一等三角锁联测任务时，组长宋泽盛带领刘明、常虎、曹林来到阿尔泰山，准备开展尖山点的大地控制测量。阿尔泰山与天山、昆仑山像三条巨龙，构成新疆的基本地形地貌。尖山位于阿尔泰山脉中部，海拔近四千米，危峰兀立，像一把巨斧劈过，感觉就要坍塌下来，咄咄逼人。山巅上，密匝匝的针叶林像扣在绝壁上的一顶巨大黑毡帽，令人望而生畏。别说攀登，看一眼都让人胆战。然而就是在这样的悬崖峭壁之上，国测一大队的勇士们设了一个一等大地点。对于测绘队员来说，测量点就是阵地，必须拿下，没有选择的余地。

乌云携着雨幕缓缓移动，夕阳西下，整个阿尔泰山脉笼罩在一股神秘的气氛中。地上的冰雹有两厘米厚，寒气凛凛。一股山风吹过，常虎和刘明牙关发抖，缩成一团。宋泽盛说，太阳落山后山上会更冷，我们不如就在这里安寨扎营吧。大家分头捡一些柴火，生一堆火，把衣服烘一烘，要不晚上会被冻死在这里的。

大家说干就干，迅速扎起帐篷，把仪器放了进去。曹林将淋了雨的帆布挂在一簇灌木丛上。突然，一阵狂风大作，帆布瞬间被旋了起来，向山下飞去。大家一阵惊呼，徒唤奈何。

几个人分头行动，在山上捡树枝。突然，宋泽盛发现一块巨大的山石上，一只黑熊蹲在那里，正虎视眈眈地看着他们。这块山石距离他们只有十多米，黑熊站了起来，发出一阵咆哮。宋泽盛他们在山下曾见过一个村民，一条胳膊没有了，说是年轻时在山上被黑熊咬断了，侥幸逃过一劫。常虎说，遇到黑熊不能跑，你跑它就追，我们跑不赢的。曹林说，那怎么办？站着等死吗？宋泽盛说，我带着手电，动物怕光。说完拿出手电筒，黑熊被强光一照，呼地站了起来，张牙舞爪，似乎要扑下来。几个人惊出一身冷汗，只听黑熊一阵嘶吼，缓缓地从另一边下去了。宋泽盛说，我们赶快把火生起来吧，熊怕火。几个人回到帐篷附近，手忙脚乱地点起一堆篝火，把湿衣服脱下来在火上烤了烤，胡乱吃了点东西就钻进帐篷里了。因为怕熊再来，火不能熄灭，队员们轮流休息。半夜时分，外面传来一阵狼嚎，大家一下子都坐了起来，好不容易挨到天亮……

太阳出来了，新的一天开始了。大家抖擞精神，准备征战尖山。

"怎么上去啊？"曹林望着眼前刀削斧劈般的山峰，无奈地摇摇头。

"这石头有十几层楼高，又光又滑，人的脚往哪里踩？手在哪儿抓？要上去，我看只能坐直升机。"曹林撇撇嘴，继续说。

"没有路也要上。古人走蜀道，不是也难于上青天嘛！他们都能走，我们测绘队员也一定行。"宋泽盛边观察地形边说。其实他心里也没底，眼前的尖山实在是太陡峭了，别说背着仪器，人空手都很难攀爬上去。但上面有测量点，即使天堑也要爬上去。

由于测绘仪器比较笨重，用马驮根本上不去，只能由人来背。几个大木箱子，每个都有二十多公斤，上山下山变得异常困难。

经过一番认真观察，宋泽盛发现尖山西、南两边都是悬崖峭壁，东边是十多米高的狼牙怪石，根本无法攀登。只有北边是一块斜卧在石冠下方、长十余米的龟盖形巨石,不知能否找到突破口。这时,常虎也发现了这块巨石,激动地说:"你们看,我们两个人顺着这块鳖盖石爬上去,能一直爬到峰顶下,一个人再踩着另一个人的肩膀头,一手抠住那条石缝,一手抓住山崖上的树藤,顺势就能爬上去。到峰顶后,从上面吊下一根绳子,下面的人就能抓住绳子上去了。"

宋泽盛听后摇了摇头:"人可以按你说的办法爬上去,这么大的仪器怎么办?用绳子吊仪器准会碰到石头,万一损坏怎么办?不行。"

大家都沉默了,看着眼前利刃般的尖山,寻思着解决问题的办法。后来,他们还是采取了比较稳妥的办法,由力气较大的常虎背着仪器,前面有曹林开路,后面有宋泽盛和刘明保护。经过一番艰难的攀登,总算上了石冠,常虎也把仪器背到了山顶。

尖峰上的石冠只有一张方桌那么大,不知道上面一米多高的标石礅是怎么建起来的。几个人喘息片刻,在腰间系上绳子,把另一头捆在标石礅上。

队员们连续奋战了两个昼夜,他们一边观测、记录,一边计算成果、整理资料。任务完成后,疲惫不堪的测绘队员在尖山顶上背靠石礅昏然入睡,完全忘了近在咫尺黑不见底的深渊。黎明前,宋泽盛被一阵冰雹打醒了,他把大衣脱下顶在头上,重新检查手簿。

宋泽盛一九五二年参军,复转后来到测绘战线,长期在野外作业,如今已是经验丰富、技术熟练的大地测绘员了。东方既白,观测了一夜天文的他揉了揉干涩的眼睛,唤醒队友。太阳出来了，霞光耀目，阿尔泰山一片辉煌。远处奇峰林海，云合雾集，赏心悦目。观测任务已顺利完成，大家的心情都很愉悦，开始收拾东西，准备下山。

上山容易下山难。身体健壮的常虎依旧背着仪器，宋泽盛把绳子拴在常虎腰里，另一头捆在石磴上，并抓在手里。常虎徐徐往下走，黎明前的冰雹打得石头湿漉漉的，上面绿苔又软又滑，沉重的仪器箱压得常虎面红耳赤，直喘粗气。宋泽盛见常虎非常吃力，有些惊慌地喊道："你不要害怕！千万沉住气！"随即把绳子交给刘明，敏捷地迂回到常虎的下边。突然，常虎背上沉重的经纬仪撞上了峭壁，立刻重心不稳，连人带仪器向悬崖边滑去！下面的宋泽盛一个箭步冲上去，用双手抓住队友往回拉。队友和仪器保住了，宋泽盛却因身体失去平衡，跌落深达几十米的悬崖……

在绝壁之下，乱石之侧，队友们找到了宋泽盛。他的神情安详，只是那留着短发的后脑勺上有一个因撞击而破裂的伤口，鲜血染红了四周的草地……

队友们清理组长的遗物时，发现了宋泽盛在山顶上写的一首诗：

> 测绘战士斗志昂，
> 豪情满怀天下闯。
> 铁鞋踏破重重山，
> 千难万险无阻挡。

宋泽盛牺牲时年仅二十九岁。一九五九年，国测一大队党委决定将宋泽盛使用的那台经纬仪命名为"宋泽盛"号，现珍藏在国家基础地理信息中心一楼展厅。

血与沙

一团火在戈壁沙漠熊熊燃烧，像一条喷着烈焰的毒龙，所过之处，一切都被舔舐得干干净净！被风蹂躏过的山岩裸露着，经历千万年岁月的剥蚀，露出骇人的疤痕，一个个状若魔鬼怪兽，面目狰狞，发出嘶嘶的怒吼。沙石一望无际，将大地变成一片褐红色。到处是流沙，充满褶皱的沙丘为荒凉赋予了新的意蕴。正午的阳光直射地面，地表温度最高可达七八十度，升腾着一股滚滚热浪。天空的云彩似乎也被燃烧殆尽，它们迅速逃离，离开这片死亡之地。

那是一九六〇年四月底的新疆南湖戈壁，国测一大队承担了国家坐标控制网布测任务。三十一岁的共产党员、技术员吴昭璞，带领一个水准测量小组来到看着无边无垠的戈壁沙漠腹地。吴昭璞毕业于华南工学院（现华南理工大学），是进入大地测量队的第一批大学生。

"新中国成立后，百业待兴，急需测绘方面的人才，吴昭璞大学毕业前夕就决定支援祖国西部事业，于是便来到了古城西安。他是湖南人，喜欢抽烟，待人真诚，非常随和。刚来的时候，吴昭璞被安排住在了西安电影制片厂附近二〇二工地的一排小平房里，与我住的地方隔了两间房子。参加工作后，吴昭璞主要从事水准测量工作。他工作认真负责，积极主动，爱岗敬业，受到大家的一致好评。"多年以后，测绘老队员郁期青回忆起吴昭璞时，动情地说。

南湖戈壁滩位于鄯善县七克台镇南部，面积约三千四百多平方千米。最高温度五十摄氏度，最低零下二十三度，年降雨量十二毫米，植被约占万分之一，被称为生命禁区。戈壁滩昼夜温差很大，四月底已非常炎热，午后气温超过四十摄氏度，沙石烫脚，小组携带的一箱蜡烛已融化成液体，夜里只能摸黑，看满天星河运转或皓月临空朗照，成了一种乐趣。劳累了一天的测量队员钻进帐篷，不一会儿便进入梦乡。有时夜里狂风大作，几个人拼命扯着帐篷坐到天明。太阳出来了，戈壁滩温度迅速上升，空气十分干燥。紫外线愈来愈强烈，风裹着沙砾汹涌而至，遮天蔽日，弄得人睁不开眼睛，测绘队员只能抱着仪器，把头埋在双臂间。即使这样，他们依然每天坚持完成任务，从未懈怠。

一天早晨，在到达某测量点后，吴昭璞准备给同伴们的水囊灌水。当他走到水桶跟前时，让人揪心的事发生了：盛满清水的水桶不知什么时候开始渗漏，珍贵的水悄无声息地渗入了戈壁沙地中。在沙漠戈壁，没有水就意味着死亡，每个人心里都非常清楚。离这里最近的水源地在两百公里外，大家一时都沉默了。过了一会儿，吴昭璞果断地对大家说："没有水了，大家必须尽快撤离。你们两人一组，确定好路线赶紧往外撤，我留下来看守仪器和资料，你们找到水再赶回来。"队员们不愿接受这样的安排："要走大家一起走，不能把你一个人留下！"吴昭璞看着队友们，坚定地说："大家一起走不行，一来这里的工作还没有结束，二来这么多的仪器、资料也带不出去。你们轻装走出戈壁，我等你们回来，咱们再一起把任务完成。"

茫茫戈壁，炎炎烈日，留守在这里意味着什么，每个人心里都十分清楚。大家一时都不说话，吴昭璞有些着急，他把仅有的水囊递给一位年轻队员，斩钉截铁地说："我是党员，也是组长。我现在命令你们立即撤离，不要再耽搁时间了！"队友们依依不舍地离开了，只留下吴昭璞一个人伫立在那里，像一尊雕像……

三天后，队员们带着水返回工作地点，远远便开始喊吴昭璞的名字。戈壁滩除了蒸蒸热浪，杳无声息。队员们感到不妙，他们快步来到帐篷旁，眼前的一幕令所有人都惊呆了：吴昭璞静静地趴在戈壁上，头朝着队员们离开的方向，半个身子已经被黄沙湮没……

"他的嘴里、鼻孔里全是黄沙，双手深深地插在沙坑里，指甲里全是血污。看得出来，在极度干渴的时刻，吴昭璞曾拼命地刨过沙石，希望在里面找到一丝水……"多年后，老队员郁期青回想起这一幕，眼里噙着热泪。

时间仿佛在一瞬间凝固了。绘图的墨水被喝干了，队员的牙膏被吃光了！一个华南工学院的高才生，一个朝气蓬勃、怀揣梦想支援祖国西部测绘事业的热血青年，一个年轻的生命，就这样被无情的戈壁吞噬了！

吴昭璞的身后，是他们辛苦多日得来的各种测绘资料，整整齐齐地压在仪器下面。他沾满汗渍的衣服，严严实实地盖在测绘仪器上。他的手表还在嘀嗒嘀嗒地走着。在生命的最后一刻，吴昭璞仍没忘记保护好这些他视为比生命更重要的东西。

"那一年的新疆热得出奇，戈壁滩白天地表温度可达七十多度，蜥蜴走在沙地上都是三条腿着地，要空一条腿轮流休息、散热。人待着不停地流汗，脸摸起来像砂纸，都是盐粒。为了省水，洗澡、刷牙、洗脸……队员们只能在梦里想想。待上一段时间，衣服上全是白花花的盐和沙子，头发结成一块黑炭，捋一下能捋出半掌沙子。天气酷热干燥，炫目的阳光像火蛇嘶嘶地吐着芯子，把一切水分都吸了进去。刚出锅的馒头一会儿就能干透，咽下去像往食道里塞锯末，嘴唇牙龈同时出血。咬过的馒头往白纸上一按，就是一枚鲜红的印章……"吴昭璞牺牲三十多年后，新一代测绘队员再次挺进南湖戈壁，体验当年先烈的艰难困境，张朝晖感同身受，喟然而叹。

队友们怀着悲痛的心情整理吴昭璞的遗物时，发现了一团火红的毛线。吴昭璞生活俭朴，除了抽一些廉价的烟，很少给自己买东西。这团红色的毛线是他为远在湖南农村老家的妻子和还没出生的孩子买的礼物。

几周前，要进戈壁了，在鄯善县城遇到集市，吴昭璞想给远在老家的妻子和孩子买点东西。在一家供销社的柜台里，吴昭璞看到一团红毛线，非常喜欢，问多少钱。售货员见他蓬头垢面，一身破烂衣裳，像个逃荒的，没好气地说："别问了，你买不起！"

吴昭璞是个拗性子的人，他不动声色，只是说了句："你有多少毛线？我全买了。"

吴昭璞带着那团红毛线进了戈壁，再也没有出来。后来，这三斤毛线被队友寄回了他的老家湖南。

吴昭璞牺牲十六年后，他的儿子吴永安又成为国测一大队的一员。吴昭璞当年的队友看到吴永安身上穿的那件鲜红色的毛衣，都忍不住掉下了眼泪。

第一次去野外执行任务，吴永安就申请去父亲牺牲的新疆南湖。然而在众多无名坟头中，他无法找到父亲的坟墓，只好买了两个大塑料桶装满水，洒在那一片戈壁滩上。吴永安边洒边流泪，说："父亲，我没有见过你，听说当年你是渴死的。今天儿子来看你，给你送水来了……"

二〇一九年七月十四日，吴永安专程从湖南老家赶到西安，祭奠自己去世五十九年的父亲吴昭璞。吴永安来到渭河边，拿出用父亲当年买的毛线织就的红毛衣。多年来，吴昭璞的坟茔一直没有找到，吴永安只能在父亲工作和生活过的渭水边祭奠他。他带了一束白色的菊花，轻轻地放在红色的毛衣之上，然后又拿出三支烟点燃，插在地上。吴永安说："爸爸生前最喜欢抽烟了，以烟代香，这是一样的。父亲，你多抽支烟吧。"伫立片刻，吴永安又拿出一瓶酒，绕着毛衣在地上洒了一圈，哽咽着说："爸爸，我以酒代水，希望你多喝点水，不会再渴了。"夕阳西下，一道金光洒在河面上，也洒在吴永安的脸上。他对着西方，对着太阳落下的方向跪下来，作了个揖，然后又磕了三下头，整个人笼罩在一片金色的光晕里，与霞光融为一体。吴永安说："父亲是在和平年代为了祖国的测绘事业光荣牺牲的，他是平民，也是英雄，一个平凡的英雄。"

灵与肉

一九五九年秋，新疆草原之城巴里坤，一支二十多人组成的队伍拉着三十多峰骆驼，浩浩荡荡地奔向靠近中蒙边界的三塘湖、淖毛湖，执行一等三角观测任务。整个测区是荒无人烟的戈壁滩，有些地方甚至是寸草不生的不毛之地，水源奇缺，即使发现少许水源，也距测量点位甚远，大多在几十公里以外，因而野外作业要靠汽车运水。

在一个测量点，运水汽车因故障在巴里坤抛锚，两个小组面临断水的险境。当时，测绘队员钟亮其负责一个前方司光站，除了司光（测量人员操纵特制的测量设备所发出的光，作为测量照准的目标），他还担负寻找水源的任务。钟亮其所在的司光站共三人、四峰骆驼，其中包括一名管理骆驼的临时雇工。到达该点后，他先是自己拉着骆驼去找水，找了一天，才在中蒙边界处找到一些苦水。水又苦又涩，很难饮用，钟亮其只得让另一位测绘队员小胡和雇工拉上骆驼继续寻找水源，自己留在点上司光。谁知外出找水的同志一连两天杳无踪影，点上的净水早已用尽。烈日暴晒的戈壁滩上，感觉沙砾都在冒烟，整个大地像一只大烤箱，令人窒息。在这样的戈壁滩，断水便意味着死亡。两天来，钟亮其几乎没喝几口水，干得像石头一样的馒头，啃几下牙龈便出血，难以下咽。他浑身无力，感觉像生了一场大病。无奈，他用驮回来的苦水做了一盆面疙瘩，结果刚吃一口，全吐了。对测绘队员来说，一两天不吃饭是常事，但戈壁滩上一两天不喝水，谁也受不了。钟亮其的嘴唇已裂开几道口子，他突然想起身上有一包人丹，于是倒出一些放在嘴里嚼，嗓子凉丝丝的，好像舒服了一些。然而短暂的几秒钟后，干渴再次袭来，感觉比刚才更难受了。夜幕降临了，无边的戈壁被一张看不见的黑布包裹起来，万籁俱寂。钟亮其忽然想到，也许测站的同志找到了水，应该问一问。他找出电码本，通过回光信号把电码发出去。测站很快发回了信号，译出的电文是："甜水用完，只有苦水。"这样的回答虽在意料之中，但毕竟幻想破灭，他感到非常丧气，一屁股坐在一块石头上，看满天星斗闪闪烁烁。突然想起西安，家里的水龙头一拧开就是水，哗啦啦的。水！他咽了一下，发现并没有口水。嗓子干得冒烟，针扎般难受。如果明天还找不到水，会死在这里吧？

死！他打了个寒战。自己还年轻，才二十岁出头，正是为祖国贡献力量的时候，司光的任务也还没有完成，要是这样稀里糊涂地渴死在这里，那真是太窝囊了。

戈壁滩昼夜温差很大，夜里冷飕飕的。钟亮其钻进帐篷里，强迫自己入睡，却怎么也睡不着。脑子里胡思乱想，一会儿是自来水，一会儿是臊子面。好久没吃到家乡的臊子面了，想起来就会流口水。然而钟亮其发现，自己现在连口水也没有了。

时间在漫长的煎熬中一点点地挪动。又过了一天一夜，钟亮其还是没有等到水。为了防止自己脱水，他舀了一瓢苦水猛地灌下去，然后又喷出来。反反复复，最后感觉把胆汁都吐出来了，人软成一团，眼冒金花，耳朵嗡嗡直响，趴在地上怎么也起不来了。

怎么办？如果今天水还不来，自己很难支撑到明天。这时，钟亮其感到嘴里有一股咸咸的味道，用手一抹，发现是血。嗓子火辣辣的，肚子里像是有一股火苗正在燃烧。听说有些沙丘下面是湿的，有时能渗出水。钟亮其脱掉衣服，浑身只穿个裤头，拼命地在沙地上刨。不一会儿手指便出血了，他刨出一个大坑，里面虽然没有水，但感觉凉丝丝的。钟亮其把自己埋在沙子里，突然想起小胡他们外出找水三天未回，会不会发生什么意外呢？一抬头，看见帐篷外边的铁水桶，里面还有半桶苦水。苦水虽然很恶心，一喝就吐，但为了活下去，钟亮其强迫自己爬到桶边，闭着眼一连喝下两口。一股刺鼻的怪味涌了上来，他憋不住，哇哇地又吐了起来。钟亮其发疯般想号叫两声，嗓子里却像堵着一团棉花，发不出声来。他难受极了，双手拼命地挠抓头皮，头发扯了一地。

"我不行了，完不成任务了。"钟亮其很伤心，真想痛哭一场。这时，他发现测站的方向有一团白光正朝着自己忽闪，似乎焦急万分。"测站在向我要光，拼了命也要上标去，只要人在就有光。"钟亮其告诫自己。他试图站起来，身子软得像泥，腿里的骨头好像没有了，浑身瑟瑟发抖。他扶着帐篷杆想努力站起来，一抬手，把电池箱上的茶缸弄翻了。

看到茶缸，钟亮其突然心动，一个奇异的念头闪现出来。他下意识地摸了摸自己下面。尿，我不是有尿吗？听老同志讲，有人在危难之际喝了自己的尿，结果保住了性命。他跃跃欲试，像发现了一个重大秘密，抓起茶缸，迫不及待地尿了一点，仰起脖子一口气喝了下去。奇怪，并没有吐出来，相反，他感觉

137

自己瞬间有了精神。钟亮其摇摇晃晃地站了起来，慢慢走到测量木标前，稍事喘息，咬紧牙关大吼了一声，奇迹般登到了四米高的木标上。他打开回照器，安好反光镜，迎着阳光，倏忽一道白光飞向了远方的测站……

钟亮其醒来的时候，发现小胡正一边抱着自己摇晃，一边往他的嘴里灌水。水湿了一脖子，他怀疑自己是在做梦，猛地坐了起来，把小胡吓了一跳。

原来小胡和雇工老王出去找水，三天来不分昼夜跋涉寻觅，历尽艰辛，终于在中蒙边界附近的一处无名地找到了一个泉眼，驮回了满满的六桶水。见到水，钟亮其像着了魔似的，一口气喝了一盆子。他还想喝，被小胡拦住了。

天渐渐又黑了下来，钟亮其习惯地向测站那边注视，发现一团回光又在向他闪烁。他忽然想起，在这茫茫的戈壁滩上，缺水的除了自己，还有小组的其他同志。他们现在是否已经吃饭，都有水喝吗？想到这里，钟亮其刚平静的心又猛地缩了起来。他想让老王或小胡给测站那边送两桶水过去。刚要开口，看见他俩疲惫不堪的样子，把话咽回肚里。

钟亮其不吱声地将水倒满了加仑桶，用绳子捆扎好，试了几试，一用劲背上肩膀。小胡吃惊地问："你这是干什么？"

"给测站送水去，他们也断水了。"钟亮其说明情况，嘱咐小胡注意司光和测站的信号。小胡说："你这三天来没吃没喝，险些出事，现在刚吃了点东西，怎能经得起长途跋涉？何况身上还背着几十斤水，在这茫茫的黑夜里，迷路或是碰上狼群怎么办？"

钟亮其说:"戈壁滩很平坦,我不会迷路,但为了安全,我走后你们就给测站发电码:'今夜送水去,请开灯引路。'我看着灯光往前走,就不会走错路。至于狼群,也好对付,为防万一,我带上冲锋枪。狗日的来一个撂倒一个,来一群让它死一堆!"小胡见钟亮其态度坚决,提出要陪他去。钟亮其摆摆手,大声说道:"你还要司光呢!都去了,谁司光啊?"说罢抓起冲锋枪,很快便消失在茫茫的戈壁滩中……

一九六三年,春节刚过,国测一大队的谢苇观测组奉命到甘南藏族自治州的迭部、舟曲一带实施大地测量,钟亮其是小组工人中的骨干力量。甘南测区是当年红军长征时经过的地方,地形十分险峻。那里南面是神秘莫测的若尔盖草原,是我国三大湿地之一,非常危险,远处便是皑皑的大雪山;北面是闻名远近的天险腊子口。整个测区重峦叠嶂,峡谷密布,白龙江咆哮着从陡峭的绝壁间穿过,涛声震天,惊心动魄。这里不仅地形险恶,人口更为复杂,藏、汉、回等好几个民族混杂相居,特别是腊子口周围,地势险恶,山陡谷深,人烟稀少,常有零星的匪徒出没。匪徒中有些是国民党的残渣余孽,还有一些是从其他地区逃来的犯罪分子和亡命之徒。这里看似交通闭塞,偏于一隅,但一年四季都有一些身份不明的外地人到山中打猎采药,或是在深山老林砍树伐木,就地加工成木碗、木勺、擀面杖、龙头拐杖等物品,运到外地出售。因为这里是岷县、迭部、舟曲三县的交界处,容易造成三不管状况,致使一些坏人乘机钻空子。

复杂险峻的地理环境给测量工作带来很大困难。据舟曲县政府介绍，腊子口是一条长三四十公里的峡谷，是由舟曲、迭部进出岷县必经的咽喉之路。也许是因为天高皇帝远，这里常常发现被害人的尸骨，加之当时县武装力量不足，真正把凶犯缉拿归案的极少。一些匪徒隐藏在密林深处，向过路人放冷枪，很难防范。国测一大队的测绘队员就是在这样的险恶环境中，一项项地完成任务。

七月十二日，测量组来到舟曲县洛大乡，委派年仅二十五岁的共产党员钟亮其秘密地执行一项特殊任务：去舟曲县城取回区队寄给小组的工资和粮票。从洛大到舟曲有一条简易公路，单程六十公里。说是公路，实则是一条山间栈道，平时很少有汽车通行。钟亮其取回粮票和工资后，十九日返回到洛大乡，和乡政府炊事员住在一个屋里。因当时测站工作尚未结束，五股梁（拉子里乡）司光站粮食快吃完了，钟亮其在乡政府给组长留下一封信，决定二十日孤身前往拉子里。炊事员十分关心钟亮其，认真仔细地告诉他路径。早饭后，钟亮其按炊事员的指示，沿着河谷小道往前走，边走边查看河谷两边的地形，但见两边危峰高耸，下面的山坡上长满了树木和杂草，阴森森的有些瘆人。山里不断传来动物的嚎叫声，平添一种悲凉。不知怎的，走着走着，钟亮其感到眼皮直跳，隐隐约约有种不祥之感。他下意识地紧了紧腰带和鞋带，摸了摸怀揣的一千多元现金和三百多公斤的粮票，抱紧手提包内的公函。这些东西在当时是十分重要的，关乎十多个人的吃饭问题，更重要的是里面的公函。突然，他头皮一阵发麻，身后凉飕飕的，感觉像是有人跟踪他。钟亮其下意识摸了摸别在腰间的手枪，猛地转过身去，发现什么也没有，虚惊一场。

"胆小鬼，还走南闯北呢。"他自嘲地笑了笑，胆子大了起来，不由得哼起了歌曲。

"咦，你会唱我们当地的民歌？"不知什么时候，身边突然冒出来一个人，看起来老实巴交，一脸憨笑。

"不会唱，瞎哼呢。"钟亮其见对方是个中年农民，也没在意，冲着他笑了笑。

路上有个伴，可以边走边谈，既不会走错路，也可以免除孤寂感，他感到很高兴。中年农民与钟亮其拉家常，介绍本地的风土人情，憨态可掬，十分热情，言谈举止中对测绘队流露出一股崇敬之情。令钟亮其感到十分亲切和意外的是，这位中年农民祖籍竟是湖南，和自己是同乡。身在异乡遇同乡，钟亮其如遇亲人，非常兴奋，原来的一些不安感，早已抛到了脑后。他们走到一座小桥边，中年农民忽然问道："乡党，这里山高路险，人又稀少，你一个人出门走路，心里难道就不害怕吗？"钟亮其笑道："怕啥？在我们测绘队，一年四季走南闯北，一个人走山路是家常便饭。再说了，要是万一碰上情况，腰里还别着个家伙哩！"说着，他拍了拍腰间的手枪。

"啊，是啥样子的手枪？能不能让乡党看看呀？"中年农民恳切地说，"我们山里人没见过世面，见识一下，能行不？"

"唔，枪是武器，怎么能随便看？"钟亮其婉言拒绝。

"都是乡党嘛，看一眼有啥呢？"中年农民继续恳求，"枪是铁做的，看又看不坏。乡党呀，不会这点面子也不给吧？"钟亮其心地单纯善良，见对方憨厚朴实，没有恶意，他犹豫片刻,把手枪从腰间拔了出来。为了安全,他退下枪膛中的子弹,然后将珍贵的防身武器交给了新结识的"乡党"。

咕——山林深处忽然传出几声凄厉的鸟鸣,回荡在深山峡谷中的声音格外刺耳,有些阴森可怖。钟亮其感到很蹊跷,警惕地翘首观望,寻找叫声发自何处。然而,正当他想回首观望的那一霎,说时迟,那时快,只觉脑后生风,一团黑影闪电般飞向他的头部。钟亮其正欲躲开,只觉得头顶叭的一声被重物击中,头皮麻木,眼冒金花。他一个踉跄,险些跌倒,陡然明白这个老实巴交的"中年农民乡党"原来是伪装的匪徒!此时,匪徒原形毕露,面目狰狞,正挥动着钟亮其的手枪,连连向他猛砸。钟亮其因头部受伤,体力不济,虽尽力拼搏,仅打了个平手。正酣战间,从山林中又蹿出一个匪徒,满脸杀气,亮出明晃晃的匕首。钟亮其见情况不妙,虚晃一拳,撒腿就跑。谁料刚跑出一百米,正前方突然又钻出一个匪徒,手持尖刀,恶狠狠地拦住了他的去路。钟亮其明白,生死关头,只有拼搏才是唯一生路。他大吼一声冲了过去,与三个匪徒纠缠在一起。无奈三个匪徒均手持凶器,钟亮其赤手空拳,几个回合后便处于下风,被匪徒连捅数刀,倒在了血泊中。匪徒们将现金、粮票、公函和衣物抢劫一空,手枪及子弹也成了匪徒的囊中之物。显然这是一起精心策划的谋杀,钟亮其不知不觉掉进了他们的陷阱。几个匪徒逼钟亮其说出测绘队的详细情况,有多少人、多少枪,那些值钱的测量仪器现在都在何处。钟亮其怒目圆睁,一言不发。匪徒捅瞎了他一只眼睛,钟亮其浑身是血,咬紧牙关,只字未吐。匪徒们见他已奄奄一息,失去了价值,于是将其反捆双手,推入奔腾汹涌的白龙江中……

数日后,钟亮其的尸体被人发现,报告给了乡政府。与此同时,测绘队发现钟亮其失踪后,组织人员四处寻找。半年后,三个凶手均被缉拿归案,处以极刑,钟亮其被抢劫的枪支、公函等全部被追回。

钟亮其是烈士后代,家中独子,牺牲时还不到三十岁。

爱与殇

那一年,翟建全刚刚二十五岁,随着测绘小组来到了大山深处的巩乃斯河边。巩乃斯河发源于天山,一路向西,最后汇入巴尔喀什湖。这条河不是很宽,但水流湍急,流淌的都是冰山上融化的雪水,因此即使夏日也刺骨冰凉,里面生活的都是冷水鱼。

测绘小组副组长王方行是上海人,一九五七年大学毕业被打成右派,一九七九年平反后来到国测一大队工作。当时,王方行已经四十七岁,还没结婚。翟建全也是单身,两人虽然年龄相差二十多岁,但经常在一起喝酒、聊天,成了忘年之交。测绘点在天山深处,没有公路,只能骑马。测绘小组租了三十多匹马、四头骆驼。进山前的简单休整,是练习骑马的最好时机。王方行从小生活在上海,从未骑过马。他说小时候曾遇到一群马从身边呼啸而过,突然一个人从马上摔了下来,顿时不省人事。在他看来,马是一种很烈的动物,特别是那长长的嘶鸣,听着非常害怕,因此不愿意骑。大家都劝他还是骑吧,否则无法工作。

无奈之下，王方行硬着头皮学习骑马，动作十分笨拙，刚上去没走几步就跌了下来。这次跌跤反倒给了他勇气，在同事的帮助下，王方行终于不再畏惧，可以骑着马去山上测量了。

山路崎岖陡峭，王方行紧紧地趴在马背上，感觉颠得很厉害，不一会儿胯下便磨破了，疼得屁股不敢往下坐。翟建全虽然年轻，他喜欢骑马，对马的习性比较了解。他说，王师傅你放松点，脚镫要踩实防止脱镫，要用前脚掌踩，这样即使摔下也不会被马镫拖住。马小跑时特别颠，要踩实脚镫，把屁股微微抬起，身体随着马起伏的节奏上下浮动，这样就不会把臀部磨破了。如果马撒开蹄子跑起来，可以踩住脚镫站起来，使臀部和马鞍完全脱离开，但一定要抓紧铁环，防止马突然停下或变向……王方行不断地点头，看似心领神会，实则马一跑起来他就开始慌了。一次出测回来，下山的时候突然听见一声长长的狼嚎，马受到惊吓开始狂奔，王方行猝不及防，被从马背上摔了下来，结果一只脚挂在马镫上，人被甩到地上，拖了很长一段路，胳膊、腿、脊背都受伤了。

此次出测前，有人给王方行介绍了个对象，对方是一位善良的女子，叫小青。小青在一家纺织厂工作。双方接触了几次，小青对王方行十分满意。快五十岁的人了，王方行从未谈过恋爱，每次见面他都显得很局促，像个情窦初开的男孩子，小青就笑，笑得他不敢与之对视，将头偏向一边。王方行知道这次到新疆出测需要近一年时间，两人相约在一家小餐馆见面。临别的时候，小青送给他一袋大枣，火红火红的。小青说，新疆寒冷，你要多保重身体。王方行说，你等着我，年底回来咱们就结婚吧。

小青嗯了一声，定定地看着他笑。王方行不好意思地又低下了头。小青趁他不备，在脸上亲了一下，然后笑着离开了。王方行脸颊通红，捂着刚才被吻过的地方，半晌没反应过来……

活了大半辈子，终于尝到了爱情的甜蜜，王方行对生活充满期望，工作更加努力，一丝不苟。摔过几次跤后，他对骑马已经不再害怕了，每次上山下山都能应对自如。山路不好的地方他就牵着马走，把仪器驮在上面。测绘队员没有休息日，他们常常一干就是十天半月，甚至更长时间，除非阴天下雨。下雨的时候，队员们哪儿也去不了，挤在帐篷里聊天，天南海北什么都聊。王方行是大城市来的，许多队员没去过上海，于是便让他讲上海滩的故事。当然，他们最关心的还是他与小青的爱情故事。一个人的时候，王方行也在憧憬着。二十年的劳改生活，原想这辈子已经没什么指望了。未婚妻比他小十五岁，结婚后如果能有自己的小孩，那该多好啊！一晃来新疆已经快半年了，他们从沙漠测到草原，从戈壁测到雪山，完成了一个个水准项目。想想再有几个月就可以回家了，王方行忍不住激动，常常一个人笑出声来。翟建全发现，每次路过一些市镇，王方行都会左顾右盼，总想着给未婚妻买点什么。在乌鲁木齐的一家商店，王方行给小青买了一条披肩，帐篷里一个人的时候，他常常会拿出来看半天。披肩是红蓝相间的，特别漂亮，小青一定喜欢。他想回去后亲自把披肩给她披上，一定很好看。

进山前，测绘小组派人到一百多公里外的小镇上，一边采购，一边取队员们的家信。一九八〇年，电话还不普及，测绘队员去的地方都比较偏僻，与家里联系只能靠书信。相隔几千公里,即使家里发生什么重要事情,他们知道时也是十多天甚至一个月之后了。因为测绘队居无定所,信件只能寄往比较大的城镇。

信件取回来后,翟建全发现有一张王方行的包裹通知单,上面写着"巧克力",是他的未婚妻寄来的。大家于是开始起哄,要他请客。王方行爽快地说:"行,等完成任务,请大家吃巧克力。"包裹要去很远的县城邮局才能取,他决定等测量项目结束,离开天山的时候再去。就这样,王方行带着那张包裹通知单,跟大家一起进山了。

那是一九八〇年的六月,天气十分炎热,然而天山上因为常年积雪,特别寒冷。测绘队员每次作业都要蹚水过河。二十四日那天,太阳就要落山了,河滩上的帐篷里升起炊烟。王方行作业归来,与大家聊了一会儿天,到另一个露营点去了。

一个多小时后,一匹马飞驰而来,测绘小组的蒙古族翻译一下马就摔倒在地。翟建全慌忙问:"怎么了?"蒙古族翻译上气不接下气地喊道:"出事了,出事了!"翟建全急了,大声地问:"出什么事了?咋回事啊?"

"王方行死了!"蒙古族翻译泣不成声。

"什么?"翟建全不敢相信自己的耳朵。

"死了。他真的死了……"蒙古族翻译瘫坐在地上,喃喃地说。

因为王方行骑马技术不是很好,那天分配给他的是一匹温顺的老马,缰绳牵在蒙古族翻译的手里。王方行去的露营点要过巩乃斯河,累了一天,他感觉又困又饿,过河的时候双手抓住马鞍子，身子紧紧地伏在马背上。巩乃斯河不是很宽，但水深浪急，流速很快。夜幕渐合，河面上氤氲着一团寒气。走到河中间的时候，突然马失前蹄，一下子跪倒在河里，王方行随之一头跌进冰冷刺骨的河水中，瞬间被冲出好远。蒙古族翻译见状，连忙打马在岸边追赶。追了有两公里，发现王方行躺在河滩上，已经没了气息……

"他一下子便被河水冲走了，甚至没有来得及吭一声。"蒙古族翻译含泪说。大家赶到后，发现王方行双目紧闭，鸭绒衣被撕碎了。在一个比较完好的衣兜里，他们发现了一只眼镜盒，里面整整齐齐压着未婚妻寄给他的包裹单。

多年后，翟建全回忆起那一幕，仿佛就发生在昨天。

"一个人就这么平平淡淡、无声无息地走了。那天晚上，我们谁也没有心思工作。夜空里不时传来狼的嚎叫声，大家点起了篝火，用被子卷起王方行的遗体，旁边是他的遗物，一张写着'巧克力'的包裹单放在红蓝相间的披肩上……巧克力是不能再取了，我们回去咋跟王方行的未婚妻交代呀！"翟建全说。

那天，队员们都没有回帐篷休息，守着篝火直到天亮。

"王方行这辈子真不容易，他的好日子才刚开始啊！"一位测绘队员说。

"我们都是城市里长大的，谁不愿意过幸福安逸的好日子？当测绘队员，跋山涉水奋战在荒山野岭、戈壁沙漠，忍受酷暑炎热、风刀霜剑，忍受孤独寂寞、饥寒交迫——此时此刻，城市里的年轻人在干什么呢？他们或在工厂上班，或与亲人团聚，或与情人一起逛商场、去夜市。霓虹灯下，三五好友聚在一起把酒聊天，享受舒适静美的生活。然而我们的测绘队员，却以这样一种方式悄悄离去了……"三个多月后，新疆大地测量项目工作完成。翟建全回到西安，一下火车，感觉一切都那样陌生，恍若隔世……

除了宋泽盛、吴昭璞、钟亮其、王方行，还有黄杏贤、姚云、刘义兴等四十多位测绘队员牺牲在工作岗位上。他们每个人的事迹都很传奇，都有一段催人泪下的故事。在国测一大队展室，陈列着为祖国测绘事业壮烈献身的英雄照片，每一位新入职的测绘队员都会先到那里，学习英雄事迹，缅怀革命先烈。壮烈牺牲的四十六位测绘队员中，有不少是刚从解放军测绘学院或武汉测绘学院毕业的大学生，他们牺牲的时候大多二三十岁，年富力强，风华正茂；有些是一九五五年、一九五六年参军的军人，刚从抗美援朝战场上归来，一腔热血报效祖国。他们中有的是共青团员，有的是共产党员，有的新婚宴尔，有的还没有成家……"无情未必真豪杰"，测绘人员也是血肉身，也有儿女情。由于野外测绘工作的特点，测绘队员长期夫妻两地分居，家庭无暇顾及。他们舍小家、为大家，默默奉献，无怨无悔。有的父亲牺牲了，儿子顶上去，薪火相传，前仆后继。他们用奋斗定格青春，以生命诠释使命，为共和国的建设与发展作出了不可磨灭的贡献。

中华民族是一个具有伟大奉献精神的民族。绵绵五千年，为中华民族发展和繁荣作出巨大贡献的人物层出不穷、史不绝书，中国共产党人更是把奉献精神发扬光大，推向新的高度。

在革命、建设和改革的不同时期，无数奉献者以他们的奋斗实践，铸就了反映时代特色、闪烁耀眼光芒的延安精神、大庆精神、"两弹一星"精神等精神谱系。国测一大队"热爱祖国、忠诚事业、艰苦奋斗、无私奉献"的测绘精神，正是我们这个时代奉献精神的集中体现。他们的精神，就像插在珠峰峰顶的红色测量觇标，是自然资源战线工作者的精神高度，也是新中国建设者的精神高度。六十九年来，这支身上始终流淌着军人血液的英雄测绘队伍走遍神州，几代人踔厉奋发，笃行不怠，谱写了一曲感天动地、气壮山河的英雄史诗！

六十九年是时间的刻度，更是奋斗的标尺。

六十九年来，党和国家对国测一大队的突出贡献高度肯定。多位党和国家领导人亲切接见过测绘队员，对他们的工作表示关心和支持。

一九九〇年四月，《经济日报》记者毛铁无意中在列车上遇到国测一大队队员，闲聊中才知道竟然有这样感人的一个集体，决定去一大队看看。毛铁原计划花半天时间，结果整整采访了四天，他被国测一大队的英雄事迹深深地感动了，写下万字超长篇通讯《大地之魂》。中央电视台记者徐永清撰稿的《测绘英雄》在《新闻联播》连播三天，一时轰动全国，影响巨大，使得一直默默无闻的测绘工作者为国人所关注，大伙纷纷称赞他们是时代的英雄。

一九九一年四月十七日，国务院印发了《国务院关于表彰国家测绘局第一大地测量队的决定》。党和国家领导人先后为国家测绘局第一大地测量队题词。江泽民同志的题词是："爱祖国，爱事业，艰苦奋斗，无私奉献。"李鹏同志的题词是："学习国家测绘局第一大地测量队艰苦奋斗、无私奉献的爱国主义精神。"李先念同志的题词是："经天纬地，开路先锋。"

一九九一年四月二十六日下午，国务院命名表彰国家测绘局第一大地测量队大会在中南海礼堂隆重举行。四月二十七日，《人民日报》头版头条发出国务院命名表彰国测一大队决定的重大新闻、会议消息及李鹏总理接见国测一大队队员的照片，并配发了评论和先进事迹介绍。

二〇一五年七月一日，中共中央总书记、国家主席、中央军委主席习近平给国测一大队六位老队员、老党员回信，充分肯定国测一大队爱国报国、勇攀高峰的感人事迹和崇高精神，对全国测绘工作者和广大共产党员提出殷切希望。

二〇一九年，国测一大队被授予"最美奋斗者"称号。

二〇二〇年，国测一大队当选"感动中国2020年度人物"。颁奖词是：

六十多年了，吃苦一直是传家宝，奉献还是家常饭。人们都在向着幸福奔跑，你们偏向艰苦挑战。为国家苦行，为科学先行。穿山跨海，经天纬地。你们的身影，是插在大地上的猎猎风旗。

多年来，国测一大队先后六十余次受到国家级、省部级表彰，有八十余人次获得国家、省部级荣誉称号，成为奋进路上的时代楷模。

天堑变通途

欧阳黔森

公元七四二年,李太白在繁华的长安城里写下"蜀道难,难于上青天"的诗句时,根本没有想到他在十三年后被判流放到夜郎,途中连连写下"夜郎万里道,西上令人老","去国愁夜郎,投身穷荒谷"。蜀道难,再难还有道,但黔道,根本没有道啊!李白写的夜郎万里道的道与蜀道的道是此道非彼道。

明洪武十七年(公元一三八四年),贵州才开始修建真正意义上的驿道,朱元璋杀了内戚贵州都督马烨,才换来贵州宣慰使摄政奢香夫人的承诺。朱元璋对奢香说:"我可以为你做主,处置马烨,你怎么报答我呢?"奢香回答:"愿为陛下开辟驿道,以供往来。"朱元璋听后十分满意,他要的就是这个结果。这是国家战略布局,从贵州的地理位置来看是西南交通枢纽,可千百年来没有"官道",没有"官道"就打通不了通往四川、云南、湖南的道路,有了这样的道路,大明王朝才能有效统治这遥远的疆域。

公元一五〇六年,王阳明被贬贵州驿道龙场驿时,曾感叹"连峰际天兮,飞鸟不通;游子怀乡兮,莫知西东"。王阳明描述连绵的山峰与天相接,连飞鸟都不能通过;羁泊他乡的游子怀念故土,却辨不清西和东,形象地表达了当时贵州交通之难。

贵州地处云贵高原东麓，境内山脉众多，重峦叠嶂，绵延纵横，山高险峻，河谷深切。北部有大娄山脉，是贵州高原与四川盆地的界山，主峰箐坝大山高两千零八十米；南部苗岭山脉，与广西交界，主峰雷公山高两千一百七十八米；东部有武陵山脉，与湘西、重庆交界，主峰梵净山高两千五百七十二米；西部有乌蒙山脉，与云南、四川交界，主峰韭菜坪海拔两千九百米，为贵州境内最高点，而黔东南州的黎平县地坪乡水口河出省界处，海拔仅为一百四十七点八米，是境内最低点，相对高差两千七百五十二点二米。贵州是全国唯一没有平原支撑的省份，全省百分之九十二点五的面积为山地和丘陵。我想每一个贵州人都见证了贵州黄金十年的飞跃，也都切身体会到了天堑变通途的奇迹。有了这样的飞跃与奇迹，以往瘦骨嶙峋的贵州、"人无三分银"的贵州彻底撕掉了千百年来贫困的标签；万峰成林的贵州、"地无三尺平"的贵州告别了出门"万重山"，回家"千条水"的历史。

雄踞崇山峻岭中的一座座桥梁，实现悬索、斜拉、拱式、梁式类型全覆盖，成为当代桥梁的百科全书，创造了数十个"世界第一"，赢得了"世界桥梁看中国、中国桥梁看贵州"的美誉。世界高桥前一百名中有近一半在贵州、前十名中有四座在贵州，桥梁已成为贵州与世界对话交流的一张亮丽名片和最具自信的独特文化符号。

贵州春秋属楚，战国后期属秦。在那个朝秦暮楚、秦楚争霸的年代，秦王否定了张仪进攻韩、赵、魏，挟持周天子的主张，采纳了大将司马错的主张，于周慎靓王五年（公元前三一六年）

秦灭巴蜀之战正式打响，取得了胜利。并向南控制了武陵山脉一带，即原本属于楚国的黔中郡，继而继续向西南拓展，控制了乌蒙山脉一带，即夜郎国的腹地，切断了滇国与楚国的联系，在侧翼对楚国形成了战略包围，从此，楚国失去了西南的势力范围。秦占领了天府之国的巴蜀之后，奠定了问鼎中原、一统天下的物质基础。当时的贵州地处蛮荒之地，还未开化，属从楚国、再依附于秦，其实对于秦楚相争，并不起决定性作用，甚至有拖累之嫌，但是，从战略上出发，这里仍然是秦楚必争之地，贵州的地理位置北可进入四川重庆，西到云南，南通两广，东进湖南，处于西南的交通枢纽。

贵州历来有"九山半水半分田""地无三尺平""人无三分银"之说，是这一带几千年的真实写照。时至今日，在国家划定的十四个连片特困地区中，武陵山脉山区、乌蒙山脉山区榜上有名。

贵州之所以历来被称为蛮荒之地，是它的自然条件所决定的。距今约三千六百万年至五千三百万年前的第三纪始新世时期，发生了喜马拉雅造山运动，受青藏高原不断隆升作用的影响，促进了云贵高原的形成，形成了贵州西高东低的地貌格局。这里河谷深切，沟壑险峻，万峰成林。这样的地理条件，交通落后是其经济社会发展的瓶颈。

从秦开"五尺道"、汉通"西南夷"、明朝奢香夫人建驿道，再到明朝永乐十一年（公元一四一三年）贵州建省，其境内也只开通了九个驿站。边远闭塞，仍是制约经济社会发展的主要因素。明朝一位御史曾说："贵州虽名一省，实不如江南一大县，山林之路不得方轨，沟渠之流不能容船，商贾稀阔。"

到了民国十五年，修建省内第一条公路。这条公路宽约九米，全长约十公里，由贵阳头桥修至省政府，用石块铺成。贵州的第一辆小轿车是在一九二七年春从香港购进的，经过水路运至都柳江，拆散后民工历时五十多天，肩扛背驮至贵阳。同年，贵州制定了《贵州全省马路计划大纲》，勾画出以贵阳为中心的全省公路网，这是贵州历史上最早的规划建设蓝图。一九三五年，贵州开始初步修通了东西南北四大干线，串联起川、桂、湘、滇四省，终于结束了驿道历史，却没有从根本上改变贵州交通落后的状况。虽然有了这四条大干线，但有些地段几乎不能通车，直到"九一八事变"爆发后，当时的国民政府将其作为战备公路，加紧了这四条大干线的贯通，终于在一九三七年全线通车。一九四三年，抗战已经到了最紧要的关头，瘦骨嶙峋的东方巨人极度贫血，随时可能轰然倒下，这将是世界反法西斯阵营所不能承受的灾难。一条空中国际交通走廊，史称"驼峰航线"，一条从缅甸仰光到昆明、昆明到贵阳、贵阳到重庆的战备公路，史称"史迪威公路"，是抗战中仅存的国际交通线。驼峰航线和史迪威公路这两条输血线，犹如东方巨人的动脉和静脉，而贵州晴隆境内的二十四道拐公路就成了这条输血运输线的咽喉所在。日军为了掐断这条国际运输线，不断派出飞机轰炸，时任中共贵州省工委书记的邓止戈率领地下党与美军、国民党军队通力合作，修路护桥，浴血奋战，有力保障了战略物资源源不断抵达前线。

二十四道拐公路地处贵州乌蒙山脉腹地的晴隆县，雄奇险峻，被誉为天堑，曾因美军随军记者拍摄的一张照片而闻名于世。

它是抗战中缅公路的形象标识,是抗日战争中国际援华军需物资运输大通道的咽喉,被誉为"中国抗战的生命线",又称"历史的弯道"。二十四道拐公路为抗日战争取得全面胜利做出不可磨灭的贡献。参加过反法西斯战争的抗日老兵视其为标志性记忆,也是中美人民在反法西斯战争中的历史记忆。在这条贵州境内的战备公路中,除了声名远播的二十四道拐公路,地处黔北娄山关上的七十二道拐公路,同样以雄奇险峻闻名遐迩,它是国际物资到达战时陪都重庆的最后一道屏障。

贵州东西南北的四大公路干线,虽然串联起了川、桂、湘、滇四省,成为大西南的枢纽,可是值新中国成立时,全省公路通车里程仅仅只有一千九百五十公里。

高山挡不住,天堑变通途。这是贵州人千百年来的夙愿和梦想,但直到新中国成立之后,才逐渐梦想成真。从一九五〇年开始,在党和国家的支持和关怀下,在贵州开始大力推进公路建设。经过近三十年的建设,截至一九七八年底,全省公路通车里程达到了三万零六百公里,但对于拥有十七万六千一百六十七平方公里的国土面积、辖八十八个县区市、一千五百三十九个乡镇的贵州省来说,这个里程数仍然是远远不够的。当时,还有许多乡镇未通公路,多数县城之间的公路几乎是沙石路,很少见到柏油路,这远远不能满足全省经济社会的发展需要。交通长期落后,既是贵州发展滞后的现实写照,也是贵州发展滞后的重要制约因素。如何破解贵州经济社会欠开发、欠发达的难题,改善落后的交通面貌,历来是贵州公路人渴望解决的一道瓶颈。在这近三十年如火如荼的公路建设中，有许多可歌可泣的故事，在筑路人中流传。流传最广的，是关于修建册三公路的故事。筑路人把这个故事归纳为"册三精神"。

"册三"公路源起贵州省册亨县，途经望谟县、罗甸县、平塘县、独山县、从江县至广西的三江县，全长七百余公里，有五分之四在贵州境。平塘县平里镇河沙坪垭口是这条道路最为险要的路段，当我站在这个路段的最高点俯瞰脚下那一片群山的时候，不由升腾起一种对筑路人的敬仰之心。眼前的这条路像一条飘带起伏在巍峨的群山之中，约六米宽的路面两侧不是悬崖峭壁就是万丈深渊，因常有白云缭绕其间，被当地老百姓称为"天路"。至今在公路最高的路段崖壁上，仍然能看见当年镌刻的"筑路意志坚，扛起大道上青天；踏碎了云朵，踢倒了山尖，不管车马来多快，总在我后边"的豪迈诗句。这种"扛起大道上青天"的浪漫主义情怀就是"册三精神"的真谛所在。

又一个三十年过去，弹指一挥间到了二〇〇八年。为贵州省"实现经济社会发展历史性跨越"的战略构想，贵州省第十一届人民代表大会通过《2008年贵州省政府工作报告》，提出要实行"交通优先发展"战略，加快交通基础设施建设步伐，加快形成以高速、高等级公路和铁路为骨架，多种运输方式配套的综合交通运输体系，并明确提出要"使所有县市都有高速公路连接"。此阶段贵州省高速公路网的规划布局是以"6横7纵8联"（简称"678"网）为主，总规模约六千八百五十一公里。截至二〇一一年底，全省公路总里程达十四万九千八百公里，公路通行条件显著改善,干支结合、四通八达的公路网基本形成。这一阶段,贵州交通得益于中央的大力支持,以昂扬的斗志"逢山开路、遇水架桥",向落后、贫穷宣战。

二〇一二年,贵州抢抓国发2号文件重大历史机遇,系统谋划推进以高速公路为重点的交通建设,以"打造西南重要陆路交通枢纽"为目标,吹响了贵州交通后发赶超的集结号。特别是党的十八大以来,党中央对贵州的支持力度显著加大,贵州进入黄金发展期,脱贫攻坚和经济社会发展取得历史性成就,交通的跨越式发展极大提升了贵州省在区域发展中的战略地位。二〇一三年,贵州省高速公路通车里程突破三千公里,通高速公路县达六十八个,形成九条高速公路出省大通道,全省三十三个在建高速公路项目,"678"高速公路网逐渐成型,高速公路通车里程、建设规模进入西部十二个省份第一方阵,建设速度位居全国前列。二〇一五年底,全省八十八个县市区全部贯通高速公路,贵州成为西部第一个"县县通高速"的省,也是全国实现"县县通高速"为数不多的省份之一,比二〇一〇年新增五十一个县通高速公路。

继高速公路"三年会战"之后,贵州省委、省政府做出实施建设环贵州高速公路的重大战略部署。环贵州高速公路总规模一千九百五十二公里,总投资约一千九百七十八亿元,建成后将与周边广西、湖南、重庆、四川、云南形成二十三个高速公路出省通道、七十三条普通国省干线公路出省通道,辐射其十九个县(市、区)一千零三十二万人,惠及省内外两千六百三十万人。

二〇一六年十月，贵州省政府原则同意《贵州省高速公路网规划（加密规划）》。该规划在原"678"网和《省政府高速公路建设三年会战实施方案》确定的七千七百六十八公里高速公路网基础上，从加密黔中路网、完善省际出口、提升通道能力、强化市州辐射、提高过境效率、加强路网衔接六个方面进行补充完善，共增加高速公路二千三百二十八公里，调整以后全省高速公路网规划总里程为一万零九十六公里，其中国家高速公路四千一百二十七公里、省级高速公路三千六百四十一公里、地方高速公路二千三百二十八公里。

截至二〇二二年底，贵州建成高速公路总里程八千零十公里，排全国第四。至此，贵州已初步形成"覆盖全省、通达全国、内捷外畅、无缝衔接"的综合交通运输体系，向东打通连接长三角的高速通道，向西建成通向东盟的国际高速大通道，向南通过高速通道融入珠三角、北部湾，实现与海上丝绸之路的连接，向北实现了与古丝绸之路经济带的高速连接。同时，有效将黔中经济区等连在了一起，贵州作为西南重要陆路交通枢纽的地理区位优势不断凸显，成为"一带一路"和长江经济带战略的重要通道，缩短了中西部陆路交通的时空距离，为西部省份优化资源配置创造了良好条件，极大地助推贵州积极参与"一带一路"和长江经济带等国家战略的实施，为构建全方位对外开放新格局打下了坚实基础。

我曾经是一名地质队员，走遍了贵州的山山水水。看见山，我就想攀登，这是一名地质队员的秉性，可是，我翻过一座又一座山，看见山的后面还是山。每次站在山之巅，极目眼前的千山万壑，总想放开喉咙吆喝个痛快，当一声声吆喝在起伏的连山中激荡出一阵阵嘹亮的旋律时，这样的嘹亮，就成了我再次攀登的号角，原本我就是一个喜欢嘹亮的角色。这样的角色，其实是一个苦中作乐的角色。苦是必然的，我们的自然条件就是这样；乐是一种我们敢于挑战的态度。

作为一名曾经的地质队员，可以说我切身体会到了交通给贵州带来的巨大改变。当我作为一名作家站在国内山区第一座主跨千米级桥梁——沪昆高速镇宁至胜境关段坝陵河大桥上时，天堑变通途的感受使我不得不敬佩桥梁工程师的伟大。眼前的这座桥，是一座千米级钢桁梁悬索桥，全长二千二百三十七米，主跨长一千零八十八米，桥面距谷底高差三百七十米，像一座天桥横跨在镇宁县与关岭县之间的坝陵河峡谷上。

大桥西头的关岭因关羽的儿子关索镇守在此而得名，以往每次开车经过这里，西头那一座座高耸入云的山峰，像是不可逾越的天堑，不免让人感觉到前路难行。这样的感觉是漫长的，车盘旋而下，从东头下到峡谷底，再上到西头的关岭需要一个多小时。在这一个多小时中，人的耳朵会因为高差的原因耳膜鼓起来，脑袋蒙起来，实在是非常难受。而现在，只需要短短的四分钟就能越关岭而过。

来到大桥上，也就来到了白云端，俯瞰眼前的峡谷，上手是贵州最高的瀑布——滴水滩瀑布，瀑布总高四百一十米，下手是峡谷底的八里桥，即徐霞客游记中记载的关岭桥，距离关索镇八里，是滇黔古道的必经之路。

滴水滩瀑布由三个瀑布组成，最上面叫连天瀑布，中间为冲坑瀑布，下面为高潭瀑布，它是以高、大、美、秀著称的瀑布群。瀑布气势雄伟磅礴，最高一层波涌连天，中间数层翻空涌雪，最下一层震荡群山。以往，要一瞻滴水滩瀑布的真容很不容易，人们常说到关岭山难，到滴水滩瀑布更难。如今滴水滩瀑布就在眼前，大桥的东侧建起了许多民宿，这些民宿为瀑布爱好者和蹦极爱好者提供了落脚点，也为他们提供了瀑布之美和蹦极之乐。坝陵河大桥通车后，来自美国、加拿大、德国、新西兰、英国、西班牙、比利时、智利等国家的世界低空跳伞高手常常云集于此；蹦极活动对外开放以后，蹦极爱好者曾刷新了吉尼斯蹦极世界纪录。坝陵河大桥的蹦极跳是世界最高的商业设施。

受益较大的是大桥东侧的坝陵村，该村有五百三十三户共计两千三百零六人。多年以来，生活在这里的群众一直挣扎在贫困线上，二〇〇九年以前，这里的群众人均收入远远低于三千元的全县农民年人均收入。在大桥建成通车后的二〇一二年，当地群众年人均收入已远远高于全县农民四千六百八十二元的年人均收入。随着大桥辅助设施的建成，这里的交通设施得到了极大的改善，既方便了群众出行，又方便了黔货出山。特别是实施精准扶贫以来，人均收入逐年大幅提高，截至二〇二〇年，年人均收入达到了九千九百六十一点四九元，这一年，建档立卡的贫困人数仅剩九十户三百零三人，也于当年年底撕掉了贫困标签，全面脱贫。截至二〇二二年十月，当地群众的年平均收入达到了一万四千零五十六点八四元。

山多峡谷就多，美丽却极度贫困，这是喀斯特地貌的特征。这样的地貌，峰峦叠嶂，沟壑纵横，在其间劳作的人们，常常是相互望得见喊得应，但要想拉拉手说说话，这一上一下的，半天也走不到跟前。可以说，是桥梁改变了人们的生活方式，也改变了人们的生产方式。

当我站在这山之巅，一望无际的群山尽收眼底，在那白云缭绕之间，在那连绵不尽的山峦沟壑之间，一座座隧道、一座座桥梁蛛网似连接起的高速公路，我深切感受到了贵州是平坦的这句话的分量。千山万壑、万水千山，峡谷无疑是最美丽的存在，身在峡谷却不能仅仅只是峡谷的思维、峡谷的眼光，我们必须站在高处，眼光就不再限制我们的想象。

如果说，坝陵河大桥的存在让我们的想象变得精彩，世界山区第一高桥杭瑞高速毕节至都格段北盘江大桥让我们无限遐想，那么，正在建设的六枝至安龙高速花江大峡谷大桥将给我们带来的是惊喜万分、叹为观止。

花江大峡谷大桥的出现，将取代坝陵河大桥、北盘江大桥成为世界第一高桥。仅仅是大桥的主跨，就已经达到惊人的一千四百二十米，在世界山区桥梁高速公路同类型中跨径第一。桥区地面高程介于四百八十九点一米至一千二百八十七点三米之间，相对高差为七百九十八点二米，桥面距地面垂直高差为六百二十五米。项目于二〇二二年一月十八日正式开工建设，将于二〇二五年六月三十日建成通车。

可以说，花江峡谷大桥的修建是坝陵河大桥的升级版，它将打造成国内首个涵盖"桥梁观光＋桥梁运动体验＋旅游服务"为一体的桥旅融合综合体，可为世界峡谷极限运动带来更大的惊喜。

花江大峡谷处于贵州关岭布依族苗族自治县和贞丰布依族苗族自治县之间，是国内最长的峡谷。该峡谷深一千多米，长约八十千米，最宽处达三千米，最窄处仅二百余米。峡谷两岸峰峦蜿蜒，山崖高耸如犬牙交错；谷底奔腾的花江河，水势汹涌，浪花翻滚，响声如雷。绝壁上，藤蔓攀附，古木丛生。据史书记载，花江河流域即为古夜郎中心地带之一，历史悠久，文物古迹颇丰。花江大峡谷一带，曾是电视剧《西游记》的多处拍摄景点，花江桥一隅，黄浪滔天，浊浪滚滚，岩石丛立。其景不正是"八百流沙界，三千弱水深，鹅毛飘不起，芦花定底沉"的"流沙河"吗？唐僧收沙和尚就在此处拍摄。

我第一次到花江大峡谷是一九九五年，当我们从贵阳一路颠簸，耗时五小时到达花江大峡谷之巅的观景台时，已是夕阳西下。驻足观景台西望，才真正体会到了毛泽东主席诗词中"苍山如海、残阳如血"的雄浑景象。正因为有了这一次的经历，在二〇〇五年拍摄长征题材电视剧《雄关漫道》时，我毫不犹豫便选择了这里作为该剧最为震撼的场景，镜头之下，大批国民党军队追击至此，面对万峰成林的山海，湘军悍将李觉不由感慨地说，他们进去了，我等再无回天之力。

那时候上下花江大峡谷的老公路还是土路，路面用大小不一的石子铺就，路陡弯急，险象环生，剧组的车辆多为北方驾驶员，几乎都不敢在此路上驾驶。在花江峡谷的拍摄期间，幸亏得到了贞丰县大力支持，车辆都换成了黔籍驾驶员，才顺利完成拍摄工作。记得勘景的时候，是我驾车与导演在此路上行进，车到大峡谷之巅时，那一排排刀砍斧劈状的陡峭山峰高耸入云，脚下这条公路就在这刀砍斧劈的山峰中，像一条飘带在云雾中时隐时现。这样的场景对于我来说是早已习惯了的，我当然是从容地驾车往云雾里钻，这时导演突然喊了一句"停车"。起初，我以为他是想下车小便，就停了下来，谁知他下车后并未小便，而是左右看了看，对我说，我还是走下去吧。我一想，要是走下去的话，非得大半天的时间才下得到峡谷底，这肯定不行，我对他说，你上车闭着眼睛，不要往外看就行了。你放心，这条路我轻车熟路的，无须担心。他犹豫了半天才上了车，也才下决心把国民党军队追击红军那场震撼的戏放在这里，因为他此时已经被此地的险峻所震撼。我知道，要下这样的决心并不容易，因为这里只有一场戏，却需要花费大量的人力物力财力，而且具有很大的风险，一般的剧组几乎不会这么考虑的。为此，制片方多次争吵，而我坚持在此拍摄的理由是，如果没有这里的一场戏，怎么能够体现中国工农红军那场波澜壮阔、艰苦卓绝的伟大长征？再后来，《雄关漫道》作为长征胜利七十周年献礼片，在央视播出。该剧除真实地正面展现事件和人物之外，还在历史氛围的营造方面下了很大功夫。在环境造型上力求逼真，使其具有历史感、生活感和纪实性。

　　花江大峡谷其实是北盘江大峡谷的其中一段，北盘江是珠江流域西江上源红水河的大支流，发源于云南省沾益区乌蒙山脉之马雄山西北麓，流经云南、贵州两省，多处为滇黔界河，至双江口注入红水河左岸。北盘江全长四百四十九公里，总落差一千九百八十五米，河口多年平均流量三百九十立方米每秒，流域面积两万六千五百五十七平方公里，在云南境内称为革香河,习惯上称北盘江上源。全流域有大小瀑布一百六十五处,以打帮河上源可布河上的黄果树瀑布最大。主要支流有拖长江、可渡河、乌都河、月亮河、麻沙河、打帮河等。北盘江大峡谷位于贵州省贞丰县,秦汉时期属古夜郎国的领地,北盘江就是司马迁《史记》中所说的"牂牁江",而古夜郎国的都城就在牂牁江上游地区,正如班固《汉书》中所云:"夜郎者,临牂牁江也。江宽百步可行船。"

北盘江流经贞丰县北盘江镇的那一段被当地人称为花江。据当地人讲,古时候这一地段两岸的山崖上花草树木十分繁茂,每值春夏时节,百花盛开,花瓣纷纷坠入江中,碧绿的江面上漂着一层绚丽的色彩,所以就把这一段北盘江称为"花江",这一段峡谷自然也就叫花江大峡谷。这里山势险要,连绵不断,水流湍急,奔腾呼啸,当地的民歌是这样唱的:"山顶入云端,山脚到河边。隔河喊得应,相会要半天。"一九六二年,位于板贵乡的花江公路大桥建成通车,两岸的人要相会就很方便了。

花江两岸是典型的喀斯特地貌,随着人类的繁衍生息,两岸逐渐变成了名副其实的"石头的王国",很少见到泥土,更没有茂密的森林。对于旅游观光者而言,这是一道风景,而对于当地的居民而言,这种石漠化土地上的生存条件却是很艰难的。贞丰人硬是在这种被认为"不具备生存条件"的喀斯特地区创造了一个奇迹——发展生态农业,种植十万亩花椒,将石漠化变成绿洲,彻底改变了生存环境。这样的改变,可以说我是亲历者,二〇〇五年至二〇〇八年期间,我无数次在花江大峡谷走村过寨,曾写过散文《白层古渡》、中篇小说《八颗苞谷》、长篇小说《绝地逢生》等，后来又将长篇小说《绝地逢生》改编为同名电视连续剧，并于二〇〇九年在央视播出。

我从未想到过在花江大峡谷之上，可以修起这么一座叹为观止的桥梁。这座桥梁震撼了我，这个震撼，来源于我第一次到桥脚下的花江村小花江组时的感受。二〇〇六年为了拍摄电视剧《绝地逢生》，我来到这里时，感觉小花江村民组就是一个石头堆砌的村寨。向前看，是关岭县高耸入云的一排排大山，向后看，悬崖峭壁矗立在天上，给人一种泰山压顶的压迫感，仿佛那些巨大的山崖随时有可能倒下来，把这个小村寨碾得粉碎。这样的压迫感，让我充分地感受到了"乌蒙磅礴"的气势。这里的山都是裸露着的，几乎看不见什么土，除了石头还是石头。花江村小花江组位于北盘江畔的一个传统的布依族村寨，一百零二户人家，人口四百三十四人，隶属贵州省贞丰县平街乡，是典型的喀斯特岩溶山地地貌。

这里曾是滇黔交通要道，一座古老的铁索桥见证了它昔日的辉煌。这里历史文化底蕴厚重、民族风情浓郁、自然风光迷人，堪称北盘江大峡谷的一颗璀璨明珠。然而，这颗"明珠"长期"养在深闺无人知"，不仅没有让村民们心里亮堂起来，反而因为交通不便、基础设施落后、增收渠道不多、环境治理不好、基层治理不佳等原因，这颗镶嵌在山水间的"明珠"黯然失色。

清代诗人彭而述有一首题咏花江的诗："铁索黑水旧知名，天水曾当百万兵。试问临邛持节客，当年何路入昆明？"诗中所写的"铁索"指的就是这座花江铁索桥。从明代开始曾几次在这一带建桥，要么被洪水冲垮，要么毁于战乱。清代光绪年间，军门蒋宗汉竭力筹款建桥，历时六年之久，终于建成了这座长七十一米、宽二点九米、距水面高约七十米的铁索桥。铁索桥历经百年风雨，几经洪水冲击，抗战期间又遭日本飞机轰炸，至今依然寒光闪闪，岿然不动。

这座桥既是连接贞丰县和关岭县的纽带，也是贵州和云南交通道路上的一把锁钥，一个咽喉。对岸的古驿道直通关岭县的花江镇，再经由黄果树瀑布直达安顺市、贵阳市；贞丰县这边的古驿道则经由兴仁市、兴义市直达昆明市。据地方志记载，一九五二年，一群山羊从桥上经过时，将铺在铁索上年久失修的木墩踩断了，中断交通达一年之久。贵州省交通厅于一九五三年将其修复。一九八四年，贵州省政府再次对铁索桥进行维修，使它更加牢固、美观，并在桥头建了一座六角亭子。位于贞丰县板贵乡的花江公路大桥建成通车以后，这里便逐渐冷落下来，铁索桥更多的是作为一种文物而存在了，所以一九八二年贵州省政府便将它列为省级重点文物保护单位。铁索桥南岸贞丰县境内的古驿道上，有一条由许多大小摩崖石刻、石雕连接而成的书法艺术长廊，可以让人回味一下久远的历史。

可以说，这段花江上的几座已经通路的桥梁分别代表了几个不同世纪的产物。铁索桥是十八世纪修建的；钢筋混凝土结构的板贵乡公路桥是二十世纪修建的；而北盘江特大桥是关岭至兴义高等级公路的所属大桥，这座现代化的悬索桥则是二十一世纪的产物，成为二十一世纪初连接两岸的新的交通要道。这座大桥也就成了新的滇黔通道上的锁钥和咽喉。它以三百八十八米的主跨长度，横跨号称"世界大裂缝"的花江大峡谷,桥面至江面高达三百六十六米,是同类桥梁中的中国第一。我于二〇〇五年春天经过这座中国第一高桥时,那种兴奋和惊讶,至今记忆犹新。站在桥梁的观景台上,往左看,山峦叠嶂,新公路盘旋其间,像天路纵横在白云之间;往右看是峡谷的最深处,一座石拱桥横跨花江南北,巨大的山体耸立着几十座刀削般的山峰,石拱桥显得那么娇小。我曾无数次驾车经过这座石拱桥,石拱桥连接的老花江公路由于新公路的建成,昔日繁忙的景象已经不复存在。在二〇〇三年以前,从贵阳经过这条老公路到贞丰县城需六个小时左右,眼前这座中国第一高桥通车后,时间缩短了两个半小时,二〇〇九年,坝陵河大桥通车后,又缩短了一个半小时。现在,从贵阳到贞丰县只需两个小时即可到达。

据不完全统计,近年来北盘江上建设的公路桥和铁路桥有三十多座,其中七座为世界级别的桥梁。如果说,二〇〇九年通车的坝陵河大桥以全长二千二百三十七米、主跨长一千零八十八米刷新了关兴公路北盘江特大桥中国第一高桥的纪录,那么在二〇一六年九月十日,杭瑞高速毕节至都格段北盘江大桥合龙,高五百六十五点四米,又取代了坝陵河大桥成为世界第一高桥。这座新的北盘江大桥,原称尼珠河大桥,是中国境内一座连接云南省曲靖市宣威市普立乡与贵州省六盘水市水城区都格镇的特大桥,位于泥猪河之上,为杭瑞高速公路的组成部分。该桥于二〇一三年动工建设,二〇一六年九月十日完成合龙,二〇一六年十二月二十九日竣工运营。它北起都格镇,上跨尼珠河大峡谷,南至腊龙村,桥梁全长一千三百四十一点四米，桥面至江面距离五百六十五点四米，采用双向四车道高速公路标准，设计速度八十千米每小时，工程项目总投资十点二八亿元。

可是，杭瑞高速北盘江大桥世界第一高桥的地位也将不复存在，因为，六枝至安龙高速花江大峡谷大桥将再次刷新这个纪录。

而花江大峡谷大桥下的小花江村民组，时至今日，随着交通的高速发展，也旧貌换新颜。原来这里是"石窝窝的苞谷岩缝缝的草，春天的光棍满山跑，留不住老婆娶不进媳妇，风吹石头遍地吵"。长期以来，小花江村民组主要依靠传统种植和养殖为主，这显然是这片土地的短处，而他们还只能在这短处上寻找生计，这必然造成增收渠道窄，产业单一，村里主要劳动力不得不外出打工，留下老弱病残仅靠传统的种养殖获得微薄收入，长期以来，这里的群众一直挣扎在贫困线之下。实施精准扶贫后，这里的贫困趋势得到了有效的遏制，并于二〇二〇年脱贫摘帽，人均纯收入达到八千一百七十五元，撕掉了千百年来贫困的标签，走上了致富的道路，成了远近闻名"绝地逢生"的生动故事，其前后鲜明对比的真实写照被大家誉为"石头开花"的村庄。特别是乡村振兴示范创建活动启动，乡、村两级结合小花江实际，在深入调研后，确定走"红色+"文旅融合+高质量发展之路。在实施项目上，坚持以增加群众收入为核心，实施以工代赈，充分动员群众在项目工地务工、为项目提供闲置废旧材料、废旧房屋出租改造等方式参与项目建设获得收入。至二〇二一年小花江组启动乡村振兴示范创建以来，共实施乡村振兴示范创建项目七个，投资七百二十万元，群众通过务工、提供材料等获得收入达一百四十三万元。在鼓励创业上，通过项目实施、乡村特色旅游、红色教学培训等不断增加人员和聚集人气，动员多户外出务工人员返回开办农家乐，年收入达十万余元；在拉动旅游上，依托小花江秀美风光和铁索桥、摩崖石刻文化周末游、长假游旺季时段，动员三十余户群众售卖特色农特产品，户均年营收可达三万余元，村级成立的贵州省红色文化研学有限公司已累计营收超十二万元并全部纳入村集体经济。在产业增收上，结合小花江气候，以旅游商品产业为核心，动员群众实施老幼皆宜的生态特色小米蕉种植，亩产产值可达三千余元。增收渠道拓宽了，村民人均纯收入增加到一万两千七百七十八元，巩固脱贫攻坚成果成效显著。

乡村两级以张爱萍将军曾率红三军团掩护中央纵队渡过北盘江的历史事件革命遗迹为主轴线，深入挖掘红军在平街、红军激战铁索桥、红色码头等本地本土红色资源，争取东西部扶贫协作资金二百六十七万元，盘活闲置学校资产打造"革命遗址＋研学""革命遗址＋体验""革命遗址＋多业态"的小花江红色文化研学基地，通过设立五个革命传统实践教育现场教学点，常态化开展群众红色现场教育，让革命精神发扬光大。依托清朝年间修建的古铁索桥、摩崖石刻群、茶马古道等历史文化资源，通过邀请省、州、县专家学者实地探访和座谈交流，进一步理顺文化传承和文化精髓，进一步建强村民精神文化阵地，以当地民族特色"八音坐唱""三月三""六月六"等布依族传统文化民俗活动为契机，组建群众民族技艺传承队伍，组织开展看表演、听口述、办宣讲的形式，传承和发扬布依文化，不断丰富群众精神文化生活，展现在党的民族政策下小花江布依古寨取得的变化和成就。二〇二一年以来，先后吸引惠阳区三合街道、镇隆镇、贵州大学等省内外多个单位一百余批次先后到小花江旅游考察学习，通过乡村特色旅游、红色教学培训等不断增加人员和聚集人气，不断激发群众积极参与的主动性和文化挖掘传承活力，丰富群众文化生活。

作为民族传统村落、特色村寨，小花江的居民住房条件得到极大改善，然而，在相当长一段时间内由于传统的牛羊散养，导致环境问题比较突出。"晴天一身灰，雨天粪臭味！"这是当年花江村的真实写照。为了改善人居环境卫生，村支"两委"积极动员养殖户通过种草圈养，结合传统村落保护工作，投入项目资金实施房屋改造、卫生环境提升，大力推进道路交通改造，将原来泥泞的道路修缮为鹅卵石铺就的旅游石板路。现在的小花江，彻底改变脏乱差形象，道路变宽了，房屋变靓了，环境变美了，群众变富了，形成了有口皆碑的"四变"。

随着群众收入持续增长、村庄风貌更加靓丽、乡风文明继续提升，具有丰富的红色文化、历史文化、民俗文化、桥旅文化和自然风光等资源的小花江——这颗长期"养在深闺无人知"的明珠正在绽放出璀璨光芒。二〇二一年，小花江被认定为黔西南州特色田园乡村·乡村振兴集成示范试点，二〇二二年被认定为黔西南州乡村振兴实践教学基地，并入选第四批贵州省乡村旅游重点村。未来的小花江，将紧紧围绕党的二十大提出的"建设宜居宜业和美乡村"的目标要求，努力实现宜居、宜业、宜游、宜乐的幸福美好新农村。

随着花江大峡谷大桥的竣工，小花江村民组将搭乘这座世界第一高桥——"桥梁观光+桥梁运动体验+旅游服务"为一体的桥旅融合综合体，在致富路上更上一层楼。

毫不夸张地说，贵州是世界桥梁博物馆。根据统计，世界高桥前一百名中有近一半在贵州、前十名中有四座在贵州，获桥梁界诺贝尔奖之称的"古斯塔夫斯·林德撒尔奖"的桥梁全国有九座，而贵州就占四座。贵州仅公路桥就有二点七万多座，加上铁路、城市立交桥，超过三万座桥梁。贵州的桥梁不仅数量众多，而且规模、造型、结构丰富多彩，从世界桥梁范围内来看，无疑是出类拔萃的，被誉为"世界桥梁博物馆"是名副其实的。

贵州有万重山，就有千条水，贵州的河流处在长江和珠江两大水系上游交错地带，有六十九个县属长江防护林保护区范围，是长江、珠江上游地区的重要生态屏障。全省水系顺地势由西部、中部向北、东、南三面分流。

苗岭是长江和珠江两流域的分水岭，以北属长江流域，流域面积十一万五千七百四十七平方千米，占全省面积的百分之六十六点一，主要河流有乌江、赤水河、清水江、舞阳河、锦江、松江、牛栏江、横江等；苗岭以南属珠江流域，流域面积六万零四百二十平方千米，占全省面积的百分之三十五，主要河流有北盘江、南盘江、红水河、都柳江等。

我从乌蒙磅礴的贵州西部到苗岭逶迤的南部，再到武陵峻峭的东部和娄山巍峨的北部，可以说，走遍了贵州的四大山脉、两大水系，穿越了山脉和水系中大大小小的桥梁和长长短短的隧道，真切感受到了"天堑变通途"的雄伟画卷。这张由大桥、隧道构筑起来的高速公路网，使高原的万水千山不再是阻拦社会经济发展的瓶颈，让眼前的千山万壑变得平坦起来。

逢山打洞，遇水建桥，这是贵州地貌特征所决定的状况。如果说四千一百八十六公里的近三万座桥梁让江河纵横的贵州不再坎坷，那么超过两千六百八十三公里的两千五百三十五条隧道让万峰成林的贵州不再崎岖。

乌江为贵州省第一大河，被誉为贵州的"母亲河"，是长江上游南岸最大的支流。乌江发源于贵州西部威宁县乌蒙山东麓，有南、北两源，南源三岔河长三百二十二公里，为乌江主源，北源六冲河长二百一十公里，两源在黔西县化屋基汇合后称乌江。乌江从发源地至河口全长一千零五十公里，落差一千七百八十七点四六米。其耳熟能详的大桥有乌江上游的鸭池河大桥、河闪渡乌江特大桥、金烽乌江大桥、江界河乌江大桥、德余乌江特大桥等八十二座大桥，横跨乌江南北，支撑起了乌江流域两岸的社会经济发展。

我行走贵州大桥的最后一站是德余高速乌江大桥，这座大桥位于贵州省思南、石阡、凤冈三县交界处，大桥全长一千八百三十四米，主跨为五百零四米上承式钢管混凝土拱桥，目前它是世界上最大跨径的上承式钢管混凝土拱桥，刷新了平罗高速大小井大桥四百五十米世界第一的纪录。

而乌江流域除了桥梁，最为显著的是隧道。在贵州十大隧道中就有七座穿越其间。在我以往的记忆中，最难忘的当然是娄山关下的凉风垭隧道。二〇〇五年十二月，当我第一次驾车通过这座隧道时的惊喜至今难以忘怀，因为我的车不用再翻越令人生畏的七十二道拐盘山公路。

七十二道拐是乌江流域有名的"魔鬼路段"，是抗战时期史迪威公路的最后一段，它与北盘江流域的晴隆县二十四道拐齐名，是贵州弯道最密集的盘山公路。二〇〇五年以前，我几次驾车经过此路段时，都留下了不可磨灭的记忆。我的车几乎每拐几个拐，就会看见有翻倒的车辆，其险峻触目惊心。你要经过这个路段，就要做好当"山大王"的心理准备，这里堵车是家常便饭，一堵上短则几个小时，长则数天之久。这条路于一九三三年八月竣工，一九三八年五月通车，是大后方战备公路，它是缅甸仰光到昆明、昆明到贵阳、贵阳至重庆唯一的一条国际通道，也是战时陪都重庆的最后一道最为险峻的屏障。该路从娄山关的凉风垭垭口西侧，过牛滚凼、花秋坪、刘家大坡下到三场口，长十八点六公里，由于山高林密，许多路段荒无人烟，冬季常有凌冻，行车极其艰难。七十二道拐坡陡弯急，车刚转过弯还没来得及回方向盘，前方又是弯道了，你只有不停地左打方向盘，右打方向盘，还不能手忙脚乱，否则将车毁人亡。

二〇〇五年十二月渝黔高速公路通车后，大多数汽车不再走凉风垭上面的七十二道拐，而走四千一百零七米的凉风垭隧道，原来需要一个多小时翻山越岭的路程，如今只需约五分钟。有人说："七十道弯弯成历史，四千米洞洞穿未来"；有人在隧道南行的出口上方刻下这样一副对联："北进三巴七十二弯成旧梦；南驰三桂百千万壑变通途。"七十二道拐，犹如一位饱经沧桑的老人，见证了贵州省交通道路的时代发展和变迁。

站在娄山关之巅，遥想一九三五年红军翻越雄伟的娄山关时所历经的千辛万苦，现在几分钟就能穿雄关而过，真是令人唏嘘不已。

如果说二〇〇五年通车的凉风垭隧道是兰州至海口高速公路渝黔段的标志性工程，那么十七年后的二〇二二年，眼前的兰州至海口国家高速公路重庆至遵义段扩容工程中的"桐梓隧道"将取代凉风垭隧道，成为新的标志性工程。我经过认真思考，建议将"桐梓隧道"更名为"大娄山隧道"，更彰显其地域之巍、洞穿之雄，幸得交通部门认同，正在按程序申报更名。

当我走进即将竣工的"大娄山"隧道时，不由感慨万分，这座隧道再次穿越了娄山关，再次穿越了七十二道拐，它以一万零四百九十一米的长度成为贵州高速公路隧道之最。在扩容路段工程图纸上，我看到了这条路段的隧道群，它们分别是黄家沟隧道全长五千二百七十米，单洞两次穿越煤与瓦斯突出煤层；尧龙山隧道为分离式特长隧道，左洞长五千二百五十四米，右洞长五千二百四十一米；茅盖山隧道左洞长四千六百五十三米，右洞长四千六百八十一米，最大埋深约三百四十米；松坎隧道左洞长三千一百二十二米，右洞长三千零九十四米；马六坪隧道左洞长三千一百零三米，右洞长三千一百六十四米，为特长单向坡隧道；银盘顶隧道左洞长三千零二十五米，右洞长两千九百九十米。

兰州至海口高速公路重遵段扩容工程是《国家公路网规划（2013—2030年）》"第10纵"兰州至海口国家高速公路的

重要组成部分，也是《贵州省高速公路网规划》中"第4纵"崇溪河至罗甸高速公路的组成部分。该扩容工程建设标准为双向六车道，全长一百一十八点九二公里，路基宽度为三十三点五米，其中特大桥梁五座长度达七千四百二十点八五米，大中桥梁五十座长度达一万九千三百二十点三米，隧道二十四座长度达五万八千五百三十六点五米。从这些数据可以看出，在短短的一百一十八点九二公里的扩容路段中，桥梁和隧道的总长度超过了八十五公里，也就是说，大小桥梁总长度为二十六点七公里，隧道总长度达到了五十八点五公里，桥梁和隧道的占比达到了惊人的百分之七十二，可见贵州高速公路建设之难。

兰州至海口高速公路重庆至遵义段扩容工程完善了国家及贵州省高速公路网布局，提高瓶颈路段通行能力和交通运输安全，推进沿线区域经济社会又好又快发展，对同步全面建成小康社会和乡村振兴具有十分重要的意义。

截至二〇二一年底，贵州架起了近三万座桥梁，大小桥梁连起来超过四千六百公里，几乎可以从贵阳到北京直线跑一个来回；打通了两千五百三十五条隧道，连起来超过两千六百公里，比喜马拉雅山脉还要长七百多公里。高速公路通车里程突破八千公里，贵州所有的大小公路连接起来，可以缠绕地球赤道七圈半。如果加上市政道路、串寨路和联户路，贵州的路接近四十万公里，可以直接从地球连到月球！贵州从"绝对贫"到不再"贫"，实现了从"千沟万壑"到"高速平原"的精彩蝶变。

很多贫困地区一下子从经济的最边沿转变为发展的最前沿，

让更多老百姓共享交通发展带来的红利。交通发展取得的跨越性成就，为贵州彻底告别千百年来的绝对贫困提供了基础性支撑，有力支撑了九百二十三万贫困人口全部脱贫、六十六个贫困县全部摘帽、九千个贫困村全部出列、一百九十二万人搬出大山；这正是贵州人民"团结奋进、拼搏创新、苦干实干、后发赶超"的生动写照。

脉动大湾

赵 川

序章　水自西江来

二〇二三年十二月十日，是大雪节气后的第三天，南国大地，依然绿色满眼，生机处处。佛山市顺德鲤鱼洲岛——珠三角水资源配置工程引水口一带，可见高天云影，水天辉映，气韵生动，浩浩西江模样依旧，却有了看不见的改变。

十天前，古老的西江水由鲤鱼洲岛"生出"一支，开启折转向东的历史变迁。不过那是开闸放水，在五十米落差形成的势能作用下，依靠自身重力流淌，历经五天的摸索前行，地下穿行四十一公里的第一股西江之水奋力一跃，在万众瞩目下，抵达广州市南沙境内的高新沙水库。这股水流的冒头，如同明星闪亮登场，引来众人围观，并赢得喝彩和掌声。随着这股清流不断注入，这座位于全线枢纽位置的新建水库开始落闸，高新沙水库首次蓄水宣告成功。

如果说率先进入引水渠的那股西江水，开启了一段史无前例的使命奔赴，那么今天，时隔十天后，将有更多、更大体量的西江水开启新征程。

今天是周日。登高放眼，蓝天白云之下，一组高低错落的白色建筑物已将这座四年前的荒岛塑造得壮美多姿。

上午九点，泵站机房前的空地上，陆续迎来各路建设者代表。今天的主持人是广东粤海珠三角供水有限公司的王辉副总。在多位参加单位代表介绍情况后，广东粤海珠三角供水有限公司董事长徐叶琴朗声宣布："鲤鱼洲泵站首台机组现在启动试运行！"随着众人齐声呼喊倒计时，背景板镜头很快切换到了进水口现场：先是一股水流在圆柱状高位水池内的溢流堰内循环，随后有一股水柱溢出，很快，数层高低错落的锯齿状引水槽水流满溢，并呈合围状错层叠落，瞬间升腾起一股雾气。空中看，巍然耸立的鲤鱼洲高位水池内，犹如一朵巨大的莲花开放在雾岚之中，一种韵律之美、设计之美、几何之美令人击节赞叹……

对整个粤港澳大湾区来说，这是一个重要的时刻。人类之手经由泵机的千钧之力，将西江水第一次挺举至二十余米的高程，两条满蓄的地下输水长龙，瞬间被赋予了巨大能量，承压后的江水如同被狠推了一掌，四十一秒后这股能量将达及高新沙水库。

随后，这股引自佛山鲤鱼洲岛、逗留于广州南沙的西江之水将一路向西，全程经由地下依次进入东莞、深圳境内，绵延一百一十三公里。这项超级引水工程的终点是深圳公明水库，可为香港提供应急备用水源。鲤鱼洲首台机组试运行成功，标志着经过近十万名建设者四年多的辛勤挥汗，设计流量每秒八十立方米，总投资三百五十四亿元的"国家重大水利工程、粤港澳大湾区标志性项目",已开启润泽大湾区的历史征程。

一 西望

粤港澳大湾区东岸对水的渴望由来已久。

在鼎立世界的几大湾区中,这里布列着地球上最"渴"的繁华都市群。

远的不说,就从一九八九年说起吧。这一年珠三角地区遭逢连续干旱,"喊渴"的声量开始放大。一九九一年,深圳出现历史罕见的特大旱情,"六十多万人因缺水而困,直接经济损失高达十二亿元"。刚满十周岁的经济特区,因缺水引发一系列风波。

深圳老市委书记厉有为,在二〇一一年参加东江水源工程通水十周年座谈会时忆述:"全市有五十一个工业区缺水,二十多个居民小区断水,没法生产,也没法生活,市民做饭用矿泉水。企业领导来求援,说快来救救我,已经没法经营下去了……"

深圳市原市长李子彬也记忆犹新:"市民用淘米的水再洗菜,洗菜的水再冲厕所,家家都备有一个大水缸,外加几只大水桶。"

自二十世纪九十年代初,为了寻找新的水源,深圳人曾多方奔走,四处"找水",先去东莞,再到河源,均告失败。李子彬认为,当年主政深圳最为得意的一件事就是参与决策并建设了起自惠州的东江水源工程。从此,深圳除了东深供水(供港为主)之外,有了第二条水道。

湾区东岸城市一路高歌,经济发展突飞猛进,一条东江已难"喂饱"数千万人口。还是那次座谈会上,厉有为老书记又旧事重提:"深圳能不能再提西江引水、西水东调呢?"

其实,湾区东岸早已将目光投向另一翼——西江。西江是珠江的主干流之一,发源于云南省曲靖市乌蒙山余脉马雄山东麓,干流全长二千二百一十四公里,年平均水资源总量二千三百零二亿立方米,是华南地区最长河流、中国第三大河流,长度仅次于长江、黄河。令人惊讶的是,西江的开发利用率仅为百分之一点三!

厉有为回忆:"早在一九九二年,深圳就有人提出从西江引水,线路都想好了——从佛山境内引水,经中山,跨越珠江至深圳宝安落地。"经专业人士一测算,天价!依当时深圳的经济实力,将是难以承受之重。

深圳受水之困、寻水之艰、引水之难,是粤港澳大湾区东冀都市对水资源强烈渴望的一个缩影。

徐叶琴曾长期服务于"东深供水",眼下正率领团队扛鼎珠三角水资源配置工程建设,他对珠三角地区水资源布局及认知变迁可谓了如指掌:二〇〇五年,广东省水利厅动议西江引水时,仅深圳市积极响应,现如今,输水沿线各市区纷纷登门,争取更多的水资源配额。"城市发展得太快了,水资源已变得日益紧缺。"

斗转星移,时空迭变。"逐梦珠三角,水润大湾区",总投资三百五十四亿元的国家重点引水工程——珠江三角洲水资源配置工程，于二〇一九年正式启动建设，计划二〇二三年年底实现试通水。大湾区的水源格局，将在这一代人的手中发生颠覆性改变，东江、西江将历史性实现"双龙会湾区"。

时间回溯至二〇〇四年年末。这一年，东江水源再次告急。广东省紧急动员，倡导市民大力节水，并一度希望减少供港输水。紧接着，国家防总、水利部启动了近一个月的珠江压咸补淡应急调水。本次大旱，震动各方。受广东省水利厅之托，广东省水电设计院展开广泛调研，并于次年年初迅速提交了《广东省"西水东调"工程规划设想》调研报告——这便是珠三角地区"西水东调"决策的缘起。

众所周知，著名的东深供水工程，始建于二十世纪六十年代，几代东深人接续努力，确保了香港生命之水的稳定供应。东深供水工程建设者群体，也因此被中宣部授予"时代楷模"殊荣。徐叶琴于一九八八年硕士毕业后，即投身东深供水工程。曾任"东深供水改造工程（简称'东改工程'）"副总指挥，是楷模群体中的一员，自决策上马珠三角水资源配置工程起，他便开始长期跟进。

在他的记忆中，二〇一五年的一次座谈会至关重要。座谈会由国务院办公厅组织，多个部委参加。会议形成了一份报告，引起国家高层的关注，珠三角水资源配置工程后续进程，得以大幅提速。

人们也许会问，珠三角位于华南沿海，雨量充沛，为何不时闹"水荒"呢？

参与过东改工程，现任珠三角水资源配置工程总设计师、广东省水电设计院总工的严振瑞如此解释：广东年均降雨量两千至两千两百毫米，其中，四至十月份降雨量占了全年降雨的八成，近海区域降雨量大，山区偏少。可见，广东不是先天干旱少雨，而是降雨时空分布不均。

东江以不足全省百分之十八的水资源总量，支撑了百分之二十八的人口用水和百分之四十八的生产总值。目前，东江的水资源开发利用率已达百分之三十八点三，逼近国际公认的百分之四十警戒线。

二〇〇五年九月，广东省水利厅在东莞洪梅镇开会，首次正式提出从西江调水的设想。当时尚无"大湾区"之说。输水线路怎么走？取水口选址何处？输水方式如何抉择？广东省水利厅与省水电设计院专家多次前往广州、深圳、东莞、佛山等地进行实地调研。

二〇一一年一月，广东省水利厅牵头成立前期工作领导小组，"西水东调"工程规划大纲随即出炉。翌年年底，水利部领导在广州听取工程筹建汇报，指出该工程具有重大意义，并建议优化调整工程名称。随后，广东省将"西水东调"工程更名为"珠江三角洲水资源配置工程（简称'珠三角工程'）"。

广东省水科院刘霞理事，以专家组成员身份参与珠三角工程前期论证工作十年，言及历程，她感慨良多："从动议到申请立项，一路饱受质疑和争议，倍感压力和责任。"有关专家主要质疑有四：其一，珠三角东翼究竟是"严重缺水"，还是仅需"应急性供水"？其二，华南沿海跨流域调水是否急迫？其三，调水规模是否需要每秒八十立方米？其四，取水对西江下游的生态环境影响是否考虑充分？

最终，项目组拿出令人信服的计算分析数据，让有关专家确信"南方地区也会缺水"。刘霞讲述了两则"小故事"——

二〇一六年的夏天，项目组一行三人飞赴北京递交项目建议书。有专家提出疑问，东江开发利用率尚不足三成，为何还要舍近求远从西江调水呢？刘霞他们分析后认为，不同的分析范围和表达方式会影响该项指标数值。在酒店房间里，三位专家对不含东江三角洲的开发利用情况进行了详细的计算分析，得出的结论是："东江流域（不含东江三角洲）水资源开发利用率已达百分之三十八点三，逼近国际公认的警戒线！"

由于理据充分，被审核专家采信——这一数据沿用至今。经过专家严谨细致的评判，珠三角水资源配置工程项目建议书得以通过。

在项目论证过程中，有环保人士提出疑问，认为工程会危及西江下游生态安全（咸潮上溯），专家组拿出经国务院批准的"珠江流域综合规划"，从容以对：环评周密，只有当上游思贤滘断面流量满足下游生态流量需求时，泵站才会取水，一旦水量低于这条线，会停止向深圳、东莞两市供水，两地的用水需启用本地水库解决。此外，政府已严禁西江下游采砂活动，加之上游水库陆续建成调丰补枯，增加枯水流量。有了这些保障，西江因"调水"发生咸潮上溯的可能性基本排除。专家组有理有据的解析，受到调研人士的肯定与好评。风波平息。

二〇一九年五月六日，珠三角工程建设大会在广州南沙举行，广东省有史以来最大投资规模的引水工程正式启幕。

一个堪称破天荒的引水构想历经十余年谋划论证，最终尘埃落定。回顾历程，徐叶琴、严振瑞认为，广东省委省政府高位推动至为关键，由常务副省长、分管副省长任召集人的联席会议，对事关规划选址等重大问题进行协调与决策，十余年间，专业团队共开展了三十多项专题研究，在取得二十五份国家行业及部门的批复文件之后，这项低调却又举世瞩目的跨流域调水工程终于掀起"盖头"。

随后，广东粤海集团被省政府授权牵头建设，具体由珠三角供水公司"操盘"。该公司由粤海旗下粤海水务与广州、深圳、东莞三市共同组建，负责工程的融资、建设与运维，按照省政府"不以营利为目的"要求，与三市约定，水费扣除成本后的收益，在弥补粤海方投资成本后仍有剩余的，百分之十归粤海方所有，百分之九十按出资比例返还给三市政府，用于降低水价。

为拓宽融资渠道，广东省政府选定珠三角工程为"自求平衡专项债券"发行试点，成功发行两期共三十六亿元专项债券，此举开创了国内先河。粤海集团则派出了以"东深供水建设者"为骨干的一批经验丰富、能力强、作风硬、团结拼搏的管理团队。

据测算，经由佛山、广州、东莞、深圳四市，横贯珠三角核心区域的超级引水工程建成后，未来将有逾五千万人受益，支撑起逾九万亿元总产值，"覆盖"约占粤港澳大湾区百分之八十的人口及总产值。

珠三角"西水东调"工程，单线一百一十三公里，全程"地下走"，且在地下四十至六十米深处，在世界引水史上也属罕见。珠三角工程是国内规模最大的盾构施工水利工程，并创下诸多

"世界之最"——

世界上规模最大的内衬钢管输水盾构隧洞；

世界上规模最大的无黏结预应力混凝土压力输水盾构隧洞；

世界上流量变幅和扬程变幅最大的离心式水泵；

世界上流量最大的长距离深埋有压管道输水工程；

……

珠三角工程线路穿越被称为"地质博物馆"的珠江三角洲核心地区，在盾构掘进、泵站设计、管道衬砌等诸多领域，技术人员攻克了一个又一个世界级难题。四年建设，建设方联手十多家高校和科研机构，共有二十多位院士参与科技攻关，上百家单位投身其中，近十万人昼夜奋战。建设者以"时代楷模"精神为强大动能，在湾区大地上谱写了一曲令人荡气回肠的昂扬乐章。

二　鲤鱼洲岛

六月的华南滨海临江一线，暑热逼人，时而艳阳当空，灼人肌肤，时而响雷滚滚，乌云翻腾。龙舟水肆意奔泻，幕天席地。这个时节，此种天象，唯一称好的人，恐怕只有正绸缪户外划龙舟的岭南汉子了。在无遮无拦、大敞四开的建设工地，可就遭大罪了。尤其是深入地下、空间狭小又易汇水成河的地下隧洞内，又闷又热又潮，走几步路汗滴如雨，浑身黏腻，上蒸下灼，着实熬人。

珠三角工程，在西江中下游干流的鲤鱼洲岛设置取水口。

如果将此番"西水东调"喻为长龙吸水的话，鲤鱼洲岛就是龙首了。空中俯瞰，这是一座兀立江心的鱼形岛屿。在设计者看来，这项超级工程选择这一天然江心小岛落子，自有其绝妙之处：四面环水，少征地，不扰民，远离污染源，水深流稳，洁净度高。

鲤鱼洲岛不再孤零。一条穿江隧道像一根脐带，为这座无人荒岛送去光明，还捎去巨大能量，让这座孤立千年的无人岛有了蓬勃生机。

一大早，我从深圳驱车前往，待登临鲤鱼洲岛时，一场会议已经临近尾声。

"我今天要扣你的安全分，还要通报批评，你服不服气？"

"现场逮住了，哪能不服气呢——"

"我都临近退休，还这么冷面无情，你是不是觉得挺奇怪？"

"我也不小了，都五十几了……"

坐在长桌中间的是珠三角水资源配置工程建设单位广东粤海珠三角供水有限公司党委书记、董事长徐叶琴。坐在他对面的是施工方现场负责人，肖为民，是 A1 标段鲤鱼洲工区项目经理，他们分属甲乙双方。以上是两人的对话。显然，这是气氛热烈的会议的收尾部分。

身高一米八出头的徐叶琴走出会场，似想起什么，又停下脚步，同几位技术人员继续交代些细节。刺目的阳光，针芒般扎在他们的身上。上午的工地检查，徐叶琴已经换了两套衣服，没有什么特别的原因：检查细，走路多，天气热。现在，他的面部很快又沁出了汗珠，他从口袋里抽出常备的一条毛巾，在脸上不住地擦拭着。已是中午十二点，交代完之后，他急急上车赶往下一个工段。肖为民想留饭，徐董事长摆摆手。

老肖虽然挨了批评，但他自我调控得很好，面部很快恢复了平静。他摇了摇头，似乎想说点什么，终归话到嘴边又咽了回去。

在随后的走访中，我听一位其他标段的人说，整个珠三角工程，公认最艰难的几个标段太平无事，均有惊无险地过了关。反倒是那些不起眼的地方，不经意间就会冒出安全问题。

徐叶琴和肖为民不是第一次合作。二十多年前，在东改工程时，徐叶琴担任副总指挥，肖为民是施工单位的一员。老肖从事这一行已经三十多年了，是一个资深水利建设者。谈起鲤鱼洲岛一系列引水设施的建设，他收起脸上的笑意，言归正传。

我是最早一批登岛者，时间是二〇二〇年七月。

登岛之后，眼前是一片荒地，没有固定居民，只有几块鱼塘，还有几座歪斜的临时工棚，那是看管鱼塘的临时栖居之所。

从七月到九月，都在搭建营地。工人们每天早上坐船过来，晚上再摆渡回去，中午在工地吃盒饭。尽管四周水波荡漾，但这是生水，不能直接饮用，饮用水全都从岸上运送过来。没有输电线，仿佛"一夜回到了解放前"。一天到晚，大功率柴油发电机都在哒哒作响，除了夜间照明，工地上一百多台设备，都得靠这些发电机输送能量。

鲤鱼洲岛面积共五百三十亩，不大不小。差不多辟出一半用来修建引水设施，在这座孤岛上，向下要开挖三四十米深的工作竖井，地面上，一大片钢筋混凝土建筑物正铺陈开来……

我首次登岛时，距离通水尚有半年时间，地面上的建筑主体已基本成型。但这短短半年，既是完工之前的一次大洗礼，也是各种矛盾的大聚会。

高位水池构筑在一处高坡上，从此处瞭望，可依稀看出鲤鱼洲引水口主体建筑模样。由远及近分为三大部分：一是引水口，包括水闸和进水前池部分，后侧是泵站和量水间，最后是体量巨大的高位水池。

开凿横向隧洞，必先修筑工作竖井。大型铣槽机成了香饽饽，可岛上没有大型起重设备，工人们只能将机器拆解开来，用驳船一趟趟运到岛上，再重新组装还原。工地热火朝天，岛上两座竖井同时开足马力施工，大功率铣槽机一下运上岛四台。机器轰隆隆开动，坚固的基岩一点一点被"啃"下。

半个岛身被剥开。三个小型足球场大小的混凝土建筑，梯次排布。这些身躯庞大的钢筋水泥浇注体正一点点"长高"，数十米高的承压蓄水墙体不能有丝毫闪失，倘若有一根头发丝般的裂缝，那就意味着浇筑失败，得推倒重来。

如何确保不出现裂缝？根据技术实验，必须将混凝土温度控制在二十八摄氏度以下。在华南暑热蒸腾的季节里，户外沙石的温度可达五十摄氏度以上，远远突破了温控线。

工期催逼，大伙愁急得像热锅上的蚂蚁。

降温，人工大幅降温！面对堆积如山的沙土原料，技术人员绞尽脑汁想办法。他们先是搭建工棚，为那些沙料遮光蔽日，再汲取地下水喷淋。添加水泥搅拌时，还要加入大量人造冰块。浇筑则尽量选在晚间进行。沙石、水泥、拌料源源运抵，地表裸露，鲤鱼洲岛像只扎在水里的大蒸笼。

按照合同进度，二〇二〇年八月初就要全面动工。实际上拖延了半年，直到二〇二一年二月三日才正式动土。原因是征地遇到了麻烦。

"我们刚登岛时，哪见到什么道路呀、房屋呀，眼前是一片荒山野草。谁欢迎你？到处充满狐疑和敌意。还没说上几句话，忽地从草丛中蹿出几条大黄狗，还有人拿着砍柴刀凶目以对……"这是徐叶琴初次登岛时面对的场景。他清楚，水利工程大都在"荒郊野外"建设，征地、拆迁、青苗费补偿等，标准普遍比市政工程要低一个量级，这就加大了水利工程兴建的难度。换句话说，"水利工程不能进城，进城就是市政工程了，两码事"。

时至年底，我再次询问徐董事长，在冲刺通水目标的关键阶段，你心里分量最重的一件事是什么？他脱口而出："第一件就是安全，失去了安全，一切都将归零。"徐叶琴每到工地调研必问安全，检查必查安全，开会必讲安全，始终把安全生产放在第一位。

当晚，投宿南沙。这里是珠三角供水公司借住地，也是珠三角工程未挂牌的"指挥部"。一排活动板房，房后有一方人工湖。

睡至半夜，被外面一片风嘶雨嚎吵醒，四处是哗啦啦的雨响。看手机时间是凌晨四点。透过窗帘，屋外一片天地混沌，躺回床上，听着雨声，是一种久违的听雨心境。

忽然，头顶刺啦一声，一道亮光闪过，声如幕布撕裂，紧跟着是一声炸雷，轰隆隆滚过头顶。今晚这么真切地同大自然混淆在一起，是都市里很难体验的一种雨夜即景。

闭目仰躺，脑海里，白天在鲤鱼洲岛上的画面不断闪现……外面的雨大了起来，重重摔砸在屋面，发出阵阵脆响。六七十公里之外的鲤鱼洲岛上，这场豪雨来得正好，不用人工制冰了吧，那滚热的沙石已自然降温。

期待再访鲤鱼洲。

三　狮子洋

珠三角工程线路横贯珠江三角洲核心城市群，选址难度巨大。一百一十三公里线路，地下深层穿越村居六十一处，铁路/地铁十二处，高速公路/城市快速路二十三处，一百米宽以上河流十六处。预留出浅层空间给市政、电力和交通部门，意在"少征地、少拆迁、少扰民"，"把方便留给他人"。

全线唯一一个穿越海域的施工标段，便是狮子洋段。这段线路埋深大、跨度长，地下水汹涌，沿线断裂带密集，施工极具风险，是公认难度最大、挑战性最强的区段。

伶仃洋，因南宋民族英雄文天祥那首千古绝唱《过零丁洋》而闻名遐迩。如果将伶仃洋看成一只超大的宝葫芦，狮子洋便是其顶端的藤蔓与葫芦体交接处，这里是广州港进出大海大洋的咽喉水道。

听严振瑞介绍，此前有工程在盾构穿越狮子洋时曾付出过生命代价，因此，对困难有充分准备，将其作为全线的攻坚对象来应对。第一步,主航道地质取芯就遇到了难题。古往今来,从未有人真正实现狮子洋下垂直"取芯"。这一水域属于繁忙主航道,这里水深浪急,地质条件异常复杂。严振瑞的团队曾向海事部门申请短暂禁航,得到的回复是,除非先开辟一个新航道,方可短时腾空狮子洋航道。"这其实是给了你一个闭门羹"。

勘测方穷尽资源,终于探悉一个替代方案。经过严格论证,采用新技术,以远距离、侧翼打平行井的方式,费尽九牛二虎之力,最终获取了岩芯。

穿越狮子洋,建设方充分预估了困难。除了精心组织设计外,还优选施工单位,集中优势力量,并请"国家队"出场,可谓给足了资源。经对比遴选,中铁隧道局成为攻坚克难的主力军。

尽管准备充分,实践中还是遇到了很多意外,过程惊心动魄。

小平头,中等身材,目光炯炯。他叫陈平旋,现任顺德管理部总经理,几个月前,他的角色还是东莞管理部总经理。穿越狮子洋,他是亲历者。

陈平旋是全国"五一劳动奖章"获得者,从事水利工作已二十余载。作为潮汕人氏,他自称"故事太多"。听完他的讲述,再将早先采撷的多个碎片化的田野调查连缀起来,"狮子洋叙事"趋于完整。

珠三角工程输水线路,沿南沙大桥南侧,自西向东穿过莲花山水道和狮子洋水道,中间还夹着个海鸥岛。穿越狮子洋的策略是：先在东西两岸打竖井，再从六十米井底相向盾构掘进，最终会师海鸥岛竖井，完成"二龙戏珠"大戏。

横穿之前，须得纵向"打井"，结果打井未成，"狮威"先逞——

西侧的二十号井距离海岸仅五十余米，井位既定，限于建成区空间逼仄。

二十号井率先开凿，也最先"哑火"。六十米深井刚挖至一半时，底部先是冒出涓流，随着掘进深入，涌水形成水柱，越喷越高。灌浆、灌浆、再灌浆，压不住、凝不了。几台水泵开足马力排水，可一旦停机，水立刻涌上来。数十米井下高温高湿，透水危险，工人们被紧急呼喊上来。

"下面情况怎么样？"等在井口的陈平旋焦急发问。

"涌水太快了，都淹到这儿了。"率先上来的一位女工面带羞赧地用手比画胸口位置，"是海水，苦咸苦咸的⋯⋯"

立刻暂停施工！

项目方请来大批专家论证。得出的结论是，井位离海岸太近，加上岩层破碎，回避井底冒水几乎不可能。唯一的办法是改变工艺，一边加大抽水力度，一边加快挖掘进度。一番协同作战，二十四小时连续不断掘进和浇筑，终于看到了一线曙光。

这边刚突破破碎层，新问题又来了。遇到了坚硬如钢的高密度岩层，大型铣槽机"连啃带咬"也难以撼动。只能选择爆破。第一次装药点火，轰隆一声响，硝烟散尽，下去一看，只啃下一小块"皮"，工区紧邻一所学校，工况局限，不能再加大药量了，太危险。

改用传统战法,用炮机解决。一台大家伙被吊放下去,轰隆隆发力,一块一块地"啃"。经测算,硬岩足有一米厚,好不容易才被凿开,一点点拓大。

此时,还未开始横向掘进,但陈平旋的心向下一坠:大事不妙啊,地质结构同设计师绘出的图形图对不上呀。

珠三角地区号称"世界地质博物馆",果然名不虚传。

时间到了二〇二〇年三月,危机四伏的横向掘进姗姗启幕。二十号井内,"粤海三十六号"盾构机昂首挺胸开步走。一声令下,硕大无朋的旋转刀盘低吼向前,挡道的岩层被切碾得粉碎。传输出来的碎石泥浆显示,岩质面单一,这说明地质结构尚属稳定。大伙儿暗自松了一口气。时间滴答,盾构机如一头怪兽,一点一点将岩层嚼碎吐出。

盾构掘进以"环"为单位,每环进深约一点六米。当掘进至第六环、约十米时,风云突变。随着一阵哗啦啦声响,先是有黄色水体从低处溢流,随之越来越多、越来越急……要知道,盾构机机身长达一百二十米,此时才刚起步不久,连尾部洞门都还没来得及封堵。隧洞内很快涌进了约四百立方米海水。

在一旁待命的几台大功率水泵马力全开。一边排水,一边检视涌水的颜色和携带成分。突然,陈平旋发现竟有几只小螃蟹在爬动。奇怪了,它们怎么会出现在六十米深的地下呢?

麻烦大了!这极可能是碰到了一处断裂带,地下水与海水联通。头顶狮子洋,海水无穷无尽,是个无底洞,几台泵机根本不够。一看形势不对,施工方立刻从附近调集水泵,有多少调多少!

水泵不断往井下扔,总共十三台!每台九十千瓦功率,拼命排水。随着开足马力抽水,水量终于达到了相对平衡,紧接着就是封堵洞门。将盾构机与隧洞之间的环形空隙用填充物塞死。包括泡沫、橡胶、棉纱、钢丝球等统统用上,海水终于被封堵住。

设备需要检修,洞壁需要加固。这么一折腾,二十天过去了。

"痛苦得要命!"时过境迁,陈平旋依旧难以释怀。掘进继续,刨进五环之后,盾构机又卡顿了,趴窝在十一环的位置。这回水压更大,承压的海水冲破洞门,怎么堵塞也无济于事,只得再次停机。

想办法,拼命想办法。此时,"国家队"的优势体现出来了。施工方中铁隧道局曾经有过两次穿越狮子洋的辉煌战绩,不过那都是交通隧洞。此时,他们取来先进的地勘雷达,经探测,发现前方是一处深海槽,盾构机是顶着巨大的地下水逆行。技术人员提议,这样硬堵可不行,必须疏导内水,为地下涌水降压。

如何疏导减压呢?技术团队琢磨出一个办法:在隧洞内衬管片上凿孔泄水,这是一个大胆设想。多边形、弧状的衬砌管片上原本留有注浆孔,此时,打开预留的注浆孔泄压导水,属于非常规逆向利用。

随着大量海水被导出,洞内水压骤减。盾构机获得喘息机会,一番紧张收拾、止水,掘进继续……

回过头再来看看另一台盾构机的遭遇。

"粤海三十七号"盾构机从狮子洋东侧的二十二号井始发。它将穿越的区段正是狮子洋主航道底下。论风险和难度,它才是当仁不让的主角。

根据地质构造图,在长达八百米的咽喉区段,有三条复合断裂带。这里,盾构掘进将会遭遇致命的风险考验。

狮子洋断裂处水深达三十七米,设计的掘进隧洞位于地下六十米,最薄弱处,同海底仅相距二十米,一旦盾构机击破海底隔层,将面临灭顶之灾。

巨兽般的盾构机不知疲倦地啃噬推进,然而,再伟大的机器也有自身缺陷,盾构机的缺陷是能进不能退,尤其在底层破碎的海底深处。刀片是盾构机的牙齿,一旦遭遇挫钝或缺损、变形,便成为中看不中用的摆设。只能空转,动弹不得。此时,唯一能做的便是更换刀片。

四面透水、负压极高的海底深处,每迟滞一秒钟都面临巨大风险。在坍塌、透水区段开仓换刀,那是极其危险的举动。选择何时、何区域更换刀片,事关成败,攸关性命。

多长时间需要换刀呢?一般来说,盾构每推进三百米需要换一次刀。"粤海三十七号"设定的也是这个距离。

按照地质勘测数据,抵达第一个断裂后,便可换刀。然而,经过对输出的碎石成分进行分析研判,地质情况有异,不具备开仓换刀条件。盾构机只能继续向前,希望挨到第二个断裂带的某个硬岩段换刀。经技术人员仔细分析研判,发现还是不行!此时,已经掘进了足足五百余米,情势危如累卵。

包括珠三角公司高层、设计方、施工方、监理方等,大家心都提到了嗓子眼。他们蹲守在距离最近的项目部,焦急地等待着地质条件转好。

原先以为，两个断裂带之间总会有一处硬岩适合开仓换刀。可万万没想到，三个断裂带几乎连续，掘进到这么远的距离都不能开仓换刀，远远超出了预判。

狮子洋啊狮子洋，你是一只张开血盆大口的神兽吗？

等待，耐心等待。紧盯排出的碎石，精准研判，捕捉最佳战机。夜幕降临，晚八点刚过，在临时搭建的现场指挥所，一群人围着分析渣样。有了，咦，你看，渣样质地硬实、均匀，这是地层稳定的表现。

机不可失！陈平旋赶紧找到工区经理、勘探工程师等人，急问："可否换刀？"倘若此处不定，再往前，还有遥遥三百多米之距，不知还会遇到何种情形。而此时，盾构刀片已到了使用极限。

综合研判后，专家组果断下令："开仓换刀！"

非常幸运，舱门打开，掌子面围岩稳定。此时，"粤海三十七号"已超过常规换刀距离两百余米。操作员动作麻利，以最快速度更换了二十多把"利刃"。

事后复盘，这次精准"换刀"点位卡得很好，倘若当晚不及时换刀，第二天将遇到更大的断裂带。一旦失去开仓良机，也许就没有也许了……

二〇二一年十二月三十日，"粤海三十六""粤海三十七"两台劳苦功高的盾构机终于探出头来，胜利会师于二十一号井。海鸥岛上爆发出一阵阵欢呼声，抑制不住的兴奋写在每个人脸上。

四 预应力

一只盛满水的大木桶，稳稳立着，靠的是外层紧扎的那上下两道铁箍。当然了，铁箍道数越多、间隔越密，桶就越结实、越能耐。同样，若能给混凝土管道多加几道"箍"，它承受水压的能力也会倍增。

隧洞预应力混凝土衬砌技术，其原理就是"箍紧"效应。珠三角工程在地下隧道全线贯通后，标志着"向外"撑持完成。随后开启第二道工序——衬砌施工，即沿着管壁再构筑一层"内胆"，它才是未来的行水通道。倘若能给这层内胆"加箍"，将其牢牢绑扎起来，这条水道将更结实、牢固，经久耐用。

总长三十公里、内径达六点四米、最大输水压力高达一百五十米的大型高压输水盾构隧洞衬砌采用预应力技术，其长度、输水压力及规模，在国内外均无先例。也就是说，这是一项新的世界纪录。

预应力混凝土衬砌施工，是完成掘进贯通、进入第二阶段后，建设者遭遇挑战最大、面对困难和失败最多的探索实践。

严振瑞曾向我透露一个"秘密"：正式宣布珠三角工程开工那天，仪式结束后，水利部一位领导特意将徐叶琴董事长拉到一边，郑重提醒，压力隧洞预应力衬砌技术，在国内类似水利工程的运用曾出现不少问题，特别是"隧洞衬砌顶部混凝土极易浇筑不满，产生空腔，预应力张拉时将导致衬砌开裂，后果非常致命"。这位领导反复叮嘱："你们要慎之又慎。"

是选择放弃，还是继续坚持？经过严密的论证后，珠三角工程决定接受挑战，并对施工各环节提出了更加严格的要求。

自首仓开工那天起，作为工程总设计师，严振瑞就密切关注点滴动态，他太需要一次振奋士气的成功了。

一天又一天过去了，一周又一周过去了，一个月都过去了……传来的全是失败的消息。

终于，在四十天后，他等来了首仓浇筑成功的消息，同时，也等来了业主方珠三角供水公司上级粤海集团的高管"登门拜访"。

近期，关于首仓预应力衬砌浇筑月余，因钢绞线穿索不合格，全盘拆除返工的消息传遍工程全线，当然也传到了粤海集团高层的耳里。

那天，严振瑞正在办公室里处理手头材料，刚翻开没几页，忽然有人敲门。

抬头一看，两位"高人"几乎将门框塞满。其时，徐叶琴任粤海集团总经理助理，另一位名叫徐世梅，是粤海集团工程部总经理。

还未坐稳，徐叶琴就直截了当地说："老严，你那预应力衬砌技术到底行不行啊？有没有替代方案？"

这哪是交流，分明是"逼宫"的意思嘛。

以上是二〇二二年的事，一年后，我与严振瑞交谈时，他还提起这件事，可见印象之深。那会儿，徐叶琴虽暂时调离珠三角工程，实际上他的心思一刻也没有离开这项倾注了大量心血的引水工程，被同事笑称，珠三角工程才是他的"亲生子"。

严振瑞，一九九〇年毕业于清华大学水利水电工程建筑专业，从事水利水电工程勘测设计工作三十余年。作为珠三角工程的总设计师，从酝酿期开始就参与其中，进入实施阶段，更是全身心投入其中。

那天，"两徐"到访，当然事出有因。预应力衬砌浇筑试验仓，竟耗时四十多天，如按照这个进度，莫说二〇二三年底通水目标落空，即便再给你一年半载，也都实现不了。火烧眉毛，十万火急啊！

严振瑞又何尝不清楚前线战况，他又何尝不是心急如焚。眼下，正在思考如何提速破局之策，他沉思片刻，音调不高，却字字清晰："预应力衬砌的设计方案及相关的参数和工艺都已经过一比一模型试验验证，证明是可行的，而且也没有替代方案，只能向前，不能后退，且退无可退！"他进一步分析利弊，表达了坚定的决心和必胜信念。

"超深埋""超长距离""超高压力"叠加"超大口径"，在"世界之最"面前，岂敢戏言？

严振瑞进一步阐释，一旦我们今天放弃，将来他人重拾此类项目，各项试验、论证、研究又得重新来一遍，那将是巨大的浪费。而且，这种临阵退缩，不符合国家对大湾区"先行先试"的期许，不仅没能创下"范例"，在业内也必将成为一件耻辱性的"反例"。

作为曾经并肩作战的"东改"老战友，徐叶琴熟知老严的行事风格和脾性。响鼓不用重敲，还能说什么呢？于是，三位"老水利"平静地坐下来，开始了复盘推演，将可能的情况做了仔仔细细的拆解和分析。

为何一百一十三公里长的输水线路，会选择内衬钢管和预应力衬砌两种不同模式呢？

严振瑞解释，这是技术经济综合考虑的结果。输水线路自高新沙水库之后就变成了单线，内径很大，达到了六点四米，若采用内衬钢管，运输及安装都非常困难。沿途每三公里就得设一个钢管制作厂，这在寸土寸金的珠三角并不现实。此外，经济考虑：三十公里长隧洞采用预应力衬砌，可节省投资十多亿元。

预应力衬砌，钢绞线张拉锚固环节至为关键。如此设计，是考虑到钢筋混凝土结构在极大的水压力作用下，会超出其承受力而裂开，因此，必须预先施以一道道"腰箍"绑扎。钢绞线被预埋在混凝土结构内，待混凝土达到强度后再发力收紧，从而大幅增加管壁受力能力，确保管线输水安全。

锚索张拉技术要求严格。根据设计，每仓段的钢绞线束依序编号，分序分级均匀张拉，张拉时，用力过猛或力道不足均达不到设计要求。

严振瑞介绍说，虽然预应力技术在国内外都有实践，但世界上还没有这么高压力的大直径长距离输水盾构隧洞的案例。为了验证设计的各项参数是否经得起实际考验，他们设计了一比一，几乎一模一样的试验模型。

为了保证衬砌混凝土的浇筑质量，在衬砌混凝土浇筑时，在隧洞顶部安置了一条感应监测装置，只有当混凝土全部填充、触及隧洞顶部时，感应灯才会亮起。除此之外，衬砌浇筑结束后，还需进行质量检测，一旦发现空腔，就会在预应力张拉前进行回填灌浆，以确保填充体严丝合缝。

预应力衬砌浇筑试验第一仓，至关重要。

二〇二二年四月十二日。狮子洋下隧洞内。钢筋定位支架已安装，首仓试验性浇筑起步，大考开始，全称是：预应力混凝土衬砌首仓原位工艺试验。

一声令下，早已摩拳擦掌的工人们从仓口两端同时施工，相向推进。他们以为，相向而行会更有效率。可实际上，由于地下空间局限，物料输送不畅，原本计划流水作业的工人们相互挤碰、牵扯，反而影响了进度。

预应力穿索施工是一项粗中见细、大巧若拙的独特工法。看似简单地在钢筋笼内穿绕两层钢绞线，可一旦实施，问题立刻暴露无遗。

预应力施工，对材料、工序、拉伸强度、浇注工艺等都提出高难要求。任何环节出现问题，都会导致顶部空腔、渗水、管壁开裂等不可控局面。

在牵拉钢绞线时，习惯"毛手毛脚"的工人们，只管用蛮力拖拽，没有考虑到钢绞线的特殊结构：外层套有塑性胶皮，胶皮与钢绞线之间还紧紧包裹了一层润滑油，为的是方便水泥凝固后进行多次牵拉定型。否则，钢绞线同混凝土粘接成一体，抽拉就不可能实施。工人们习惯于普通工法，加上钢筋笼结构采用的是螺纹钢，此外，现场还有各种棱角尖锐的建材，抽拉稍有不慎，外软内硬的钢绞线立刻"皮开肉绽"。

珠三角工程总工陆岸典进来检查试验仓进展，一看此状，当即叫停："完全不可以！一旦钢绞线破损，油脂流失，会导致润滑性丧失，混凝土凝结后，将无法抽拉。此外，还会导致润滑油慢性渗透，有害物质最终会混入水体。因此，这种施工方法错误，质量不合格。"

咋办？能否补救？

没得商量，必须推倒重来。

实验仓共耗费了一百八十四根钢绞线，经检查，基本都有破皮漏液现象，必须全部拆除更换，整仓报废。

这样一来，折腾了一个多月。经过一系列工艺改良，钢绞线破损及定位偏差问题得到了解决。

失败是成功之母。二〇二二年五月二十三日三时二十五分，经过整整十二小时的浇筑，珠三角工程土建施工B3标首仓无黏结预应力混凝土内衬顺利浇筑完成。经验收，质量合格。

实现提前半年通水的目标，必须在关键环节进行突破。为此，"两徐"曾专门到预应力浇筑首仓现场调研。当看到竟耗时四十来天时，他们"傻眼了"。于是，开头"二徐"登门也就在情理之中了。

工期火烧眉毛，不容任何迟疑拖沓，慢功夫出细活在这里行不通。

关键时刻，徐叶琴主持召开了一次至关重要又意义深远的会议。不仅全部施工单位参会，承建大部分预应力施工的广东水电二局股份有限公司董事长、总经理等高层均悉数到现场，大家一起出主意、想办法，共同改进施工方案。在这次会议上，重点对钢膜台车、端头模封堵、物料输送等提出了一揽子解决方案。

在严振瑞、陆岸典等的谋划下，经过科学分析，采取细分工序，实施流程再造。先是将预应力工序划分成备仓、浇筑、牵拉、复查四个阶段，然后将先前交叉重叠、杂乱无章的施工分解为二十二道工序，工人们随即按工序进行分组，每人只做熟悉的工序。

再次放料施工时，形成了流水线作业，每一仓段的预应力衬砌浇筑，像一架行云流水的钢琴在弹奏一支协奏曲。工序合理了，加上工程机械的合理使用，生产效率大幅提升。制作速度由一群人敲敲打打一个月一仓，提升到四天一仓，到了后期，最快时两天可完成一仓。

简直是神速！

经过艰难的探索试验，预应力施工工法创新在珠三角工程宣告成功。"二徐"脸上露出了难得的笑意，严振瑞、陆岸典等人也长长地舒了一口大气。

科学统筹，集众人智慧，一整套成熟的技术，在长达三十公里、全球最大预应力施工现场全面推广运用，珠三角工程进入一个新阶段。

五 小珠

珠三角有个"姑娘"叫小珠，她声音甜美又可爱。

"小珠，今天工地上有多少人？""小珠，C1标项目经理在什么位置？"指令话音刚落，小珠就用清脆悦耳的女声报出，

"今天工地有七千三百二十一人","C1标项目经理现在在盾构二十二号工作井工区"。

小珠是珠三角工程智能语音机器人,上述对话场景是工程调度监控中心的日常。

"打造新时代生态智慧水利工程"是珠三角工程自"孕育"之初便确立的一个宏伟目标。经过四年探索,时至今日,智慧水利建设披荆斩棘,大步迈进,取得亮眼成绩,早已成为水利部和广东省的示范和标杆。追忆这几年的智慧工程建设历程,其中的艰辛却是一言难尽。

二〇一七年十月,珠三角供水公司成立。彼时,生态和智慧是两个热词。结合工程定位,"生态+智慧"成为珠三角工程的建设目标。"生态"两字好理解,"智慧",就比较模糊了。"智慧工程",究竟是个什么,需要创新实践来作答。

随后的两年中,公司团队开始了漫长的探索之路。北京、上海、武汉、郑州、西安……华夏大地许多地方都留下了他们探寻的身影。

二〇一九年一月的北京,街道上的行人都裹着厚厚的羽绒服,对比华南海滨地区,着实寒冷。杜灿阳、曾庚运,还有水规总院负责机电及信息化的一位专家,一行三人,来到智慧工程领域知名的某高科技公司调研,那里有一套该公司"自建、自管、自用"的智慧系统。眼前的发现,令人耳目一新:从工程设计、施工、安全与质量管控,以及支付结算等全流程智慧管控,工程竣工之日,同步实现工程结算。

"了不起的实践!"杜灿阳伸出了大拇指。原本仅安排一个上午的时间，随着讨论逐渐深入，中午继续边吃盒饭边讨论，大家的思路似乎被豁然打开了。虽然这家公司有其在设计以及概算方面的良好基础，实践过程依然非常艰难，更是投入了大量的管理力量去完善流程，最终成为行业示范。这套东西能否在珠三角工程复制呢？这是摆在总经理杜灿阳和设计副总工曾庚运面前的一道难题。

同年三月，带着智慧系统"要做成什么样式""有什么用"的疑惑，杜灿阳和曾庚运再赴北京，此行专程拜访该领域的一位院士。经过对珠三角地下工程特点的分析，院士点拨他们：开发智慧系统重在"落地"，设计很关键，重点应放在安全、质量、进度、成本和廉洁这"五大控制"上。

醍醐灌顶！

一系列调研考察归来，再与广东省水电设计院信息化分院多次碰撞讨论，二〇一九年五月二十日，杜灿阳组织了一次座谈会，三十多个中层及骨干人员参加。现场讨论热烈，结合公司日常使用OA的体会，众人总结出未来智慧工程需具备的两大特质，即"实用+好用"。而对于未来的智慧化发展，曾庚运更是提出了AI机器人伴侣的展望，认为未来将向人工智能方向发展，根据工程控制和管理工作的分类，宜将智慧机器人伴侣分为四个方面，即调度伴侣DM、控制伴侣CM、巡查伴侣IM、维修伴侣MM。文前的"小珠"即属于调度伴侣。这次座谈，为珠三角智慧工程建设明确了思路和方向，下一步就是甩开膀子大干一场了。

珠三角工程线路总长一百一十三公里，输水管道总长一百五十余公里。漫长的战线上共有三十七个工作井，十六家中标施工单位摆开战阵，成千上万名建设者夜以继日地在各工位上挥汗如雨……千头万绪，如何将施工过程中的"人、机、料、法、环"等要素归置到同一张"大网"上，需要有删繁就简、百变其身的超能本领。

二〇一九年，国内水利工程智慧化建设开始全面发力，要知道在此之前，智慧化系统在水利工程的大规模运用几乎是零。有了前期广泛调研的基础，在珠三角工程开工大会结束后，团队反复酝酿，开始招兵买马，决定从简单的模块开始做起。经过两个多月的挑灯奋战，PMIS这个初步具备"四控两管一协调"功能的崭新平台横空出世，招标、设计、建设、监理、品牌供应商等被一"网"打尽，招投标管理、合同管理、施工管理等功能相继上线。

一天，杜灿阳坐在电脑前，紧盯着屏幕上那个旋转的圆圈。他要看看，到底需要多久才能看到鲤鱼洲泵站的三维BIM模型。足足十分钟！终于完整显示出来了。"说实在的，确实很直观，泵站建筑物内外的结构与布局一览无余，比在图纸上看，要清晰、立体、翔实得多。"他不禁感叹，"这确实是个好东西，如果各类项目都能在这个三维BIM模型的基础上来一起讨论、研究，那岂不是既便捷又直观？还能弥补认知误差。"

想到此，他拿起电话，打给远在数千里之外的专家。

"你好呀，我看到了工程三维建模，非常不错，唯一的缺陷，就是显示太慢，能否提速像浏览网页一样呢？可否先显示框架，需要放大细节的时候，再加载新的内容呢……"

连续几天，杜灿阳和北京、上海等地的软件开发与BIM人员不断碰撞、讨论。疫情期间，大家通过远程连线，从使用体验的角度进行探讨研究。经过技术人员的改造和调整，那些原先需要使用专用软件打开的庞大三维模型，终于可以像浏览网页一样在珠三角工程的智慧系统中调用了。

你端坐珠三角监控中心，可以通过大屏随时浏览全线一千多路视频摄像头，所有工区均配置了一双双"眼睛"，它们默默地守护着工人们的安全！刚开始时，调用起来非常慢，这么多摄像头，谁能看得过来呢？如何让这些"眼睛"及时发挥作用？这是摆在杜灿阳面前的又一个大难题。

能线上解决的尽量不用线下，这是杜灿阳的观点。此刻，他又拨通了腾讯云副总裁万超的电话。

"万总好，请你喝茶，我这里刚从老家带来的好茶叶。"

"无事不登三宝殿，你肯定是有什么事。"

"不绕了，摄像头调用太慢了，智能安全帽的识别也老犯糊涂，误报较多呀。"

"我们有大量的人员识别算法场景，看是否可以借鉴一下。"

腾讯的动作很快，立即汇聚了全国各地二十多位技术人员参与应用攻关，从操作界面到可视化配置，从AI视频抓拍到值班人员可随机选择摄像头抓拍，从需要后台配置录像到前端值班人员自主选择设定录制对象及时间……克服疫情影响，研发团队夜以继日工作。一个个应用场景及技术要点纷纷"落地"。功夫不负有心人，那些在常人思维中的静态摄像头，全都成了智慧监控中心延伸至一百一十三公里全线的"千里眼",各种感知抓拍和AI运用成为施工安全的"守护神"。

俗话说,撼山易,改习惯难。

再好的智慧平台,也得有人运用才是。此前,珠三角供水公司员工早已习惯使用粤海集团OA和水务板块OA系统,PMIS出现后,要求大家重新接受一个新系统和全面刷新信息资料。改变运用,着实很难一步到位,两次、三次、四次,多次反复操作后便会闹心甚至恼火。一时间,团队夜以继日加班加点搭建起的新平台,收获的回报竟是"怨声载道"。

推广使用的第一步便卡了壳,身为总经理的杜灿阳也有些坐不住了。他主管智慧建设,团队成员是他点的将,项目也是他负责招的标。多少个日日夜夜,他率领团队从零起步,摸着石头过河,未承想会遇到这般窘境。杜灿阳深知,如果没有这些基础数据,尤其是没有这些流程再造,根本就无法实现过程管控目标,更不可能打通这条业务链条。

怎么办?经过反复思考,杜灿阳向团队宣布:"不如全员直接禁用OA功能!"这等于扔掉大家已经用惯了的拐杖。"好!我支持,就这么干!"关键时刻,他的想法得到了董事长徐叶琴的支持,这位决心彻底扭转国人对水利工程"傻大粗"印象的老水务人,早已下定决心要将珠三角工程做成"国际一流",其中,智慧化建设占有重要位置。

于是,杜灿阳让党群人事部、工程部、机电部、预算部、法务招标部等主要业务部门先行一步,务必克服困难,集中精力一个月内完成数据初始化。随即宣布:试运行一个月,次月起停止所有线下业务，只认线上流程！尤其是申请支付款项，若不走线上流程，不提交相关资料的，一律不得支付！

所有施工单位惊喜地发现，付款流程竟如此清晰：不仅清楚知道当前的审核人以及后续可能的审批节点，还可以提醒相关审核人员及时完成审核。如此一来，大大提升了审批效率。施工方提交申请，当月就可以收到工程款。公开、透明、快捷，此举令参建企业拍手叫好。

珠三角智慧工程建设取得了累累硕果，受到上级领导和国内水利同行一致好评。水利部原副部长魏山忠评价珠三角工程"为水利工程信息化建设提供了成功、可复制、可借鉴的经验"。从当初"仰望星空"确立宏伟目标，到"脚踏实地"取得实际成效，珠三角智慧工程的创造性探索，为新时代国家重大水利工程插上了智慧之翅，并引发"羊群效应"。

——工作效能大幅提高。传统做法难以企及的事项，如今可"一键搞定"。以月度工程款审批为例，采用传统的纸质审批方式走完流程至少需要十五天，采用PMIS线上不减免审批，基本五天审批完成，效率提升百分之六十七。又比如，统计工程完成投资情况，传统方式由施工单位申报，监理审核，管理部审核，最终由行政职能部门审核汇总，至少需要一周时间，而现在可以实时办理，随用随取。

——无纸化审批，探路全国。第三方质量咨询机构曾算过一笔账：从二〇一九年十二月至二〇二三年十月，珠三角工程智慧系统共节省纸张（A4纸）三百四十三万页，重约十七吨，节省纸张费用近六百万元，相当于减少三百余吨碳排放。共节省人工四百多人，节省费用九千七百余万元。以上三项合计逾一点零三亿元。

智慧化管理，是早已选定的方向和目标，而搭建数字平台，仅是一个小目标。如今，PMIS 平台注册活跃用户近两千四百人，日均登录两千三百余人次，迄今已完成工作流审批近三十二万项，通过智慧平台可以足不出户办成与工程有关的任何事项，通过手机与监控中心，可随时查看工程任意工点实时状况。

在徐叶琴、杜灿阳与曾庚运的构想中，未来还将实现更高、更远的大目标：关门运行。如何从技术、管理等各角度全力提升珠三角工程安全运营能力？杜灿阳说："当年东深供水工程的优化调度体现了'人比计算机聪明'，而现在我们要做到'计算机比人更聪明'。"

"小珠"只是珠三角工程建设阶段人工智能应用的一个探索，作为"关门运行"研究主持人的曾庚运，更是将工程系统性地进行本质安全风险分析，并部署相应智能辅助手段。曾经主持过东深供水工程维护及技术管理的杜灿阳更是提出了"三个替代"，即利用智能手段辅助替代运行人员、巡检人员及检修技术管理人员。在未来"数字孪生水利工程"的探索之路上，杜灿阳与曾庚运这两位"先行者"，还会碰撞出更多的智慧火花。

六　水锤

"曾庚运就有这个本事，能迅速读懂你的想法，很快拿出适合你的方案来。"

对一位设计师而言，这可是很高的评价。说这话的不是别人，而是不苟言笑的徐叶琴。

从事水利工程的，大多是工科出身，其中学土木工程的尤其多，真是既"土"又"木"，闷人多。"曾庚运可不一般"，杜灿阳也这么说。

转眼迎来一个重要的节点，珠三角工程最后一个泵站——罗田泵站即将接入永久110kV高压外网电源。当晚我与曾庚运在珠三角"广场会议"上终于正式碰面。短暂交流几句，发现他人很随和，还善于打比方。

我决定次日随他一同去罗田泵站。从广州南沙黄阁水厂到深圳罗田泵站，六十余公里，约一小时车程。这一路上，我们交流了五十来分钟。在一路车流滚滚中，除偶尔发出手机导航提示音，就是听曾庚运"讲故事"。

"知道'水锤'是个什么东西吗？"

"你说说。"

"举个例子，一个空悬的水龙头正哗哗哗放水，你猛然将它拧紧，水管会哒哒一阵响。这就叫水锤，因为水流动时有惯性，一旦急刹，就会冲击水龙头。

"家用的是一根细小的水管，若是一条管径好几米的输水管道，那个冲击力就是排山倒海了。这是任何输水工程设计首先要考虑的一件事。

"因此，我们要为泵站设计一个调压塔。如高新沙泵站，我们就设计了一个高出地面六十多米的又粗又高的大家伙。这可不是水塔，从顶部垂下来好几根溢水管，目的就是给水泵急停被涌高的水路留个发泄口。否则一旦出现水锤效应,巨大的冲击力会毁坏泵站设施。"

抽水泵站的一侧总竖立一根"大烟囱",专业名叫调压塔,其原理和功能,很多人听讲半天都弄不明白,他一下就讲清楚了,果真厉害。

鲤鱼洲岛是整个输水工程的起点。西江水进入引水口后,也会经由泵站"抬高"好几十米,随后,带着压力的水流进入两根巨型输水管,奔腾跑向几十公里之外的高新沙水库。鲤鱼洲泵站也有一个数十米高的圆柱形水塔。请注意,这个大家伙虽然也站在泵站身后,可它不叫调压塔,叫高位水池。原理是西江水经由电泵抽进几十米高的高位水池内,依靠重力作用,"挤"入低处的地下连通管道,以承压的方式推着水体流到高新沙水库。

因此,这里叫高位水池。

尽管鲤鱼洲岛是引水口,"吃"水量全线最大,但配备有八台泵机的鲤鱼洲泵站单台机组功率才九千千瓦,而高新沙泵站因为已经"卸下"部分水量,却配备了六台单台机组功率为一点二万千瓦的泵机。水量小,反而泵机的功率更大,这让不少人困惑。"其实,这是一个最优设计方案问题。"

眼下,鲤鱼洲泵站准备申报省部级科技进步奖。为何未选报高新沙泵站?正是因为考虑到鲤鱼洲泵站的科技含量更高。甚至有人也觉得纳闷,为何舍大取小呢?

什么叫设计科学?最适配、经济、效能最高的设计,就叫设计科学。为了让各种参数"适配",他们"吵"了很久,最终是在"广场会议"上落定。

初步设计阶段时,鲤鱼洲高位水池溢流堰高程为二十二米,八台泵机的出水都要抬到那么高,最终在同徐叶琴"吵"完后,降低了四米。可别小看这四米,对水泵功率的要求随之下降,长期看,这可大量减少能耗。那天,他们在小广场"吵"到深夜,为了求证高度降低的可行性,徐叶琴当场拨通了一位博士的电话,将他从睡梦中叫醒。远在东北,睡眼蒙眬的博士经过测算,认可降低四米高程可以达到更好的效果。水泵设计随之降速更低,从而节省下一大笔建设经费,未来运营节省下的费用更是个"长流水"。

鲤鱼洲渠水泵站机组很先进,因此,特意将这个泵站设计申报奖项。举个例子说,一位运动员既是马拉松冠军,又是百米短跑冠军,这个复合型的双料冠军不是更是难得吗?

一九八六年曾庚运毕业于华中科技大学电力系水动专业。一九六六年出生的他,聊起同徐叶琴的合作交往,他说,这里面"故事"可多了。

"我先说说第一次合作,那是九十年代的事了。

"故事有些遥远,但似乎又近在眼前,一切都是因那条著名的东深供水工程而起。严格说,这批人都是'东改'的参与者,也是荣誉的共同缔造者。"

曾庚运说的同徐叶琴第一次合作,是比"东改"更早一些的二十世纪九十年代。当时,为了改善供港引水水质,避免二次污染,曾将引水口向上游移位,这便是太园泵站的建设。

当时,徐叶琴和曾庚运都还是普通技术干部。一次,徐叶琴问曾庚运，你跑过世界很多地方，见多识广，能否推荐最新的技术呢？曾庚运说，正好我接触到一项国外先进的机电"微机保护装置"，看似一个很小的"盒子"，利用微机做成的保护装置。而当时国内采用的是电容、电感、继电器等组装的笨重设备，一个大箱子搁在那里，既不美观也显粗糙。这是曾庚运在欧洲一家著名公司验收机电设备时的一个新发现。当时就默记在心，为何我们不采用他们的精密设备呢？

"东西肯定好，就看你敢不敢采用。"他故意来个激将法。

"只要你能做技术保证，为什么不用呢？"徐叶琴反问。

于是，在徐叶琴的极力争取下，太园泵站在国内首次采用了小巧精密的"微机保护装置"。徐叶琴做事果断，敢于下决心、扛担子，给曾庚运留下了深刻印象。

双方一拍即合，从此开始，东深供水工程的建设项目均采用这一先进技术设备。有了太园泵站开先河，全国的水利行业也广泛应用。现如今，这一技术早已被我国掌握，产品也已实现了国产替代，高价进口货被挤出了国门，不见了踪影。

"这个不起眼的小玩意儿，一会儿我到罗田泵站指给你看。"曾庚运说，这套继电保护系统的采用，徐叶琴是国内第一个吃螃蟹的人。回头一看，那是花钱买不到的东西，引进来，太值得了。

在罗田泵站变电站内三楼的机房内，曾庚运指着一个薄而巧的仪器说，这就是那个微机继电保护装置。我一看生产厂家，原来是南京一家企业。

这次合作之后，徐叶琴说，还是曾庚运有办法。而曾庚运也逢人便说，徐叶琴这家伙有魄力……

第一个故事讲完了，接着讲第二个故事。

时间到了二〇〇〇年，"东改"正式启动，徐叶琴已担任"东改"副总指挥，有了更多的想法和更强的决策力。这天，两人又凑在一起"碰撞"。

"你要敢于发挥想象，采用更多的新技术。"

"你又想干什么？要拿世界冠军？"

"还真是这么想，我们搞个世界一流工程怎么样？"

"嗨，搞个啥嘛，尽在家瞎想，你知道什么才是世界第一流呢？"

"那我们去看看嘛，到全世界最发达的输水工程看看就知道了。"

"那可以，那可以！"

因为曾庚运跑的地方多，他按照徐叶琴的设想，拉了一个清单，几乎将世界上所有的大型输水工程一网打尽。组成一个专家组跑了趟发达国家的著名输水工程，整整二十五天。

回国后，徐叶琴说："我们也可以搞！"

于是，"东改"四期响亮提出：向世界一流技术看齐，做成经典工程。随着东改工程竣工，一河清流安然入港。东深供水工程，像一条命运脐带，将香港同祖国紧紧维系在一起。

东改工程供水流量大，渠道蓄水容量有限，四级泵站之间没有水库调节，属于"刚性"连接，这在当时大型调水工程中无先例可循。随着一系列新技术的大胆运用，东改工程克服重重难题，最终不负众望，创下四项"世界之最"。

二〇二一年，中宣部授予东深供水建设者群体"时代楷模"称号，徐叶琴和严振瑞作为这个群体的代表，昂首挺胸登台领奖。

得益于"东改"工程，成就了一大批头顶"时代楷模"群体的骨干力量，他们是如今珠三角工程的顶梁柱。经不完全统计，现在珠三角供水公司，包括高层和中层骨干，有十多位均来自这一群体。他们包括公司党委书记、董事长徐叶琴，党委副书记、董事、总经理杜灿阳，党委委员、副总经理、工会主席王辉，以及总工兼工程部总经理陆岸典，还有重要部门和几大项目管理部的总经理，如张兆波、常海军、乐育生、陈克振、黄汉泉，主导设计的，如严振瑞、曾庚运等。再放大一点，现任粤海集团副总谭奇峰，以及曾担任珠三角公司副总、现调任粤西引水工程副总的李崇智、李代茂，他们都曾在东深供水长期供职。

诚然，"时代楷模"荣誉属于更多人，是自二十世纪六十年代开始，半个多世纪几代人前赴后继共同努力的结果，包括早期建设者，以及随后的"三扩建一改造"的建设者们。

七　三个"留给"

周二下午，珠三角公司借住的南沙黄阁水厂大院十分安静。办公室空无一人，大会议室却坐得满满当当。

二楼右侧最远端那间办公室，门总是开着。徐叶琴正靠在椅子上，双目微闭，疲态写在脸上。忙碌了一天，显然此时不是交谈的好时间。平日难得抓到他，只能如此了。

见有人进来，他抖擞一下精神，示意落座。话题从眼下说起，他说，现在员工队伍有些思想不稳——想必，他还沉浸在刚结束的会议中。现在是施工阶段，干得热火朝天，但很快这些景象就会消失。明年进入运营期，这二百多号人将会奔赴不同岗位。

"他们傻得很，眼光放得不远。"他嘀咕出这么一句。讲个例子给你听：二十年前在东深供水公司时，他曾当着四百名员工的面夸下海口说，公司会做大，人人都有机会，将来在座的个个都是董事长、总经理。话音未落，台下一片哄笑，徐董事长真幽默，这个饼画得有点大。后来呢？头顶光环的东深人，不断向供水领域扩张版图。今天，在十八个省份，先后成立了一百多家公司，东江供水队伍中，神话般诞生了三百多位董事长、总经理。

眼下，他提出将珠三角工程做成"世界一流"，能否实现，有待时间验证。在徐叶琴的视野里，即便工程建好了，公司未来发展依然不可限量。此外，粤西、粤东等地的大型水利工程正在如火如荼开展，珠三角公司的人才正炙手可热，"现在的年轻人比较着急……"

工程渐入尾声，看来，他对目前这支队伍的未来已有了新的谋划，而他自己也将面临一年后的退休。

话题转到珠三角工程"三个留给"的"出典"上。这是他沉淀多年，并引以为豪的精彩一笔，他将提法归功于粤海集团与珠三角公司班子共同研议的结果。"三个留给"即"把方便留给他人，把资源留给后代，把困难留给自己"。这一理念得到了水利部、广东省主要领导的高度肯定，认为这是国有龙头企业站位高、格局大的体现。

做企业必先"做"文化，这是徐叶琴的过人之处。在东深供水时，就曾提炼出"生命水、政治水、经济水"的企业核心价值观，又以"生命至上，安全发展"为理念，"粤海水务"品牌受到市场的广泛青睐。曾有一家在竞争中落败的企业专程请教，当了解粤海水务企业文化后，发出由衷感叹，你们有如此先进的企业文化，想不中标都难。

进入"珠三角时间"后，"三个留给"被响亮喊出，且贯彻于工程各阶段。如将工程设计成"地下走"，难度放大了十倍，但大幅节约了沿线地表资源和浅层地下空间资源，永久征地仅两千六百余亩，相较于"地上走"节约土地近两万亩，九成土地资源完整保留。

另有一个鲜活例子，在珠三角公司传播。

二〇一八年夏天的一个周日，徐叶琴喊上两位同事，驾车来到位于深圳西北角的罗田水库。这里，是珠三角工程主干线最后一处泵站。尽管在深圳工作生活多年，前往远离闹市的郊野公园，还是第一次。

进入林区，呈现在眼前的是一派林深谷幽的原生态景观，让人心旷神怡。他让司机停下车徒步向前。眼见不少市民在林间小道悠闲骑行，有少年儿童在四处奔跑嬉闹，还有情侣在牵手漫步……按照设计，未来罗田水库边将建设一座泵站，通往库区的道路将被拓宽一倍以上，需要砍伐的树木数以千计，各种配套设施也要占用大块绿地。

出身农村，对土地和林木有着别样的感情，徐叶琴抚摸着光洁的树干，用手不时丈量树径，小则碗口粗，大的要两手合抱。多好的风景树啊，真是不可多得的一方世外桃源，到哪里找这么山清水秀的地方？

这些树木将被砍伐，大片植被将不复存在……他陷入了沉思，某种意义上是一种自责。他问身边的同事，可不可以另辟蹊径呢？譬如说，通过架设桥梁、开凿隧道，回避对原生地貌开膛破肚，将这些树木原地保留下来？

"徐董真是太有想象力了，那得花多少银子？况且规划都做完报备了，就待开工实施。""不行！得重新考虑设计方案。"徐叶琴这一决定让包括总设计师严振瑞在内的多位人士脑袋嗡的一声，这个"脑筋急转弯"也太夸张了，设计推倒重来谈何容易，而且建设成本会激增，还涉及项目报建等诸多麻烦事。"别忘了我们是'生态工程'，不是说把资源留给后代，把困难留给自己吗？"他这么一说，众人便不再多言。

现在呈现在世人面前的是"三桥一隧"，一条穿山隧洞，外加三条色彩明艳的拱桥，犹如彩虹卧波，已成为网红打卡点。按徐叶琴的说法，"还显美中不足，造型风格应该同环境更协调才是"。

"增加投资多少？"

"四千多万吧。"

我说，这是不是过于奢侈了？他大手一摆："省下大块土地，将森林资源完整留下，成百上千棵树不用动了，生态价值哪能用钱来衡量？"他进而道，"三个留给"绝不是口号，而是句句要兑现。实际上，罗田水库原本地域狭窄，在设计时，根据少占林地的原则，已经将调压塔同泵站分离，巧妙"隐藏"在高处山体内。施工阶段项目管理部等附属办公空间，也全部舍近求远，设在十多公里之外，为的是"不多占一寸土地"。

"一项国家重点工程，本可名正言顺征用土地，但非到万不得已，我们绝不侵占绿色资源和宝贵土地，否则会良心难安，吃不好，也睡不好。"徐叶琴又一次重复那句"三个留给"，罗田泵站的设计和建设我们做到了，高新沙枢纽泵站、鲤鱼洲泵站也都做到了。我们选择佛山顺德一座江心岛做引水口，建设难度和成本比在江边开口引水是几何级数的增加，但我们完全做到了不扰民、不费地，岛上的一大片原始森林也完整保留下来，这就是"三个留给"的具体实践。

珠三角工程建成后，不仅可解决广州、深圳、东莞生活生产缺水问题，还可为香港、广州番禺、佛山顺德等地提供应急备用水源，进而为粤港澳大湾区发展提供战略支撑。

在徐叶琴的构想中，未来，横跨大湾区四大超级都市的珠三角输水沿线，每一口保留的工作井都要成为令人驻足瞩望的一帧风景，每一座泵站都要成为景色优美的水情教育基地，成为向市民敞开门扉的生态公园。

眼下，珠三角人心目中的美好图景已触手可及。

（此文为精编节选版，全书已由花城出版社出版）

安徽造

洪放 张扬 胡作法

世界级盛会

二〇一八年,安徽省会合肥。与往年有些不同,自劳动节开始,雨就在这个城市的上空盘旋,下下停停的节奏,几乎贯穿了整个五月。五月二十五日,仍是大雨,合肥滨湖国际会展中心人头攒动。这一天,首届世界制造业大会在此启幕,这场主题为"创新驱动 制造引领 拥抱世界新工业革命"的国际性大会,让全球最前沿的智能制造技术和全球领军的制造企业风云际会,也让政商学研各界的头头脑脑聚在一起。

风雨下江淮,风雨贵人来。南方人有"下雨为生财"的说法,在久负盛名的徽派建筑中,就有"四水归堂"的独特构造,视天上雨水如四方之财,让承接到的雨水汇向一处。

二〇一八年,中国改革开放四十周年。大概没有多少人会想到,这样一场世界顶级的制造业大会,会在这一年花落安徽。在世人的印象中,安徽是农业大省,长期以来不温不火,遭受自然灾害尤其是水患较多,每年外出务工大军如大雁呈季节性流动,散布于北上广的"安徽保姆"一度是热议的话题。将安徽与制造业强省、世界制造业大会联系在一起，鲜有人会想到。

"会议经济"所带来的效应，最直接的体现，就是车站、机场以及酒店比平时更繁忙了一些。名为世界制造业大会的这一国际性大平台，自此永久地落户在安徽，一年一度，每一度都有新的话题。生活在这个中部省份的人们，突然多了一份高大上的谈资，就连心气似乎一夜之间也被拔高了。

办了这样大会的安徽，巨大的实惠接二连三。安徽二〇一九年进出口总额接近七百亿美元，累计八十八家世界五百强企业来皖投资。从二〇二〇年五月八日起的半年时间里，二十三家世界五百强、六十多家中国五百强（含民营企业五百强）等企业巨舰的近百位董事长、主席、总裁、总经理争相来皖，伴随的是一个又一个项目落地、生根。

曾几何时，"美好安徽，迎客天下"，被用来作为安徽的旅游形象推广语，如今因为世界制造业大会的效应，"黄山松迎客，客从天下来"这十个字似乎也可适用于这一世界级盛会或者说安徽制造业。甚至，还可以将它改为这样的表述：美好安徽，制造天下。

一场大会，为何让世界为之侧目？就像媒体所惊呼的，为什么是安徽？

一切自有答案。

蔚来，未来

身为蔚来汽车董事长、CEO，李斌有一段时间特别焦灼，失眠在所难免。没有人知道他的内心究竟承受了多大的压力。

针对外界纠缠不休的"代工"与产品质量保障问题，他三番五次出面解释，但仍然未能彻底消解疑问。有一次，面对看起来不打破砂锅不肯罢休的媒体，李斌露出了无奈的神情。他打趣道：再问这个问题，我就要哭了。

二〇一六年四月，成立仅一年半的蔚来，在尚未获得生产资质的情况下，与江淮汽车签署了《制造合作框架协议》，合作生产高端新能源汽车。具体而言，就是江汽出资，按照蔚来要求建厂、生产，蔚来则参与管理与运营。

外界疑云丛生，种种说法不胫而走。江汽不过是蔚来的代工厂，蔚来实质上与江汽没有半毛钱关系；找江汽代工掉价，诸如此类。

甚嚣尘上的不过是口舌之争。回归到这场"联姻"本身，着实让人捏了一把汗。新建一个江淮蔚来先进制造基地，仅投入就高达数十亿元。蔚来 ES8 是纯电动、全铝车身的新事物，补贴前每辆售价高达四十万至五十万元，让这样一款中高端 SUV 车进行批量生产，且要质量稳定，让产能顺利爬坡，单靠大手笔购买世界最先进的生产设备远远不够，相关供应链、团队管理的复杂性可能远超预期。这对工厂的制造能力以及双方的合作都提出了很大挑战。需造出高端新能源汽车，并不是件容易的事，李斌自然心知肚明。

面对杂音，江汽人倒是异常笃定。"外界有很多声音很正常，但我们一直没有迷失方向。"时任江汽集团董事长安进有着独到的眼光，在他看来，与蔚来的合作中，虽然江汽更多的是作为一个生产制造的承担者，但这恰恰是江汽集团自身实力的明证。

合肥市宿松路9766号，这片占地约八百三十九点六亩的土地，二〇一六年十月二十三日打下第一根桩，将新的生机和气息植入泥土中。江淮蔚来先进制造基地，即业界所称的江淮蔚来工厂，就这样进入了公众视野。

厂长牛斌，朴实而敦厚，目光炯炯有神，快言快语的他，一眼看上去就是个有故事的人。建厂之初，牛斌受命领着六七个人组建运营团队。开局之战，就是要尽快拿出样车。要让计划的二十辆样车顺利生产、下线，非动动嘴跑跑腿即可，关键还是靠技术，靠真刀真枪。这个时候，江淮汽车积攒的家底和实力就显示出来了。经过十余年迭代研发，江淮汽车在新能源方面已经系统地掌握了电动汽车的系列关键技术，有的技术在国内属于率先突破，达到具有国际先进水平的产品开发能力。不仅如此，江淮汽车拥有自动化程度最高的全铝生产线，自主打造了世界轻卡行业首个智能制造平台，质量管理体系与人才队伍均是可圈可点，这也是蔚来之所以青睐江淮汽车的谜底所在。

俗话说，不蒸馒头争口气。牛斌和他的团队几乎不分白天黑夜，咬牙啃下了第一块硬骨头。

二〇一七年五月十三日，第一辆ES8试制车正式下线。接下来的事情，却一波三折。市场给予蔚来的，并非一个热烈的拥抱，反而是冷眼旁观，市场反应不是十分热烈，蔚来遭遇了生死考验。二〇一九年，车辆自燃、高管离职以及蔚来股价暴跌等诸多负面事件让蔚来雪上加霜。成为风暴眼的蔚来，走到了悬崖边上,以致外界将李斌列为"2019年最惨的人"。

一根稻草可以压垮一只骆驼,同样,一缕阳光可以照亮一片天地。合肥市政府这时伸出了"橄榄枝"。

二〇二〇年二月二十五日,蔚来与合肥市签署合作框架协议。按照协议,蔚来中国总部项目将落户合肥。两个月后,即四月二十九日,蔚来中国总部落户合肥项目协议正式签署,合肥市建设投资控股(集团)股份有限公司携国投招商投资管理有限公司、安徽省高新技术产业投资有限公司等,向蔚来中国实体投资70亿元。这是蔚来继IPO(首次公开募股)以来最大的一笔融资。或因感动于地方政府的雪中送炭,当天李斌就此发出一条微博,表达对合肥乃至安徽的感谢。

有人将合肥对蔚来的重视视为"下赌注",戏称合肥"赌性"不改——早年勒紧裤腰带,"押宝"中国科技大学,为跻身全国四大科教城市赚得一大砝码。当然,五十年前,能够做到"每人每天省下一口粮,一定要让科大师生吃饱",与科大结下"倾城之恋",背后靠的是全省之力,近年"押宝"长鑫存储、京东方等,在科技创新与制造业发展上频频"押注",同样依赖于全省的谋篇布局。

蔚来挺了过来,在产品与服务上进行了升级,终于守得云开日出。在江淮蔚来先进制造基地的焊装车间,三千多个机器人来回翻舞,通过先进的铝车身链接工艺,将一块块铝板材拼焊成车身。在涂装车间,全自动的智能机器人将一辆辆白车喷绘完成,穿上新装。在智能化装配车间,工人利用大数据互联网技术,从车身到底盘,从座椅到方向盘,从外漆到内饰,每一个环节、每一个步骤，都传递着高科技、现代化的工业制造气息。身着江淮红工作服的年轻员工紧盯着流水线上传送来的即将成型的半成品，敏捷地操作着他们所辖的工序。他们的目光专注、笃定，青春的面庞上洋溢着自信的笑容。

二〇二〇年十月二十九日，江淮蔚来先进制造基地的二号总装车间，一辆蓝色的SUV在完成最后的检查工序后，缓缓驶向调试车间。从生产流水线下来的这辆车不再像传统的成车一样，先入库，然后被随机调度进行销售。江淮蔚来所造的车，在成形前就已"名花有主"。订单生产模式进入新能源汽车领域后，车尚未造出来，但它已经卖出去了，而且车主在内饰、色彩、个别部件设计等方面的个性化需求，均可在N10APP上向厂方在线提出。

且说二十九日当天刚"出生"的这辆蔚来ES8，是当年十月江淮蔚来先进制造基地的第五千辆下线车，也是中国第一次有高端汽车品牌月产达到五千辆。作为目前国内最高端的自主品牌新能源汽车，江淮蔚来工厂平均每小时有四十辆车下线，这款蔚来ES8青春而骄傲，演绎了万物互联时代的诸多传奇，它的百公里加速时间只要四点九秒，最高时速二百公里，最大续航里程五百八十公里，秒杀全世界众多电动汽车。

二〇二〇年十一、十二月，江淮蔚来月产量持续突破五千辆；二〇二一年一月，单月产量已突破七千辆。牛斌信心很足，认为不久的将来，每个月的产量将达到一万辆。

二〇二一年四月七日，江淮蔚来先进制造基地第十万辆整车下线。十万辆汽车下线，特斯拉用了十三年，江淮蔚来先进制造基地只用三年就实现了这一目标。特斯拉 CEO 马斯克通过个人微博祝贺:"恭喜蔚来,这是一个艰难的里程碑。"不无喜悦之情的李斌及时作了回应。他还对外界表示:"我们一起用三年多的时间证明给所有人看,我们不是骗子。"对于江汽的信任,"我们蔚来会记一辈子"。

江淮蔚来的运营团队已达两千多人。按照现有的每辆平均售价三十万元计算,江淮蔚来每天销量平均四百辆,一天的销售额至少有一点七亿元。对于普通企业而言,就是一年的产值也难望其项背。

对于江淮蔚来的未来,牛斌说,他们还在布更大的局。

二〇二一年二月四日,立春次日,正是合肥过小年的当天,蔚来与合肥市政府签署了深化合作的框架协议,双方商定共同规划建设新桥智能电动汽车产业园区,打造具备完整产业链的世界级智能电动汽车产业集群。

从地方而言,下注蔚来的筹码可谓继续加大。如今,蔚来市值已达五百多亿美元,市值超通用、宝马,成为全球排名前五汽车厂商。

牛斌一直有个"心愿":想把亲历的江淮蔚来故事写成一本书,更希望有作家来写这本很可能是畅销的书。江淮蔚来只是江汽厚重的"系列丛书"之一。回眸五十七年前的江汽,那时它还只是一个简陋的汽车配件厂,如今已是一家大型综合型汽车企业集团,成为中国汽车制造自主品牌的先行者。仅技术专利这一块,截至二〇二〇年十月,江汽集团累计拥有授权专利一万四千九百四十件,成为国内首家专利过万的车企。

热战风口

就在合肥大手笔注资蔚来一个月后，江汽集团发布公告，称其第一大股东江淮汽车集团控股有限公司正在筹划引进战略投资者。一石激起千层浪，各方人士纷纷猜测。

谜底很快于二〇二〇年底揭开，大众中国完成对江淮汽车增资。由于大众中国持有江淮汽车母公司百分之五十的股权，换算后大众中国投资持股超过百分之七十七，江淮大众就成了国内外资持股比例最高的合资汽车品牌。仅凭这一点，就可以窥见安徽在推动合资企业股比开放上所迈出的步伐。

江淮大众于2017年成立，是大众汽车集团继上汽大众、一汽大众之后，在中国建立的第三家合资公司。这一回，由于大众持股比例的变动，"江淮大众"随之更名为"大众安徽"，全称叫大众汽车（安徽）有限公司。大众安徽显得雄心勃勃，不但要投资二百亿元建一个全新的工厂，专门做电动汽车的生产，还打算在大众安徽工厂周边建造一个专属供应商的园区以及数字化中心，届时，有望在安徽打造一个电动出行的新基地。动作频频的大众汽车集团，在地方促成下，对电池标杆企业国轩高科进行了战略投资。

群雄逐鹿，烽烟四起。在国内，提出打造"新能源汽车之都"的城市不仅有合肥，还有武汉、深圳和西安等。从新能源造车到充换电，再到自动驾驶与车联网，角力新能源汽车产业链的城市都铆足了劲。

仿若高手过招，合肥招招生风，一个又一个重量级车企被纳入版图，蔚来、大众安徽、长安汽车、吉利汽车等五十多个新能源汽车产业项目扎堆，新能源汽车产业上下游企业逾一百二十家聚集。

早在二〇〇九年，当国家启动新能源汽车"十城千辆"工程时，合肥就表现了极大的参与热情，还抢占先机，获批成为全国首批新能源汽车推广和应用双试点城市。一项统计数据足以表明合肥的行动，仅二〇二〇年上半年，合肥市推广新能源汽车一点八六万辆，约占全国总销量的百分之四点七。

二〇二〇年十一月十三日，合肥发布《关于加快新能源汽车产业发展的实施意见》，提出的目标中，有一项格外抢眼，就是到二〇二五年新能源汽车产业规模超过千亿，整车产能达到一百万辆，质量品牌具有国际竞争力，成为全国重要的新能源汽车产业基地。

风口之上，每一个变化、每一种提法都格外牵动神经。近几年里，与"心平气和"谐音的"芯屏器合"，成为安徽制造业的高频词，常见诸媒体报道，从省到市，官方会议及文件中更是屡屡提及。"芯屏器合"四个字中，每一个字都代表一个产业。其中，"芯"指的是芯片产业，"屏"指的是新型显示产业，"器"指的是装备制造及机器人产业，"合"指的是人工智能和制造业加快融合。

二〇二〇年十二月二十九日，审议通过的《中共合肥市委关于制定国民经济和社会发展第十四个五年规划和二〇三五年远景目标的建设》中，出现了"芯屏汽合"的新提法，一改往常所说的热词"芯屏器合"。随后公布的有关决议中，关于构建现代产业体系的表述，同样将"芯屏器合"改为"芯屏汽合"。由"芯屏器合"变为"芯屏汽合"，仅是一字之差吗？

二十世纪，说起安徽制造业，人们最先想到的就是马鞍山的钢铁、铜陵的铜矿、安庆的石化，故而有"铜墙铁壁"的标签式提法。时至今日，无论"芯屏器合"还是"芯屏汽合"，都只是合肥乃至安徽制造业发展的亮点提炼。对于合肥而言，将"器"改为"汽"，凸显的是新能源汽车产业不一般的分量。

江水滔滔，汽笛声声。曾被孙中山先生赞誉为"长江巨埠，皖之中坚"的安徽芜湖市，同样有抢滩中国自主品牌汽车、招引亚洲第一水泥品牌的传奇故事。

奇瑞奇崛

一九九六年，在一汽已经是中坚骨干的尹同跃，受邀回到家乡组建造车项目班子。这种临时搭建的班子，如果以"草台班子"来形容，其实也不为过。尹同跃拿到的是地方批给的三十万元启动资金，以及一个废弃的破砖厂、几间茅草房。在几间草房子中，号称"出奇不意，带着瑞气"的奇瑞公司就宣告成立了。

一九九九年十二月十八日，第一辆奇瑞汽车下线。势头很猛的奇瑞，三年后销量就达到五万多辆，进入了国内轿车行业"八强"。

一番攻城略寨，一路高歌猛进，奇瑞开始强化自身内功的塑造，将重点放在品质与品牌形象上了，不再一味地追求速度、规模和销量。

奇瑞推出的一款"小蚂蚁"，看上去不怎么起眼。这款电动轿车，采用的是国内第一款蓄航能力突破二百公里的电池，最大里程三百公里，百公里加速只需六秒。自身不足一吨重，在挑战承重极限实验中，它却博得了满堂彩——承受两个集装箱七点六吨的重压而不变形。能够斩获中国汽车工业科学技术进步一等奖、二〇一六年最值得信赖的新能源汽车奖等众多荣誉，证明这只"小蚂蚁"并非浪得虚名。

一个是省会城市，一个是临江之城，合肥与芜湖两地之所以能够奋楫于风口浪尖，在于顺势而为，更在于安徽的制造业布局——新能源汽车和智能网联汽车，属于安徽要打造的五个世界级战略性新兴产业集群之一。在安徽省二〇二一年《政府工作报告》中，"加快大众汽车安徽制造基地、蔚来汽车中国总部建设，扩大新能源汽车和智能网联汽车先发优势"等，属于安徽统筹安排的二〇二一年重点工作之一。眼下，安徽初步构建起了整车—电池—电机—电控的全产业链，与之相关的"强'链'扩'群'"之说，很快成为安徽制造的又一热词。

绿色的海螺

烟囱高耸，烟雾如柱直排蓝天，而后扭曲如蛇散布……生产水泥的工厂，给人固有的印象太深了，但海螺集团旗下的水泥厂已经颠覆了人们这种传统意义上的认知。靠生产水泥发家的海螺竟名列世界五百强，更是超出想象。

比照海螺的前身，无怪乎人们感到惊讶。四十多年前，它是窝在山里的一座小厂——安徽省宁国水泥厂，由于生产水泥的石灰石取自于被当地人所称的"大海螺"和"小海螺"两座山，"海螺水泥"的名字便叫开了。就是这样一座水泥厂，被当时的芜湖市政府慧眼独钟，双招双引，从荒山野岭中走出，此后的发展速度和节奏——用流行的说法就是"超常规""跨越式"，通过收购、兼并、资产重组等方式，完成了由单一生产水泥的工厂到控股、参股、合资经营三百九十多家子公司的现代大型集团的蝶变，成为全球最赚钱的水泥企业，好比一只小木船变身为强大无比的航空母舰了。芜湖市政府也因此风风光光地当了一回企业巨擘的接生婆和辅导师。

一路升级的海螺，究竟靠什么成为中国水泥行业的领头羊、产业结构调整和节能减排的排头兵？

不妨从海川说起。海川是海螺系众多企业之一，全称为安徽海螺川崎节能设备制造有限公司。现为海川常务副总经理的汪宁，每每提及创业伊始的那一段日子，不自觉地就陷入了沉思。

海川当时做的是小批量水泥配件加工。刚成立那会儿，海川连个像样的厂房也没有，只好租房使用，还"借鸡下蛋"，拿到一批业务订单后再图建厂。创建海川时，汪宁忙得脚不沾灰。为了便于往来应对烦琐的事务，最忙碌的阶段，公司为他设了四处办公室，说是办公室，只是临时供他可以歇脚之处。直到两年后，他才有了固定的办公地点。

二〇〇六年七月，海螺对海川进行易地改造，三年后与日本川崎重工业株式会社合资重组，在引进先进技术和优秀管理模式后，业务范围也得到了扩大。海川产有余热发电锅炉、高效节能立磨、垃圾焚烧炉排炉、汽化炉及烟气净化处理、工业固废处理等，仅看这些设备名称，人们基本可以明白它们与环保节能有关。

锅炉是特殊行业，为上马余热发电锅炉这个项目，海螺集团决策层连连开会商讨、论证。项目最终批了下来，全国各地水泥厂飞来的订单让海川顿感吃紧，当时他们的生产能力远远满足不了需求。等到生产设备充实，生产能力提升，整个中国水泥厂被"薅"了一遍，新的问题又冒出来了——市场趋向饱和，供大于求了。

嗅觉灵敏的海川没有束手无策，而是将触角延伸至垃圾焚烧发电产品上。但这，也不是简简单单的事。现实的问题摆在眼前，一个县级市要搞垃圾焚烧发电项目，就要建垃圾场，需要的垃圾容量每天至少三百吨，仅投资就要二至三个亿元，对于一个普通的县级市而言，所承受的压力相当大。在研判垃圾焚烧发电市场行情后，海川对产品做了细分，配套固废、危废处理的节能产品，随之推向市场。

市场上每有风吹草动，海川都会及时做出反应。紧盯着新材料、新技术、新设备，海川逐渐由小做大，已拥有一百五十余项国家专利，成为国家高新技术企业，亦被看作海螺发展的一个案例。

长江在江淮大地蜿蜒四百一十六公里，素有"八百里皖江"之称。依傍于长江的海螺，没有逃避守护长江的责任，对所属的三十二座码头所有皮带廊道实行全封闭，其下属企业中，四座矿山入选国家级绿色矿山，三十八座矿山入选省级绿色矿山。借助新技术，海螺建成了世界首个全流程智能化水泥生产线，从生产到管理的各个环节，都可以智能化解决。这套系统上线后，矿山生产效率提升约百分之十二，柴油消耗降低约百分之七，轮胎消耗降低约百分之三十，化验人员的劳动强度降低了百分之二十四，操作员劳动强度降低百分之九十。

海螺有一项"绝活"，就是研发应用的水泥窑低温余热发电技术，这套技术解决了水泥企业百分之六十的用电量，被列为中国十大重点节能工程之一，写入中国水泥工厂建厂标准。如果仅仅满足于一招半式，海螺就不是让人高看一眼的海螺了。

海螺已建成的三十六个利用水泥窑协同处理生活垃圾项目和固体废物、危险废物处置项目，跟神通广大的超人一样，每日"吃干榨尽"项目落地城市的生活垃圾和固危废垃圾。

耸立的烟气洗涤塔旁，一条管道连接着两个大大的金属球。水泥窑烟气在排放之前，要通过降温、脱硫、水洗等流程去除粉尘杂质，再加热解析出高纯度的二氧化碳，甚至可进一步纯化接近百分百纯度的二氧化碳制品。这就是海螺集团二〇一八年在芜湖白马山水泥厂建成的年产五万吨级水泥窑烟气二氧化碳捕集纯化示范项目的作业场景。这一项目相当了得，不仅减少碳排放，还变废为宝，所产的二氧化碳制品广泛应用于焊接、食品保鲜、干冰生产、激光、医药等。

当初，对于这一项目是否上马，存在不少疑问甚至反对意见，认为有关部门对二氧化碳捕捉并没有强制性要求，投不投没有多大关系,至于经济效益更是难以预测。海螺决策层经过反复斟酌,还是选择了与环保减排战略关联的这一项目。

凭借余热发电、固废处理等资源综合利用的技术,以及世界领先水平的生产工艺,海螺众多海外项目已成为当地的行业标准。目前,海螺在东南亚、欧洲、北美、非洲等地区拥有四十二家企业,海外员工达三千六百多人,用工本土化率达到百分之七十以上,累计投资达一百一十五亿元,产品和技术装备出口到七十多个国家和地区。

如滚雪球般越做越大,海螺在水泥生产及水泥设备制造方面成为龙头企业。"没有落后的产业,只有落后的企业。把企业管理、生产流程做到极致,就是好企业。"海螺人一直思危、思变。水泥行业的发展,仅靠基建带来的需求难以持续、走远,拥抱环保,致力于绿色制造才是不二法则,海螺紧随时代,又以自身的提升,推进了行业技术进步和产业转型升级,稳稳地走到中国乃至世界的行业前列。

中国声谷

从二〇一三年落户安徽以来,由中国声谷传出的喜讯不断,二〇二〇年,中国声谷实现营业收入过千亿、入园企业过千户"双千"目标。

中国声谷的名头不小,它是全国第一个以"中国"冠名、第一个部省合作共建、第一个配套专项支持政策的人工智能产业基地。在中国声谷,全球领先的智能语音技术让机器"能听会说"，"能理解会思考"，而一款看起来与普通鼠标差不多的智能鼠标，能耐不凡，会语音打字、同声翻译、音频直译和语音上网……以往所认为的神奇之事，在这里逐渐成真。目前的中国声谷，业已形成以智能语音、语义理解、图像识别、类脑智能等人工智能技术为核心的产业基础，集聚了科大讯飞、华米科技、新华三、海康威视、中科类脑、科大国创、华云数据等行业翘楚。

作为中国声谷的龙头企业，科大讯飞时常以"黑科技"红出圈。这家企业的创始人刘庆峰，出生于山清水秀的皖南泾县。早在中科大读研期间，刘庆峰就获得导师的信任与支持，带队承担了国家"863项目"——语音合成技术的科研攻关。走出校门前，刘庆峰面临着丰厚的奖金诱惑与加入微软的良机，他却选择了放弃，进行自主创业。无论成功与否，每一个创业者起步之际，或多或少都有着纠结、挣扎，不顺心的事接踵而来，甚至一度耗尽了创业资金，濒临关门。刘庆峰一面硬撑着，一面寻求突破良策。地方政府领导获悉情况后，很快领着三家投资机构赶来考察、洽谈，科大讯飞获得了第一笔融资。经过一段时间的反思和沟通，刘庆峰开始向企业家的身份转变，组建联合实验室，吸纳全国的专业人才，加强产品定位的研究、营销。二〇一八年至今，科大讯飞终于起死回生。

掌声一次次响起来。在国际语音合成大赛上，科大讯飞的团队成了一匹亮眼的黑马，连续十多年包揽世界冠军。在包括智能语音及人工智能在内的国际核心赛事上，科大讯飞荣膺四十余项世界冠军。

二〇一九年十月，由科大讯飞牵头，首期有八家企业参与注册的"合肥智能语音创新发展有限公司"成立，牵头创建国家制造业创新中心。疫情之后，制造业加速向数字化、网络化、智能化发展，人工智能迎来新的风口。二〇二〇年九月九日，由安徽牵头成立的长三角人工智能产业链联盟，担任理事长单位的正是科大讯飞。风起云涌的人工智能产业同样需要引领、融合。

年轻的黄为为在华米已经超过十年，其间因研发项目，长期在合肥与深圳之间来回奔波，但在他心里，合肥是一个更适合创新、更宜居的城市，所以他也就在合肥扎下了根。

安徽华米信息科技有限公司二〇一三年创立。其办公区通透的设计，契合的正是年轻人的口味，不仅清新洁净，还提供了茶歇间，员工上班时间可以享受"文体福利"，利用公司提供的场地、器材跑步、攀岩等，前提自然是不影响手头的工作。

到华米上班的员工，以九〇后居多，年轻人的干事激情和探索劲头都特别足。年轻科研人员备受重视，他们所从事科研的经费不仅得到保障，还能获得"尚方宝剑"——在科研探索中，允许难以避免出现的"差错"。俗话说，市场如战场。华米推出的每一项产品都需要新技术导入，在项目实施过程中，有时会出现意想不到的情况，而不是如沙盘推演那般顺当。为提高产品竞争力，华米与国内一家企业合作开发一款新产品，技术攻关的难度远超预期，在技术攻关上耗时一年半左右，错过了产品的最佳窗口，参与技术攻关的年轻团队不得不中止开发，其中付出的人力、物力和财力，华米"大包大揽"，这让一线科技攻关人员感到暖心而踏实，也更加卖力地投入工作当中。

这家企业的柔性管理，还有诸多体现，比如在华米公司，有一定工作年限的员工均参与公司持股，管理层每年还拿出一定的绩效奖励给做出重要贡献的人才。

大街小巷中，年轻一族的手腕上，常见戴着智能手环、运动手表的，这类关乎健康的产品越来越风靡。作为一家全球领先的智能可穿戴创新公司，华米科技推出的全球可穿戴领域的首款人工智能芯片"黄山1号"，首次实现了AI从云到端的前移，实现了实时的生物身份识别、实时预警房颤及其他心律不齐等功能。华米科技二〇一五年推出了自主品牌AMAZFIT手环，此后，接连推出AMAZFIT智能手表、健康手环、健康手表等产品，在健康云服务和芯片方面，华米都做了布局。

华米虽年轻，却有睥睨天下的雄心。

量子的诗意

伟人说，科技是第一生产力。科技正以无穷的力量引领着制造，改变着人们的现实生活。

一批在全国乃至全球领先的原始创新成果诞生于安徽。中国第一台微型电子计算机、中国第一台C波段全相参移动式多普勒天气雷达、世界第一台VCD、第一台微型计算机、第一台仿生搓洗式全自动洗衣机、全球首款AI+生物识别手环、全球首台光量子计算机、首个量子计算云平台、全球首颗量子通信卫星"墨子"号、全球最薄零点一二毫米触控玻璃……二〇一六年以来，四十一项科技成果获得国家科学技术奖，在国家创新大格局中镌刻了安徽烙印。

当下，要问最热的科研，大约非量子莫属。在安徽合肥，有一条"量子大道"，聚集了国盾量子、本源量子等一大批量子科技企业，耕耘于量子领域的科研人员多达六百余人。随着量子话题的蹿红，茶余饭后，安徽人热衷于谈论量子，尽管量子科研离普通人的生活还那么遥远。

二〇二〇年十月二十四日，一场名为"量子时代的诗歌表达"的主题研讨在合肥天鹅湖畔举行，到会的二十余位知名诗人，言及量子与诗歌的纠缠，个个眉飞色舞，有的还旁征博引，滔滔不绝。

诗人们也想弄明白量子的事。量子研究与运用，世界的一项前沿科技大事，就在安徽人的眼皮子底下不时爆出一则则惊人的新闻。

二〇一六年八月十六日，我国成功发射了全球第一颗空间量子科学实验卫星——"墨子"号；二〇一七年九月二十九日，世界首条量子保密通信干线——"京沪干线"正式开通；二〇二〇年十二月，量子计算原型机"九章"问世，中国成为全球第二个实现"量子优越性"的国家；二〇二一年一月，成功实现跨越四千六百公里的星地量子密钥分发。这些都与中国科学技术大学的潘建伟等人组成的研究团队有关。

科研上每一步进展都非一日之功，广泛应用可谓征程漫漫。量子科技已成为新一轮科技革命和产业变革的前沿领域，在这个前沿领域，安徽站到了前沿。安徽在量子通信方面已然居于国际先进水平，在量子计算上也达到了一个新高度。《科学》杂志所公布的"九章"，被称为"里程碑式突破"——在一个特定赛道上，二百秒的"量子算力"，相当于目前"最强超算"六亿年的计算能力，这已远远超出一般人的理解。为了"九章"，潘建伟团队从二〇〇一年开始组建实验室，到实现突破，他们花了二十年时间，踏踏实实坐在"冷板凳"上。在潘建伟的构想中，未来量子计算机可望通过特定算法，在密码破译、大数据优化、天气预报、材料设计、药物分析等领域，提供比传统计算机更强的算力支持。

或许，科学家们正是将古往今来的诗人们的诸多想象，变成了一个个现实。

一束光

从历史的深处，一束光穿透而来。

安徽含山凌家滩，一处新石器时代文化遗址，曾经生活在这里的先民，能用直径不超过零点一七毫米的钻管在玉人身上钻出直径仅有零点一五毫米的管孔芯。凌家滩出土的玉器如玉龙、玉鹰、玉龟、玉人、玉版、玉钺等均属于上层建筑，这些玉器不但品位极高，而且制作精美绝伦，反映了安徽古代制造非凡的工艺水平。

类似的例子不胜枚举，诸如"能煮一头牛"的楚大鼎，被称为"天工人可代，人工天不如"的徽州三雕，洁白细腻的繁昌窑青白瓷，闻名遐迩的文房四宝、界首彩陶、芜湖铁画。近代的安徽造出了中国第一台蒸汽机、第一艘轮船……改革开放以来的安徽制造，好戏连台。

钢铁等传统产业是现代文明的基础，更是大国制造的根基。在安徽制造业中，马鞍山钢铁股份有限公司属于中国特大型钢铁联合企业之一，安徽省最大的工业企业，二〇二〇年《财富》中国五百强排名第一百三十位。马钢时速三百二十公里高速车轮出口德国，世界高铁车轮市场有了"中国造"。铜陵有色金属集团股份有限公司，是新中国最早建立起来的铜工业基地，中国最早上市发行股票的铜业企业。二〇一九年《财富》世界五百强榜单第四百六十一位，二〇二〇年《财富》中国五百强第一百零九位，与马钢一起位居世界有色金属制造业前列。

玻璃基板是平板显示产业的关键材料，处于平板显示产业的最上游。我国一度没有自主研发的基板玻璃，全部要从国外进口，屏显行业的发展被国外企业"卡脖子"，每年的进口费用超千亿元，导致液晶电视等产品价格昂贵，普通消费者难以承受。直到二〇〇八年，合肥彩虹集团自主研发出了中国的第一块基板玻璃，打破了中国平面显示产业"缺芯少板"的状况，在实现高质量发展的同时也保障了国家平面现实产业的战略安全。

薄如蝉翼的玻璃，在受到相当于家用轿车一百五十公里时速的撞击时毫发无损，这是何等难以想象的事——它是目前世界上最薄的浮法电子玻璃，来自安徽蚌埠玻璃工业设计研究院。在玻璃工业技术史上，这家设计院第一个将中国玻璃技术打入了国际市场。

在约一百八十个足球场大小的纤尘不染的厂房里，一块块巨大的玻璃基板在全自动生产线上缓缓移动，经过一道道工序，各种尺寸的液晶面板被制作出来。京东方是中国新型显示产业的头部企业，安徽以京东方为起笔，在新型显示产业方面实现了"从沙子到整机"的全产业链布局。在二〇〇七年落地安徽之前，京东方一度亏损，企业运营、市场销售很不景气，落地安徽后，为了能让京东方6代线项目上马，地方承诺拿出一年财政收入的百分之八十来投入，尽管这一承诺和决定面临多方质疑和阻力，但最终经受住了重重压力与考验。与此同时，一大批显示领域的企业纷至沓来。在安徽合肥京东方所"诞生"的全球首条10.5代液晶显示屏生产线，实现了量产，凭此安徽就在新型显示产业上开始了领跑。

二〇二〇年，随着载满三千零二十五台笔记本电脑的最后一辆物流车的顺利发货，联宝科技二〇二〇年度销售收入突破一千亿元。占地四百五十七亩的联宝科技，是安徽最大的出口企业。这里设有产品保证实验室，每个产品都要经过一千多项测试，确保品质过硬。其柔性折叠屏技术应用于笔记本电脑，为全球首家。作为全球首创的低温焊接工艺，可减少二氧化碳排放量三十万吨，相当于十五万棵树一年的净化量。二〇二〇年九月，在合肥经开区综保区内工厂已满负荷的状态下，联宝所在地以中国（安徽）自由贸易试验区获批为契机，探索"外发加工""区外保税仓储"等海关监管新模式，帮助联宝科技在综保区外建设云海新园区。短短五十一天，七万平方米的厂区实现从项目启动到首台产品下线；用时四十七天，新园区出货量突破一百万台。

电影《你好，李焕英》中有一个细节格外引起安徽人的注意，那就是李焕英买到的电视机外包装箱上，印有"合肥无线电二厂"字样。二十世纪八十年代，合肥无线电二厂是合肥市五大盈利企业和四大高产值企业之一，所产的"黄山"牌电视机是当时中国十大电视机品牌之一。合肥无线电二厂虽然不复存在了，但其产业基因并没有因为企业变迁而遗失，如今的合肥已然成为国内最大的"中国家电产业基地"，家电产业是合肥市率先突破千亿元的六大主导产业之一，包括电视机在内的合肥家电"四大件"产量连续十年位居全国城市首位，"合肥造"白电产品占国内四分之一市场份额，智能家电产品占全部家电产品比重超三成。"家电之都""显示之都""IC之都"等众多誉称，对应的正是合肥一个个现象级产业。

成立于二〇〇三年的安徽贝克生物制药有限公司，是安徽省唯一一家通过WHO-PQ认证、美国FDA认证和首家通过仿制药一致性评价的制药企业。作为艾滋病制药领域的龙头企业，安徽贝克研制生产的全国独家艾滋病制药产品——预防药拉米夫定替诺福韦片，已成功进入国家医保目录，实现抗艾滋病一线复方治疗药物的国产化，并可替代价格高昂的进口药品，为国家累计节省数十亿元资金。

在战"疫"中，一批有着"安徽印记"的科技产品，及时派上用场。二〇二〇年一月底，安徽安龙基因科技有限公司在全省率先开发出"新型冠状病毒核酸检测试剂盒"，该试剂盒所采用的检测方法，仅需九十秒即可对提取的血清RNA完成检测，此后一批批核酸检测试剂盒被紧急发运湖北武汉、河南、山东等多地医疗机构，用于防疫抗疫。一款名为"AI测温神器"的测温防控产品，由安徽清新互联信息科技有限公司快速研发，这套测温系统一秒内即可实现人体额温的快速检测，同时还具备人脸检测、测温登记上报、口罩检测、智能告警、检测回溯、数据分析等功能，实现远距离（不大于八米）、大范围的多目标精准测温，检测人员可在完全无接触的方式下完成筛查。二〇二〇年二月二十日，黄山富田精工制造有限公司"首台套（首批次）高速防护口罩专用生产线"正式下线，每分钟可生产防护口罩五百片，每天产能五十万片，有力缓解了当时全省口罩短缺问题。二〇二〇年三月一日，安庆市恒昌机械制造有限责任公司首台高速自动化医用平面口罩生产设备顺利交付，从提出设想到交付使用，仅用了二十天时间。

安徽省会合肥，不仅获批综合性国家科学中心，还获批国家创新型试点城市、国家系统推进全面创新改革试验区域、国家自主创新示范区等，成为集多个"国字号"创新品牌于一身的唯一城市。二〇一六年，"全国重要的现代制造业基地"定位被写入国务院对合肥城市总体规划的批复。国家两化融合试验区、国家小微企业创业创新基地城市示范、国家信息消费示范城市、国家消费品工业"三品"战略示范城市等"名片"，见证了合肥由几乎空白的工业基础起步，成为先进制造业新兴城市的历史性转变。在跻身制造业"国家队"后，合肥开始了制造之路的快速崛起。能够成为世界三大峰会之一的世界制造业大会的承办地，绝非偶然。自秦代设县、拥有两千二百多年历史的这座城市，以三国故地、包公故里而闻名于世，又以科教之城、创新之都而惊艳当下。依托于最尖端科研院所和云集的科技人才，怀抱大湖，襟带江淮，合肥成为中国乃至世界的重要的原创策源地。

在二〇二一年二月二十五日召开的合肥市科技创新大会上，杨金龙等五位入选"国内外顶尖人才引领计划"的院士，每人获得二百万元补助经费。这是目前合肥给予科研人员个人的最高奖励，以感谢他们为科技创新和人才培养所做出的突出贡献。当天五位院士培养单位，中科大、中科院合肥物质科学研究院分别被奖励两千万元、五百万元经费，用于科研攻关、团队建设和人才培养。这一大会还发出倡议，希望全市上下争做科学家的"粉丝"。对人才、科技、创新的厚爱，彰显了一座城市的胸襟，更孕育着未来的无限可能。

国之大者，不能不讲实力；国之大者，需重器加持。大科学装置被称为未来科技竞争中的"国之重器"。就在很多城市准备进入大科学装置竞赛时，安徽合肥已呈现大科学装置集群发展之势，获国家发改委批建的大科学装置有四个，加上其他在建或申报中的大装置，共有十一个。二〇一七年获批综合性国家科学中心后，安徽按照省市两级一比二的比例，每年拿出二百亿元、连续五年拿出一千亿元，投入合肥综合性国家科学中心建设。仅量子信息科学实验室，就投了一百亿元。保障服务"国之重器"，聚力于量子、质子、离子、中子、光子"五子登科"，助力中国声谷、中国网谷、中国安全谷、中国肽谷、中国环境谷"五谷丰登"，争创基础学科研究中心、国际和区域科技创新中心、国家产业创新中心、国家制造业创新中心"四个中心",贯通"产学研"、聚焦"高精尖",安徽大手笔经略,真金白银付出。众所周知,上马一项大科学装置往往要投入几亿、几十亿,一建就是一二十年,关键建成之后,大多只能做前沿基础科学研究,很难有经济回报。几十年来安徽始终如一,不受干扰,在科学大装置、大学和科技创新上的持续投入,或许不能立刻改变一座城市、一个地方的现状,但在某一天,一定会影响着、改变着它的内涵与气质。进一寸有一寸的欢喜,笃护进取,未来可期。唯有进步,未来可期。

创新不是停留在口号上的热闹表象,而是深扎到大地中的根脉,成为江淮这片热土奔涌的"血液",为这片土地兴盛而赋能。小到智能手机、智能手表,大到高铁、飞机、卫星资源,芯片无处不在。芯片领域属于高技术行业,也是高壁垒行业,只有掌握核心技术才不会受制于人。备受安徽款待的长鑫存储,在内存芯片领域实现量产技术突破,使得中国拥有了这一关键战略性元器件的自主产能。这些年,包括墨子在内的天宫、悟空、高分五号等国之重器均有安徽制造的身影,"嫦娥五号"完成中国首次地外天体采样返回之旅,均有安徽力量参与其中;"天问一号"探秘火星,安徽多家科研机构和企业的最新成果为其护航。跑在产业前沿、引领科技变革的一项项尖端产品背后,是一大批积淀深厚兼具开拓创新精神的企业,它们当中,有的为人们所熟知,有的可能长期埋首于一方而不事张扬。

在时间的长河中,不少曾经名噪一时的产业和品牌一去不复返,沉埋于岁月深处,也有许多新的产业、产品及商业模式雨后春笋般地生长起来。无论老去的背影,还是新生的面孔,不能因时而变、因势而变，最终的结局必然是停滞、衰退乃至消亡。今天的安徽，新的产业地标一个个立起，从芯片、显示屏、机器人到新能源汽车、生物医药、人工智能，形成了以"芯屏器合""集终生智"为代表的几十条重点产业链，涌现了一大批新兴产业聚集地。其中，仅聚集的集成电路产业链条企业就达三百余家，智能语音则入选国家三大世界级先进制造业集群培育试点。目前，从安徽销往海内外的智能手机液晶屏占全球百分之二十、平板电脑显示屏占全球比重百分之三十，笔记本电脑产量占全球十分之一，智能手环出货量全球第一，六轴工业机器人产量居全国首位，新能源汽车产销量占全国八分之一。

"十三五"以来，安徽省准确把握"制造业是强国之基，是国家经济命脉所系"战略定位，狠抓技术改造、智能制造、专精特新、安徽精品、工业设计、民营经济、节能环保"五个一百"等一批特色工作，规上工业增加值年均增长百分之八点一，居全国第三、中部第一位；制造业高质量发展指数居全国第七、中部第一位，二〇二〇年安徽工业增加值总量跃进全国第十，呈现出"规模总量突破、质量效益跃升、产业能级跨越"的良好态势。具体经验做法，一是政策支撑体系大构建。二〇一七年在全国率先召开高规格、大规模的"制造强省"万人大会，连续三年高标准召开世界制造业大会，构建形成了以制造强省为主体的政策引导体系，推动出台有关机器人、集成电路、"三首一保"、中国声谷、5G等系列功能性普惠性"政策十条"。二是产业发展能级大跃升。一方面聚焦"铜墙铁壁"固底板，另一方面聚焦"芯屏器合"锻长板。三是优质企业梯队大培育。

247

梯次培育强梯队，创新服务解难题。四是供给质量效率大提升。持续强品质，坚定去产能，坚决降成本。五是转型升级步伐大提速。抓创新强动能，抓技改增后劲，抓融合促升级。

一项项政策、一条条措施万箭齐发，高端制造、智能制造、绿色制造、精品制造、服务制造"五大制造"出新出彩。走向世界制造业舞台中心的安徽，在时代的浪潮中，咬定青山不放松，积跬步以至千里。纵观人类发展史，每一次进步都值得记录、书写。在漫长的时间里，在空阔的荒原上，总有人无惧脚下的路，始终不改初心使命，向着远方奋然前行，百折不回。当今世界仍然被不确定性包围，有人见星辰，有人见尘埃。从自发到自觉，到抵达理想的彼岸，大抵需要一道光的照耀、引领，才会让前行者纵然身处坎坷，也不会迷失方向；才会让更多的前行者聚沙成塔，汇溪成河。在制造业征程上，如果说做大做强是企业谋求发展的题中应有之义，而紧盯"制造强省"乃至为"制造强国"添砖加瓦这一目标，则是引领安徽制造业阔步前行的一束耀眼的光。